Dick & Yuhto
◆
「WISH」

# WISH

DEADLOCK番外編4

英田サキ

キャラ文庫

この作品はフィクションです。
実在の人物・団体・事件などにはいっさい関係ありません。

# WISH DEADLOCK番外編4

口絵・本文イラスト／高階　佑

# Restful slumber ～ Alone again

──どんな時《とき》も
お前《まえ》の心《こころ》が安《やす》らかで
あることを祈《いの》ってる
お前《まえ》の幸《しあわ》せを
──……
……………
…………
──でいいか？

……なんだって？
疲《つか》れているようだな
脱獄直後《だつごくちょくご》俺《おれ》を迎《むか》えに来《き》たのはチャック・ルイスだった
寝不足《ねぶそく》なだけだ昨夜《ゆうべ》は一睡《いっすい》もしていないからな
まさかこの男《おとこ》が直々《じきじき》に来《く》るとは……
ならいいんだが
これからサクラメントに向《む》かうCIA《カンパニー》系列《けいれつ》の病院《びょういん》でメディカルチェックを受《う》けてしばらく入院《にゅういん》してもらう

入院《にゅういん》は必要《ひつよう》ない
俺《おれ》はすぐにコルブスを追《お》うつもりだ サポートしてくれ
焦《あせ》るなよ
コルブスの足取《あしど》りはまだ不明《ふめい》だ
所長《しょちょう》のコーニングは？
あいつが脱獄《だつごく》を手引《てび》きしたはずだ
彼《かれ》の所在《しょざい》もわからない
自宅《じたく》にも帰《かえ》っていないようだ
フン もう奴《やつ》に殺《ころ》されているかもな
入院《にゅういん》は命令《めいれい》だ リック

ディック・バーンフォードはこれから脱獄囚《だつごくしゅう》として報道《ほうどう》される
君《きみ》には少々外見《しょうしょうがいけん》を変《か》えてもらう必要《ひつよう》があるんだわかるだろう?
………
ところで君《きみ》と同房《どうぼう》だったレニックスだが
彼《かれ》に余計《よけい》なことは話《はな》してないだろうな
…話《はな》してないがコルブスはレニックスに自分《じぶん》の正体《しょうたい》を明《あ》かした
FBIにとっては大《おお》きな収穫《しゅうかく》だろうな
………
はぁ…
上《うえ》に報告《ほうこく》したくない話《はなし》だな……

CIAとFBIの確執《かくしつ》など知《し》ったことか
——ディック
外《そと》に出《で》たら少《すこ》し休《やす》んだほうがいい
休暇《きゅうか》を取《と》って海《うみ》にでも行《い》くといい……
本当《ほんとう》に一日《いちにち》でいいのか？
仕事《しごと》にかかる前《まえ》に三日《みっか》くらい羽《はね》を伸《の》ばしても構《かま》わないんだぞ

優《やさ》しい言葉《ことば》だな
血《ち》も涙《なみだ》もないCIAとは思《おも》えない
まさか額《ひたい》の傷痕《きずあと》を消《け》されるとはな
今度《こんど》はスティーブ・ミュラーという男《おとこ》になってコルブスを追《お》う
俺《おれ》には一日《いちにち》で十分《じゅうぶん》だ
ゆっくり休《やす》むのはコルブスを仕留《しと》めたあとでいい

以前《いぜん》と何《なに》ひとつ変《か》わっていない
——いっそ廃墟《はいきょ》のように変《か》わり果《は》てていればよかったのに……
休暇《きゅうか》など必要《ひつよう》ないし
ここに戻《もど》るなんて辛《つら》すぎてできないと思《おも》っていたのに
ユウト
ありがとうお前《まえ》の言《い》うとおりにしてみたよ
——どんな時《とき》も祈《いの》っている
お前《まえ》の幸《しあわ》せを——……

お前《まえ》はまるで
地獄《じごく》で出会《であ》った天使《てんし》だった
そんなことを言《い》ったら
目《め》を丸《まる》くするか
腹《はら》を抱《かか》えて
笑《わら》うかもしれない
思《おも》えば
出会《であ》った日《ひ》からいつも
怒《おこ》らせてばかりいた
本当《ほんとう》は笑《わら》わせて
やりたかったのに
…………
END

You can't hide

ドキッ…
…シャワー帰《がえ》りか？
うん
うーん…
前髪《まえがみ》を上《あ》げたらどうかな？
ぐるっ
どうって？
ぐん
ぐん
少《すこ》しは大人《おとな》っぽく見《み》えるか？
なあディックはどう思《おも》う？

また誰《だれ》かにガキ扱《あつか》いされたのか？
…今日《きょう》はマシューより年下《としした》に思《おも》われた
ひげがなくなったせいだ頭《あたま》にくる
俺《おれ》に怒《おこ》るな
近《ちか》すぎる…
グイ
お前《まえ》にも責任《せきにん》はあるだろ
シスターたちを止めなかったんだから!!
……いい加減《かげん》慣《な》れろよな
END

I treasure you

――トーニャのバーで飲んでる。仕事が終わったら迎えに来てほしい。

ダグがロサンゼルス市警本部の駐車場を歩いていると、ルイスからメールが届いた。ルイスは今朝、いかにも気が進まないといった顔つきで、仕事絡みのパーティーにエージェントのフェデスと出席しなければならないとぼやいていた。売れっ子作家ともなれば、断り切れないつき合いがいろいろある。時刻はまだ八時にもなっていないがトーニャの店にいるということは、パーティーからすでに脱出済みらしい。

「そうじゃないよ。別に怒ってるわけじゃない」

車のドアを開けようとしたそのとき、聞き覚えのある声が耳に届いた。振り返ると三台向こうに、ユウト・レニックスが立っていた。自分の車の脇で携帯電話を手にしながら話している。

「メールしたのは、次から気をつけてくれっていう注意だよ。だってお前がトイレの電気をつけっぱなしにして仕事に行くの、今月はこれで二度目だし――。いや、だからそういうんじゃなくてさ。……ディック、電話ではよそう。すぐ帰るから。……ああ、うん。またあとで」

通話を終えたユウトはやれやれというように大きな息を吐き、携帯を上着のポケットに入れたが、自分を見ているダグの存在に気づくなり、明らかにしまったという表情を浮かべた。

「や、やあ、ダグ。君も今帰り?」

「ああ。俺はこれからルイスを迎えに行くんだ。トーニャのバーで飲んでるらしい。ユウトも気をつけて帰ってくれ」

「ありがとう。……その、参ったよ。ディックにちょっと注意のメールを送ったら、言葉が素っ気ない、そんなに怒ってるのかってしつこく聞かれてさ」

いいんだよ、わかってるから、と告げるように、ダグはにっこり笑って二度頷《うなず》いた。ディックは世界中の美男美女を虜《とりこ》にできるほどハンサムでセクシーな男だが、面白いほどユウトにしか興味がない。

以前、ロブが酔っ払って「ディックはユウトに嫌われたら、コンクリートの壁に頭を打ちつけて自殺しかねない男だ」と笑っていた。その頃はまだ知り合ったばかりだったから、そういうタイプには見えないと思ったけれど、今ならロブの言葉に頷ける。

トーニャの店へと車を走らせながら、ダグはルイスと出会ってもうすぐ一年になることに思いをはせた。去年の今頃の自分とここにいる自分は、もはや別人といっても言いすぎではない。ルイスを愛し、ルイスから愛される幸せを知った今、あの頃の自分に言ってやりたい。こんな素晴らしい喜びも知らずに生きていたお前は、とても可哀想な男だったな、と。

一周年を記念してルイスをデートに誘いたいが、高級感のある小洒落《こじゃれ》た店はあまり知らない。パコに相談してみようか、それともロブのほうが詳しいだろうか、と楽しい気分に浸りながらバーに着いてみると、ルイスはカウンターに座って酒を飲んでいた。

頬杖《ほおづえ》をついてグラスを眺める横顔は見とれるほど美しいが、どこか寂しげにも見えて胸が騒いだ。パーティーで嫌なことでもあったのだろうか。

カウンターの中にいたトーニャがダグに気づき、「お迎えが来たわよ」とルイスに告げた。生物学的には男性だが美しい女性にしか見えないトーニャは、今夜も最高に美人だった。

ルイスは顔を上げてダグを見ると、「急に頼んでごめん」と謝った。スーツ姿だがネクタイは外されシャツの襟元が大きく開いている。フォーマルを着崩したとき、だらしなく見えるタイプとセクシーに見えるタイプがいるが、ルイスは絶対的後者だ。

ダグは隣に腰を下ろし「いいえ、全然」と微笑《ほほえ》んだ。いつもは額に落ちているルイスの前髪は、ヘアワックスで撫《な》でつけるようにセットされている。惜しげもなく披露されたセクシーな額に、またダグの胸は騒ぐ。いつもベッドの中で見ているルイスのこの額は、自分だけのものであってほしいというつまらない嫉妬《しっと》のせいだ。

「パーティーは楽しくなかったですか？」

「案の定、疲れただけ。フェデスが絶対に出るべきだってしつこく言うから渋々出席したけど、別に顔を出したところで本が売れるわけでもないのにさ。……トーニャ、ありがとう。君に愚痴を聞いてもらえたおかげですっきりしたよ」

「いいのよ、ルイス。私も面白い話が聞けて楽しかった。また来てね」

店を出て車に乗り込んでから「愚痴って？」と尋ねると、ルイスはシートベルトを装着しながら「たいした話じゃない」と首を振った。

「昔つき合っていた男がパーティーに来ていたんだ。つき合ったといっても、交際期間はほんの三か月ほどだから気にしないでくれよ」

　先手を打たれてしまったので、「も、もちろん」と頷くしかなかった。

「つき合っていた頃は俺の三流作家ぶりを馬鹿にして、早く諦《あきら》めてまっとうな職に就くべきだって説教ばかりしていたのに、今日会って俺がボスコだってわかった途端、『君ならいつか作家として成功すると思っていたよ』って真顔で言い出すから笑っちゃったよ。しかも恋人がいるって言ってるのにしつこく口説いてくるものだから、とうとう頭にきてシャンパンぶっかけて出てきちゃった」

　ルイスは言い終えると煙草《たばこ》を口に咥《くわ》え、ライターで火をつけた。助手席のウインドウを開けて、フーッと紫煙を外に吐き出す。

「むしゃくしゃするからタクシーを拾ってここまで来たんだ。トーニャと昔つき合った最低男の話ですごく盛り上がった。俺もトーニャもかなり男運が悪い。でも今はお互い最高の恋人がいてよかった。俺はこの年までろくな恋愛をしてこなかったけど、ダグと出会えた幸運を考えたら、今までの不運なんて全部ちゃらになるよ。世界で一番ラッキーな男だ」

「ルイス、それは少し大袈裟《おおげさ》ですよ」

「大袈裟じゃない。心からそう思ってる。君とつき合えて最高に幸せだ。そのことをトーニャの店で飲みながら痛感していた。……だから、早く俺たちの家に帰ろうか？」

ルイスが煙草を灰皿にねじ込みながら、蠱惑《こわく》的な眼差《まなざ》しを浮かべてダグを見た。瞬時に愛情と欲望がスパークして息が止まりそうになる。

ルイスの誘惑に気が急《せ》いてしまい、アクセルを強く踏みすぎた。急発進をルイスに笑われたが構わない。今は一秒でも早くこの人を抱き締めたい。抱き締めてキスして頬ずりしたい。

「ヘイ、ハニー。安全運転で帰ってくれよ。警察官が事故なんて起こしたらしゃれにならない」

「パトカーで来ればよかった。そしたらサイレンを鳴らしながらノンストップで家まで帰れたのに」

ダグの言葉がよほど可笑《おか》しかったのか、ルイスはダッシュボードを叩《たた》いて大笑いした。


玄関に入るなりルイスを抱き締め、激しく口づけた。ダグがこんなふうに盛りのついた犬みたいに振る舞うことは珍しい。普段はどんなに欲していても、それなりの手順を踏んでルイスをベッドに連れていくよう心がけているが、今夜は無理だった。

ルイスの過去の恋人に嫉妬を禁じえない。それがどんなにくだらない男であっても、一時期はルイスの恋人として振る舞い、彼とセックスしていたのだと思うと、言葉にしがたい悔しさが湧いてくる。自分は嫉妬深いたちではないと思っていたが、ルイスのこととなると話は別らしい。嵐の海のように感情が荒々しくうねり、理屈ではない衝動に突き動かされてしまう。ディックのことはまったく笑えない。

ルイスの甘い唇を思う存分塞《ふさ》いで、熱く柔らかな内側をたっぷり味わった。しかしルイスもされるがままではない。隙《すき》を突いてダグから逃げ、追いかけてきたところを待ち構えて、自分からより深いキスをしかけてくる。喜ばしいことにルイスも今夜は奔放な気分のようだ。

もつれ合いながら明かりのついていないリビングルームに入ると、窓の外にはLAの素晴らしい夜景が広がっていた。だがダグの目はそれどころではなく、ルイスを見るのに忙しい。

ルイスはキスの最中にダグの厚い胸を押しやり、ソファーに座らせた。自分は立ったままダグの視線を奪いながら、焦らすようにゆっくりとシャツのボタンを外していく。シャツの下からなめらかな素肌が現れ、ダグの鼓動はいっそう速くなる。

ルイスはシャツを脱ぎ捨てるとダグの上に跨《また》がり、手で自分の肌を愛撫《あいぶ》した。無駄な肉のないシェイプされた下腹から柔らかな曲線を描く胸へと、きれいな指が妖《あや》しく滑っていく。

「ルイス、来て。もう我慢できない」

「駄目、もう少し。……ねえ、俺を見て興奮する？」

「するに決まってます。どれだけ興奮しているか、自分で触って確かめてください」

ダグのそこはズボンの生地を強く押し上げている。ルイスは盛り上がった場所を指先でタッチしながら、「すごく窮屈そう」と微笑んだ。さり気ないが的確に刺激を与えてくる。これは悪魔の手だ。

「可哀想だから出してあげなきゃ」

賛成。大賛成。これ以上、焦らされると脱ぐ前に暴発する恐れがある。

ルイスはダグのズボンの前を開き、上体を深く屈《かが》め、ボクサーブリーフの上からキスをした。

暖かな吐息に嬲《なぶ》られ息が止まる。ルイスの手が下着のゴムに伸び、ダグの期待が最高潮に達したそのときだった。

「ナーゴ」

唸《うな》るような鳴き声が聞こえたのと同時に、白い塊がダグの顔めがけて飛び乗ってきた。

「うわっ」

「スモーキー！」

ルイスの愛猫——今ではダグの愛猫でもあるスモーキーは、ダグの顔の上に乗っかったまま、また低い声で鳴いた。ダグはスモーキーを抱いて起き上がった。

「すごく機嫌が悪い。相当お腹が空いてるんですね」

そのとき、ダグの腹の虫まで鳴ってしまった。今度はルイスが苦笑する番だった。

「君もね。セックスの前にまず夕食が必要だ」

残念だがこの雰囲気では仕方ない。ふたりでキッチンに行き、ダグはスモーキーの餌《えさ》を用意し、ルイスは冷凍ピザをオーブンに入れた。焼き上がるまでの間に、ふたりでアボカドやトマトを刻んでコブサラダもつくった。

「幸せそうな顔しちゃってさ」

ルイスの視線の先を追うと、満腹になって満足したスモーキがソファーで眠っていた。

「実は途中でスモーキーが邪魔しに来るんじゃないかって、頭の隅で考えてました」

「ダグも？　俺もそうだった。来ないでくれよって願いながら君の下着を下ろそうとしていたんだけど、間に合わなかった」

ピザに齧《かじ》りつきながらルイスが笑う。出会った頃よりたくさん笑うようになったルイスを見ながら、ダグは言葉にできない幸せを感じていた。一緒にいることが今では日常のありふれた一コマになってしまったが、だからこそ味わえる喜びがある。

「今夜は寝室にスモーキーを入れないようにしましょう」

「できるの？　あいつ、しつこく鳴くよ。いつもダグが可哀想だって負けちゃうくせに」

「今日は心を鬼にします。あなたを愛することだけに集中したいから」

「言うね。今の台詞《せりふ》、小説の中で使ってもいい？」

ルイスがにやにや笑っている。作家の前で格好つけるものじゃないな、とダグは反省した。

I can't compete with you

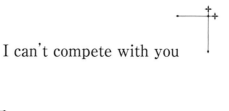

「ディック、こんにちは。仕事はもう終わったんですか？」

仕事を終えて事務所を出たところで、ヨシュアと出くわした。ヨシュアはスーツではなくトレーニングウェアを着ている。

「ああ。お前はワークアウトをしに来たのか？」

「はい。撮影だけだと身体がすっかりなまってしまって」

ヨシュアは今、映画の撮影に専念しており、ボディーガードの仕事は休業中だ。しかし社長のブライアンはヨシュアの俳優業を心から応援していて、会社のジムはいつでも好きなときに使っていいと公言していた。そのうちヨシュアを会社の広告塔にする算段でもつけているのだろう。ブライアンは寛容で親切な男だが、同時に優れたビジネスマンでもある。

「もし時間があるなら一緒にどうですか？」

身体がなまっているのは、内勤続きのディックも同じことだ。久しぶりにヨシュアに会えたことだし、一緒に汗をかくことにした。ロッカーに置いてあるウェアに着替え、トレーニングルームに行くと、ヨシュアはランニングマシンの上でもう走っていた。

隣のマシンでディックも走り始める。他には奥でイアンという古株のボディーガードが、黙々と筋トレに励んでいるだけだ。

「ロブに聞きましたが、ユウトとアリゾナに行ったそうですね。いい旅でしたか？」

「ああ。ツーソンは素晴らしいところだった。ユウトの家族とも仲良くなれたし、最高の旅だったよ。あの二日間は一生忘れないだろうな」

ユウトのステップマザーのレティは、想像した以上に素敵な女性だった。血の繋《つな》がりはないし人種さえ違うのに、レティを見ているとユウトの実の母親のように思えて仕方がなかった。ユウトを大好きな妹のルピータは、ふたりの本当の関係を知るとショックを受けて、特にディックに対してひどく怒っていたが、最後は笑顔を見せてくれた。彼女とはこれからもっと仲良くなれると信じている。そのための努力は惜しまないつもりだ。

しかし何よりディックが感動したのは、ツーソンの満天の星の下でユウトと抱き合ったあの濃密な時間だ。今も目を閉じれば、自分の下で甘く喘《あえ》ぎながら星空をうっとり眺めていたユウトのしどけない姿が、まざまざと浮かんでくる。

「家族にも認めてもらえたなら、次は結婚ですね」

「それはないだろうな」

「どうしてですか？　結婚はいいものですよ。ふたりも結婚すべきです。ディックとユウトほど深く愛し合っているカップルは、そうはいません。生涯を共にすると誓い合ったふたりが結婚しないのは、私には納得がいきません」

不満げな様子が可愛《かわい》くて笑いそうになった。ヨシュアの率直な気持ちなのだろう。ロブとの結婚はヨシュアにとってまさに転換点だった。心の拠《よ》り所《どころ》を得たことで精神が安定し、それまでシャットアウトしていたいろんなものを吸収するようになったヨシュアは、水を貪欲《どんよく》に吸い上げて成長する草木のように、あるいは蛹《さなぎ》が蝶《ちょう》に変わるがごとく短期間に変化した。

「結婚が素晴らしいものなのはわかってるよ。けど、ユウトは今のままがいいみたいだし、俺も形にはこだわらないからな」

アリゾナに一緒に行けただけで十分すぎるほど幸せだ。ユウトの家族に会えて、しかも受け入れてもらえた。何よりそのことで、ユウトの心の重荷をなくせたことが一番嬉《うれ》しい。レティにふたりの関係を内緒にしていることが、真面目なユウトにとってどれだけ苦痛だったか、ディックは手に取るようにわかっていた。

「でもこの先、ふたりの気持ちが変わって、結婚、したくなることだって、あるかも、しれません、よね？」

マシンのスピードを上げたヨシュアは、息を切らしながら食い下がってくる。自分が味わっている幸せを、ディックとユウトにも味わってほしいという純粋な気持ちがあるのだろう。沈着冷静すぎて、一見何を考えているのかわかりづらい男だが、思考回路は極めてシンプルなタイプだ。

「そうだな。未来のことは誰にもわからない。もしこの先、俺とユウトが結婚することがあったら、そのときはお前に真っ先に教えるよ」

額に汗をにじませたヨシュアは、ディックのほうを見て天使のような微笑みを浮かべた。

「はい。ぜひそうしてください」

ロブが見ていたら、「ああハニー、駄目だよ。俺以外の男にそんな魅力的な笑顔を見せちゃ。相手を骨抜きにしちゃうだろう？　罪つくりすぎるよ」とでも言いそうだと考えながら、ディックも笑みを返した。


軽く汗をかくつもりがヨシュアに合わせたせいで、みっちり一時間のハードトレーニングになってしまった。まだ続けるというヨシュアと別れ、ディックはシャワーを浴びて帰宅した。

珍しくユウトのほうが先に帰っていた。一緒に暮らしだしてもうすぐ二年になるというのに、キッチンで夕食をつくりながら「お帰り」と言ってくれるユウトの姿に、いまだに感激してしまう自分は少し病的だとさえ思うが、仕方がない。ユウトとこうして平穏に暮らせていることは、ディックにとって人生最大のラッキーであり、これ以上の幸せはないと確信しているのだから。たとえるなら毎日一億ドルの宝くじに当選しているようなものだ。それで感激しない奴がどこにいる。

「ただいま。ユウティの散歩は？　まだなら俺が行ってくる」

「大丈夫、もう行ってきたから。ディックはビールでも飲みながら座ってて。料理ももうすぐできるから。それか先にシャワーを浴びてきてもいいけど？」

　コンロの前に立つユウトを後ろから抱き締め、頰にチュッと軽くキスをする。何気ないこの瞬間も、ディックにとっては至福の時間だ。

「シャワーは会社で浴びてきた。ヨシュアがトレーニングに来ていたから、俺も一時間だけつき合ったんだ」

「へえ。ヨシュア、元気だった？」

「ああ。俺とお前が結婚しないのが不服みたいだった」

「ええ？　急になんの話？」

　ヨシュアに結婚の素晴らしさを説かれたことを教えると、ユウトはクスクス笑いながらスープが入った鍋《なべ》の火を止めた。

「ヨシュアって可愛いよな。普通だったら大きなお世話だって思うことも、彼が言うと、そのとおりにしてやりたくなる」

「まったくだ。じゃあ、俺たちも結婚するか？」

　ふざけて言ったのに、ユウトの表情がかすかに曇った。

「すまん。今のは冗談だ」

「うん、わかってる。ただ俺が警察官でいる限り、無理そうだなって思ったら、ディックに申し訳ない気持ちになった」

「ユウト、よしてくれ。俺が結婚したがっているならともかく、俺は今のままで十分すぎるほど幸せで、これ以上の何かなんて望んでいないんだ。お前が罪悪感を持つ必要性はこれっぽっちもないぞ」

ユウトを抱き寄せ、しっとりした黒髪に頬を埋めた。笑い話がしたかったのに、ユウトに嫌な思いをさせてしまった。不用意な言葉がつくづく悔やまれる。

「……でも、いつかは結婚したいな」

「え?」

驚いて身体を離し、顔を覗《のぞ》き込むと、なぜかユウトの頬はうっすら赤くなっていた。

「今まで散々、結婚なんて興味ないって言ってたくせに、ちょっとあれなんだけどさ。最近たまに考えるんだ。一生一緒に暮らしていくなら、将来的にそういう選択もありなのかなって。そのほうが制度や法の恩恵を受けられるし、何かあったときの支えになるかもしれないし。ほら、緊急事態のときに、家族でないと取り合ってもらえないこととかあるだろう? そういうのも踏まえて考えると、社会的な意味で家族になるってことも大事なのかなって。まあ、まだよくわからないんだけどさ」

ユウトの気持ちがなぜ変化したのかわからないが、ふたりの関係をより深く真面目に考えた結果なのだと思ったら、ディックの胸はテキーラを一気飲みしたかのように熱くなった。

「ありがとう。だったら俺もこれから考えてみるよ。形にはまったくこだわらないが、ふたりがずっと一緒に生きていくため、よりベストな形があるなら模索していこう」

ユウトは「うん」と頷き、ディックの頬に自分の手のひらを押し当てた。

「ツーソンに行って実感したんだ。俺とレティは血縁関係がない親子だけど、レティが俺の親父と結婚してくれたおかげで、俺はあの人の息子になれた。それは気持ちの上でもそうだけど、社会や法的にも認められているから、もしレティに何かあったときでも俺はあの人の家族として動ける。ディックとは一緒に暮らしているだけで十分幸せだし、俺にとってお前は恋人であり家族だけど、気持ちだけじゃなく他の部分でも繋がりを深めていけるなら、それも悪くないって」

もしかして、とディックは想像した。ユウトは家族のいないディックのために、自分が本当の意味での家族になり、そうすることでレティやルピータ、さらにはパコとも家族になれる未来を与えたいと思ったのではないだろうか。

不意に目の奥が熱くなり、ユウトを強く抱き締めた。ユウトの前では泣きたくないのに、いつだってユウトは自分を泣きたい気分にさせる。困った男だ。

「ありがとう。でも警察官のお前にとってそれは簡単な問題じゃない。これからゆっくり考えていこう。急ぐ必要はないから」

「そうだな。ふたりで少しずつ考えていこう。……愛してるよ、ディック」

ユウトの手が背中に回り、愛《いと》おしむようにとんとんと優しく叩いてくる。赤ん坊をあやすようにソフトなタッチだ。

言葉にならない想いが胸に満ちてくる。思考がまるで追いついてこない。ただわかっているのは、ここに愛があるということ。

――俺はいつだって、ユウトの大きな愛に包まれている。

本当に敵《かな》わないと思った。いつだって全身全霊でユウトを愛していると思っているし、それは紛れもない事実なのに、ユウトの愛に触れるたび、自分の愛はなんてちっぽけなんだろうと気づかされ、恥ずかしさを覚えてしまうのだ。

「……俺に親はいないけど、たまに思うんだ。お前のような親がいたら、どれだけ幸せだったろうって」

「ええ？　俺はお前の親になんてなりたくないよ」

ユウトがパッと身体を離し、嫌そうに言った。微妙に傷つくリアクションだ。

「いや、誰もなってくれなんて言ってないだろう。……でもなんで嫌なんだ？」

「ディックってさ、思春期の頃、大人に対して反抗的だったろう？」

「よくわかったな」

「わかるよ。絶対に扱いづらい子供だったはずだ。素直な子供は大好きだけど、生意気な子供は苦手なんだ。いくらディックでもきっとむかつく」

ティーンエージャーの斜に構えた自分が、ユウトに厳しく叱《しか》られている姿をつい想像してしまい、確かにどんなに好きでも親子は無理だなと納得した。

「生まれ変わっても、ユウトとは恋人同士がいい」

ユウトは「そんなの当然だよ」と笑い、ディックの髪をくしゃくしゃにかき乱した。

# Take me to the camp again

「静かでいいところですね」

ダグ・コールマンが頭上の木立を仰ぎ見ながら言った。

テントやタープなどの設営がひととおり終わり、みんなでチェアに座ってビールを飲みつつ、ひと休みしているところだった。

「川のせせらぎを聞きながら飲むビールは最高だ」

その言葉にユウトも心から同意する。自然の中で飲むビールの味ほど素晴らしいものはない。

今回のキャンプ参加者はユウト、ディック、ロブ、ヨシュア、ダグ、ルイスの六人で、もちろんディックとユウトの愛犬ユウティも一緒だ。

「キャンプなんて久しぶりです。楽しみすぎて昨日はよく眠れませんでした」

「どうりで朝から欠伸《あくび》ばかりしていたわけだ」

ダグの隣に座ったルイス・リデルが、恋人の言葉に苦笑を浮かべた。ダグは気恥ずかしそうにルイスの顔を見た。

「子供の頃、サマーキャンプが大好きだったんです。大好きすぎて、高校生になってからは子供たちの面倒を見るカウンセラーとして参加してました」

「本当に？　その話、初耳なんだけど」

恋人の知られざる一面に直面したルイスは、本気で驚いているようだった。

「すみません。たいしたことじゃないから話していませんでした」

「君に関する話は俺にとって、すべてたいしたことだよ。ちなみに俺はサマーキャンプが大嫌いだった。嫌で嫌でたまらないのに父親の命令で強制参加だ。だからキャンプそのものが、ちょっとしたトラウマになってる」

キャンプの誘いをダグは喜んだがルイスは難色を示したとロブから聞いて、てっきり作家の仕事が忙しいせいだろうと思っていたが、単純にキャンプが苦手だったのだ。

それでも今日ここにいるということは、乗り気なダグをがっかりさせたくないというルイスの優しさゆえだろう。

「ルイスが団体行動の大嫌いな子供だったことは、容易に想像がつくな」

ディックが足元に座っているユウティの頭を撫でながら言った。ユウティはみんながナッツやビーフジャーキーなどを口にしているので、自分も何かおやつがもらえるんじゃないかと期待しているらしく、さっきからそわそわしている。

「そういえばユウトもサマーキャンプは嫌いな子供だったよな」

そんな話をディックにしただろうかと記憶を辿り、ややあって思い出した。シェルガー刑務所で話したのだ。しかも暴動が起きて食料庫に逃げ込んだときのことだ。よく覚えていたな、とディックの記憶力のよさに感心する。

「へー。ユウトもアンチ・サマーキャンプ派だったの？」

ルイスに聞かれ、「そうなんだ」と大きく頷いた。

「俺も毎年、父親に強制的に参加させられていた。アウトドアは好きだけど、押しつけられて参加するキャンプは苦痛でしかなかった。だからルイスの苦手意識は理解できる」

ルイスは「同志だな」と缶ビールを掲げた。ユウトも自分の缶ビールを持ち上げて応《こた》える。

「だからルイスは今回のキャンプ、参加を渋っていたんだな。子供の頃のサマーキャンプと大人になってからのキャンプはまったく別物なのにさ」

ロブ・コナーズが口に入れたナッツを、ボリボリと嚙《か》み砕きながら言う。

「どういうところが別物なんだ？」

「決まってるだろ。昼間っから好きなだけうまい酒が飲めるところだよ」

これぞ人生の至福と言わんばかりの表情で、ロブは二本目の缶ビールに手を伸ばした。今日のロブは麦わら帽子のカウボーイハットを被《かぶ》ってご機嫌だ。

もっともロブがご機嫌なのはいつものことで、この陽気な犯罪学者が落ち込んだり悄然《しょうぜん》としたりする姿を他人に見せることは滅多にない。あるとすれば、それはヨシュア絡みで何かあったときくらいだ。

去年の夏はディック、ユウト、ロブ、ヨシュアの四人でここを訪れたが、ロブの提案で今年もキャンプをすることになった。

それほど山奥でもないのにひとけがなく、テントを張るのに最適な地面があり、川遊びのできるきれいな渓流もある。設備が整ったキャンプ場も便利でいいが、自然を満喫しながらのんびり過ごすにはうってつけの場所だ。

「去年は四人で来たんだろ?」

ダグの問いかけに、ユウトは「そうなんだ」と答えた。

「今年はダグとルイスが増えて嬉しいよ」

今ではすっかり打ち解け、長年の友人のように気兼ねなくつき合っているが、去年の夏はふたりとまだ知り合ってさえいなかった。

ダグとルイスの友達になれてよかったと、ユウトはこのカップルとの出会いに心から感謝している。同性のパートナーがいるという共通点だけで、ここまでいい関係は築けないはずだ。

「俺もルイスも誘ってもらえて嬉しかった。ねえ、ルイス?」

「ああ。キャンプは好きじゃない俺だけど、君たちと過ごせる楽しみに釣られた。パコとトーニャも参加できたらよかったのに」

パコとトーニャにも声をかけたのだが、予定があって不参加になった。ネトは仕事でフロリダだかキューバだか、とにかくどこかの海にいて、しばらくLAには帰れないとのことだった。

「パコはすごく残念がって、そのうちビーチで遊ぶ計画を立てるって言ってたよ。話を戻すけど、ヨシュアはサマーキャンプをどう思っていた? 俺の見るところ、君もアンチ派だったと推測するな」

ロブに聞かれたヨシュアは「わかりません」と首を振った。

「私はサマーキャンプに参加したことがないので。ですが、学校に行くのも辛《つら》い毎日だったので、自分の時間が持てないサマーキャンプは、参加していればきっと耐えがたい苦痛だったと思います」

率直な言葉に他意はないとわかっているはずなのに、ロブは大失敗を犯してしまったという顔つきで、「ああ、ごめんよ、ハニー」とヨシュアの膝《ひざ》に手を置いた。

「サマーキャンプに参加するのが当然みたいな前提で聞いてしまった。俺が完全に悪い」

「どうしてですか？　ロブがなぜ謝るのか私にはよくわかりません」

少々、鈍感なヨシュアと何事にも気を回しすぎるロブは、時々、噛み合わない会話をするが、それもこのカップルらしくて微笑ましい。

ここにいる三組のカップルは、それぞれ関係性が違っていて面白い。売れっ子ミステリ作家のルイスは偏屈な面があり、いかにも団体行動を嫌がりそうだが、反対にダグは協調性があって誰とでも上手くやれるタイプだ。

一見するとルイスのほうがダグに対して我《わ》が儘《まま》に振る舞っているように見えるが、実際は年下のダグのまっすぐさを思いやり、見えない部分でルイスがより気遣っている関係にも思える。

犯罪学者のロブと俳優に転身したヨシュアの関係も興味深いものがある。人の心を見抜くことに長《た》けた冗談好きの陽気なロブと、口数の少ないポーカーフェイスのヨシュア。最初の頃はロブが教師のようにヨシュアを導いている関係だったが、最近はそういう役割から互いに脱却して、より対等に向き合っている感じがする。

プライドの高すぎるロブがヨシュアの前で素の自分をさらけ出せるようになったことで、ふたりの関係がより深まったのは傍目《はため》からも見て取れた。

ディックとユウトの関係は変わらず良好だ。このところディックを単なる恋人ではなく、家族のように感じ始めているのは、アリゾナに住むレティとルピータにようやくディックを紹介できたからだろうか。

「そういえば、ロブ。ここに着いたとき、ヨシュアとの記念の場所だとかなんとか言ってたけど、あれってどういう意味？」

ルイスが思い出したように質問した。ロブはよくぞ聞いてくれたと言わんばかりの笑顔を浮かべた。

「去年、ここでキャンプをしたとき、ヨシュアにプロポーズしたんだ。もちろん答えはイエスで、あのときは最高に嬉しかったな。そういうわけで、ここは俺たちにとって記念の場所なんだよ。ね？　ヨシュア」

「はい。また来られて嬉しいです」

少しはにかんだ表情でヨシュアが頷く。あれからもう一年が経ったのか、とユウトは感慨深い気持ちで去年のことを思い出した。

ロブのプロポーズは意外だったが、ヨシュアがＯＫしたことはもっと意外だった。あの頃はそんな大事なことを簡単に決めてしまって大丈夫なのだろうか、決断するのが早すぎるのではないか、と勝手に心配したものだが、今は自分が間違っていたとわかる。迷いなく自分たちの最善を選択できたふたりの関係は、本当に素晴らしい。

「そうだったな。ふたりにとってここは思い出の場所だった。すっかり忘れていた」

「ディック、ひどいじゃないか」

「ごめん、俺もだ。だってチンパンジー事件のインパクトが強すぎてさ」

ユウトが冗談交じりに言うと、ダグが「チンパンジー事件って？」と怪訝《けげん》な表情を浮かべた。

「話してなかったかな？　実は俺たち、ここでチンパンジーに襲われたんだ」

「えっ？　この辺りってチンパンジーが出るの⁉　すごく危険じゃないかっ」

顔色を変えたダグに対し、ロブがにやにやしながら「そうなんだよ、すごく危険なんだよ」と言うから噴き出しそうになった。言葉の内容と表情がまるで合っていない。

「嘘《うそ》ばっかり。アメリカに野生のチンパンジーなんていやしないのに」

ルイスがクールな態度でふたりのやり取りを切って捨てた。

「なんだよ、ルイス。もう少しダグを怖がらせたかったのに。でもそのとおり。そいつは近くの動物園から逃げ出したチンパンジーだったんだ。子供だからさして危険はなかったんだけど、ユウトは後ろから抱きつかれて絶叫してたっけ。あんなに驚くユウトは初めて見たよ」

思い出し笑いを浮かべる意地悪なロブを、ユウトは軽くにらみつけた。

「しょうがないだろう。突然正体のわからない毛むくじゃらな生き物に飛びつかれたら、誰だって驚くに決まってる」

「そうです。ユウトが叫ぶのは当然です。からかうのはよくありません」

すかさずヨシュアがユウトに加勢した。ヨシュアはいつだって正しいほうの味方だ。

「キャンプにアクシデントはつきものとはいえ、チンパンジーもジェイソンもゾンビもお断りだな。キャンプや山小屋に来た若者が、殺人鬼や化け物に襲われるホラー映画みたいだ」

ルイスが肩をすくめると、ロブが「俺はホラー映画が大好きだ」と言い出した。

「古典的名作『死霊のはらわた』に始まり『13日の金曜日』『バーニング』『罰ゲーム』『キャビン・フィーバー』、キング絶賛の『クライモリ』。ああそうだ、『サマーキャンプ・インフェルノ』も忘れちゃいけないな」

「もうやめてくれ、ロブ。血まみれ映像がフラッシュバックする。とにかく、今回は何事も起きないことを心から願ってる」

「ルイスってもしかして怖がり？」

「ああ。俺は怖がりだよ。強盗も殺人鬼もゾンビも幽霊も全部苦手」

ロブの質問にルイスが顔をしかめて答えると、ディックが「意外だな」と笑った。

「強盗と殺人鬼は仕方ないとして、非科学的存在まで怖がるなんてルイスらしくない気がする」

「俺は作家だから、人一倍、想像力が豊かなんだ。存在しない化け物でも頭の中で詳細に思い浮かべて、あれこれシミュレーションしてしまう癖がある。これが驚くほどリアルで鮮明なんだよ。昔、悲しいほど売れない作家だった頃、別ペンネームでゾンビものを書いたんだけど、入り込みすぎてゾンビに襲われる悪夢を何度見たかしれない」

「なるほどね。読者を唸らせるエドワード・ボスコの秀逸な描写力は、ルイスの大いなる想像力の賜物《たまもの》だけど、そういった弊害もあるんだね」

ロブが茶化すように言ったが、ユウトはひそかに同情を覚えた。没頭して執筆しているときのルイスの頭の中では、現実と同じほどの比重で物語の世界がリアルに存在しているのかもしれない。悲劇や惨劇を産み出しながら、自身もその渦中に身を置いているのだとしたら、精神的負担は相当なものだろう。

「作家って大変なんだな」

ユウトの言葉を聞いたルイスは、なぜか子供を見るような優しい目で微笑んだ。

「俺に言わせれば現実の悪や理不尽と戦う警察官のほうが、何倍も大変な仕事だ。君やダグは本当に立派だよ。心から尊敬している」

皮肉屋なルイスに率直な言葉で褒められると妙に気恥ずかしくなり、返す笑顔がぎこちなくなった。断じて変な意味ではないのだが、ダグがルイスの言動にどぎまぎしてしまう気持ちが少しわかった気がする。

「大雨なんかで橋が流されて孤立したキャンプ場で、ひとりまたひとり殺されていく系スプラッター映画だと、俺みたいなタイプって大抵、一番目に殺されない？」

ロブが自分を指さして言った。一瞬の沈黙のあと、全員が大笑いした。自分で言っておきながらあまりの爆笑に傷ついたのか、「そこまで笑わなくてもいいだろう？」とロブは拗《す》ねたように唇を尖《とが》らせた。

「君ってあれだな。すぐに戻ると言って、二度と帰ってこないキャラクターのタイプ」

「お、ルイス。『スクリーム』ネタだな。俺もあの映画大好きだよ」

その映画ならユウトも観たことがある。田舎町に住む若者たちが、ホラー映画にありがちなネタを馬鹿にするが、自分たちも同じような状況で殺人鬼に殺されていくストーリーだった。

ディックが「懐かしい映画だな」と笑った。

「俺も大学の頃に観た。すぐ戻ると言うと絶対に死ぬ、ホラー映画の中でセックスすると死ぬ、死んだ殺人鬼に近づくと襲われる、外に逃げればいいのに二階に逃げてやっぱり殺される、あとなんだっけ？」

「襲われる女の子はどの子も胸が大きい、殺人鬼を倒せるのは処女だけ、なんかもあったっけ。ヨシュアも観た？」

ルイスに聞かれたヨシュアは、「私は観てません。ホラー映画は嫌いなんです」と空気を読まず率直に答えた。ロブが慌てて取りなすように「でもさ」と口を開けた。

「俺の次に殺されるのは、絶対に君だよ」

「私ですか？　なぜ？」

「大事な恋人を殺されて怒りに我を忘れたヨシュアは、みんなが止めるのも聞かず森の奥へと入っていき、謎《なぞ》の殺人鬼と果敢に対峙《たいじ》するんだ。でもあえなく惨殺されるパターン。俺からもらった思い出のペンダントを握りしめながら……。みたいな」

「ペンダントなんてもらっていませんが」

「演出上の話だよ」

ヨシュアは納得がいかない様子だったが、ロブの遊びに水を差すのも悪いと思ったのか、それ以上の反論はしなかった。

「次は作家の俺に任せてくれ。危険だから全員離れないでいようと話し合ったのに、情緒不安定になった繊細な作家――つまり俺だけど、俺はこんなところにはいたくない、きっと他にも帰れる道があるはずだとパニックになって、ひとりでキャンプ場から逃げ出す。山を下っていくと、ぽつんと建った民家を発見して、九死に一生を得た気持ちで助けを求めて逃げ込む。でも家の中には、先回りした殺人鬼に殺された老夫婦の死体が転がっていた。恐怖におののきながら外に飛び出すと罠《わな》が仕掛けられていて、馬鹿な作家の首はスパッと切断され、頭がごろりと地面に落ちる。謎めいた不気味な殺人鬼は無言で俺の頭を拾い上げて、どこかへと持ち去っていく」

突然、本格的ホラー話になったせいか、笑いはいっさい起きなかった。

「何？　お気に召さなかった？」

「笑えないですよ、それ。本気で怖いです。というか、ルイス、ひどくないですか？　俺を置いてひとりで逃げちゃうんですか？」

ただの馬鹿話なのに、ダグが不満をあらわにした態度で質問した。

「ふたりで逃げようって誘ったのに、慎重な君は『それは危険です。みんなと一緒にいるほうが安全ですよ』って言い張ったからだよ」

そこの矛盾点はすでに想定済みらしい。確かにダグが言いそうな言葉だと思った。

「よーし、面白くなってきたぞ。ルイス、次に殺されるのは誰だ？」

ロブが手揉みしながら続きを要求した。楽しくキャンプをしにきたのに、自分たちが殺される話をしたがるロブの気が知れない。物語を求められれば応じるのが作家の務めとばかりに、ルイスは「そうだな」と腕を組んだ。

「展開的に考えて俺のあとがダグだと、ロブたちのときとパターンが同じになってしまうから、次の被害者はユウティだな」

「ええっ？　ユウティまで殺されるの？　それはないよ」

驚きのあまり、咄嗟《とっさ》に抗議してしまった。ディックも「ないな」と同意してくれた。

「ユウト、ディック、悪いけど面白い物語に私情は禁物だ。ユウティは殺人鬼に噛みついて一矢報いるけど、やはり殺されてしまう。ユウトは悲しみに襲われ、絶望をより深める。やっぱり主人公はとことん追い込まれないといけないからね」

「ちょっと待って。この話ってユウトが主人公なの？」

ロブが目を丸くした。ユウトも同じく驚いた。いつからそうなった？

「ホラーにおける主人公は、大抵みんなに愛される性格のいいヒロインじゃないか。控えめだけど芯《しん》は強い子で、ハンサムな彼氏か、もしくは彼氏候補がいる。この中から選ぶとしたらユウトしかいないだろ？」

「うーん、確かに。そう言われるとヒロインはユウトしかいないな」

「いや、ロブ、簡単に納得するなよ。俺はヒロインじゃなくて、殺人鬼と勇敢に戦うヒーローがいいのに」

「ヒロインっていうのは、単なる役割の話だよ。で、ルイス。ユウティの次はダグだよね？」

「そう。ダグだな。俺を失った悲しみに打ちひしがれ、一緒に行動しなかったことを深く後悔しているダグは、ひとりで湖に行く。もう生きていても仕方がないという無気力に捕らわれ、いっそ自分も殺人鬼に殺されてしまいたいと思って歩いていると、湖の水面から顔を出している俺を見つけるんだ。ダグは夢でも幽霊でもいいと思い、必死に泳いでそこまで行く。でも悲しいことに、そこにあったのは竿にくくりつけられた俺の生首だった」

ひゅっと変な音がした。ダグが深く息を吸い込んだらしい。

「ダグは俺の頭を抱き締め、泣き笑いを浮かべて狂気に呑《の》み込まれていく。そこに忍び寄る無慈悲な殺人鬼の影。そいつに足を引っ張られて水中に引きずり込まれるダグ。なのに彼は無抵抗だ。最愛の恋人を抱き締めながら死ねるなら本望だとばかりに、微笑みながら殺人鬼の蛮行を受け入れる。つまりダグは愛に殉じて死んでいくわけだ」

「なんだかずるくない？　自分たちだけやけにドラマチックじゃないか」

ロブが文句を言ったが、ルイスは聞こえないふりで話を続けた。

「そして残るはディックとユウトだ」

「わかってる。ユウトがヒロインなら、次に狙《ねら》われるのは俺だな」

ディックが覚悟はできているというように、胸の前で両手を挙げてホールドアップした。ルイスは「そのとおり、次はディックしかいない」と頷いた。

「俺の希望を先に言っておくと、殺人鬼と壮絶に戦って勝利してから死にたいんだが」

「残念。それだとクライマックスが盛り上がらないんだ。君は何があっても恋人を守れると信じているだろう？　だけどホラー映画における謎の殺人鬼は、非人間的なまでに完璧《かんぺき》なアサシンだ。どの物語の中でも神にも等しい完全無欠な存在だから、たとえ元特殊部隊の軍人である君でも敵わない」

「わかったよ。殺人鬼に勝利してユウトとハッピーエンドを迎えるラストシーンは諦める。で、俺はどんな殺され方をするんだ？」

にこやかに自分の死に方を知りたがるディックは不思議な凄《すご》みがあって、ユウトの目には、なぜだかやけにセクシーに見えた。もしかしたら、いくつもの死線をくぐり抜けた男だけが持てる色気なのかもしれない。ちなみに今日もディックは曇りひとつなくハンサムだ。

「君はユウトだけは生き残ってほしいと願い、殺人鬼に巧妙な罠を仕掛ける。さすがの殺人鬼も予想できず、その罠にはまって身動きが取れなくなる。君は勝利を確信して殺人鬼に近づいていくが——」

「それは殺人鬼のフェイクで、逆に殺《や》られてしまうんだな」

ロブに口出しされてルイスは少しむっとした表情になったが、気を取り直して話を続けた。

「ディックもただでは殺されたりしない。何しろ自分が死んでしまったら、ユウトはひとりきりだ。彼を守る者は誰もいなくなってしまう。傷を負ったディックは自分がもう助からないと悟り、最後の力を振り絞って殺人鬼に突進して、もろとも崖《がけ》の上から飛び降りる」

「え？　そのキャンプ場って崖の上にあったの？」

「うるさいよ、ロブ。で、ユウトはその様子を見ていて、急いで崖の縁に走り寄るけど、ディックと殺人鬼は岩場の上で息絶えている。悲しい幕切れだ」

崖の上から谷底を見下ろし、最愛の人を失った悲しみに涙する自分を想像してみたが、残念ながら上手くいかなかった。ルイスのような想像力は皆無らしい。

「そこでエンディングロールが流れてくるの？」

ロブが聞くと、ルイスは「そんなわけないだろう」と呆《あき》れたように言い返した。

「ここからが一番の山場なんだから。仲間や恋人をすべて失った主人公は、孤独な状況で壮絶に戦わなきゃいけないんだ」

どうやら殺人鬼はまだ死んでいないらしい。一応、主人公なんだから生き残れるはずだと信じているが、これからどんな恐ろしい状況が待っているのかと思うと、少しドキドキしてきた。

固唾《かたず》を呑んでルイスが語る結末を待っていると、突然ユウティが大きな声で吠《ほ》え始めた。しかも誰もいない背後の茂みに向かってだ。

「ユウティ、どうした？　落ち着け」

ディックがリードを引き寄せ、唸るように吠え続けるユウティを宥めた。

「大人しいユウティがこんなに吠えるなんて珍しいですね。まさか野生動物でもいるんでしょうか？　ちょっと見てきます」

「ヨシュア、危ないよ。熊や猪《いのしし》だったらどうするの」

ロブが止めたのに、ヨシュアは「念のためです」と言い返して立ち上がった。ディックが「俺も一緒に行こう」と腰を上げた。

「これくらいの山なら熊もいるだろう。寝ている最中に襲われでもしたら大変だ」

ヨシュアの後ろを歩きだしたディックは、ふと足を止めて振り返り、全員を見回してニヤリと笑った。

「大事なことを言い忘れた。——すぐ戻る」


「……やっぱり納得がいかないです」

ルイスがランタンのスイッチを消そうとしたときだった。寝袋の中でダグが呟《つぶや》いた。

「え？　なんの話？」

「昼間のホラー映画版ダグとルイスです。俺はルイスがどうしても山を下りたいと言ったら同行します。あなたをひとりで行かせるはずがない」

三組のカップルのテントは距離を空けて設営しているが、静まり返った山の中にいるせいか、ダグは内緒話をするように声をひそめて訴えてきた。

ルイスは寝返りを打ち、ダグのほうに身体を向けた。

「あれは創作の話じゃないか。物語を面白くするための展開なんだから、納得してくれなきゃ困る」

「それでも嫌です。俺は何があってもルイスをひとりぼっちになんかしない。ルイスもそうですよね？　俺を置き去りにして、ひとりでいなくなったりしないでしょう？　もしそんなことがあったら悲しすぎます」

ダグの純情ぶりに思わず笑いそうになった。まったくなんて可愛いことを言うんだろう。夕食のバーベキューが終わり、さっきまでみんなで焚《た》き火を囲んで酒を飲んでいたのだが、ダグは少し飲みすぎたようだ。

「どうかな。本当に殺人鬼が襲ってきたら、パニクってひとりで逃げちゃうかもしれない。俺みたいな非力な男は、きっと真っ先に殺されてしまうだろうから」

つれない言葉を口にしてしまうのは、ルイスがダグを好きすぎるせいだ。愛情が膨れあがって手に負えず、つい苛《いじ》めたくなる。案の定、ダグはむきになったように言い返した。

「俺が守りますよ。何があっても絶対に。俺を信用してくれないんですか？」

「信用しているけど、非常時は理性が麻痺《まひ》するものだし」

「それでも駄目です。絶対に俺のそばから離れないでください。ね？」

ダグがガバッと覆い被さってきた。両腕で強く抱き締められる。

思いのほか強い力で拘束されて胸が苦しい。それに首筋にかかる息もかなり酒臭い。ルイスは「まったくもう」と内心で溜《た》め息《いき》をついたが、そこに嫌な気持ちは微塵も含まれていなかった。

胸に満ちているものは、珍しく駄々っ子のような振る舞いを見せるダグへの限りない愛おしさだけ。

「わかったよ。何があっても君から離れたりしない。熊に噛み殺されようが殺人鬼に斧《おの》で惨殺されようが、ふたり一緒なら全然怖くない」

「もう！　だから殺されたりしませんってば！　俺は絶対に絶対にルイスを守るんですからっ」

ルイスを抱き締めたままダグがじたばたと暴れる。

耐えがたい重みに耐えつつルイスは微笑みを浮かべ、「はいはい、君がいれば安心だよ」とダグの頭を優しく撫で続けた。

「……ヨシュア。今何か聞こえなかった？」

「いいえ。私は何も聞こえませんでした」

「本当に？　裏の茂みのほうからガサガサって音がしたような……」

寝袋で仰向《あおむ》けになりながらランタンの明かりで本を読んでいたヨシュアは、「心配なら見てきましょうか？」と持っていた本を脇に置いた。

「いや、いいよ。俺の気のせいだと思う。昼間も結局、何もいなかったしね」

ユウティが吠えたのは小動物の臭《にお》いでもしたせいだろうと、ディックは結論づけた。あれきりユウティは吠えることなく、ずっと楽しそうに過ごしていたから、きっとそんなところだったのだろう。

近くに大きなキャンプ場もあるし、危険な動物が出没する可能性はないと思いたいが、いざ寝ようとすると山の中の慣れない静けさが、逆に神経を刺激する。

「殺人鬼はさすがに来ないだろうけど、熊は怖いよね。熊は知能も学習能力も高くて、犬より頭がいいらしい。足も速いし木登りも上手い。もし熊に寝込みを襲われたら相当やばいな。さすがのディックも素手じゃ厳しいだろうね」

「現実的にはそうでしょうが、ユウトを守るためなら熊さえ倒してしまいそうなのが、ディックという人ではありませんか？」

「確かに。ディックって最強サバイバーって感じだよね。映画でいうと、人類が滅亡した地球でひとり生き残って、世界を孤独にさすらう主人公タイプ」

言いながらロブはくすくすと笑った。横顔にヨシュアの視線を感じて首を曲げると、深い緑の眼差しがそこにあった。

何か言いたげな瞳に心を鷲掴《わしづか》みされ、自然と手が伸びてヨシュアの手を握っていた。待ち構えていたようにヨシュアの温かな手が、ロブの手をしっかりと握り返してくる。

「去年もテントの中でこんなふうに話しましたよね。あのときは、一年後にあなたと結婚して一緒に暮らすことになるとは思いもしませんでした」

「そう？　俺はいずれそうなるだろうって確信していたけど」

「本当ですか？　ロブはなんでもお見通しなんですね」

冗談を本気に受け取るヨシュアがたまらなく可愛い。繋がった手を口元に引き寄せ、チュッと手の甲にキスをした。

「ねえ、ハニー。一年前、君が俺のプロポーズを受けてくれたときはすごく幸せで、これ以上の幸せなんてないと思ったけど、今のほうがもっと幸せだ。君がそばにいてくれるだけで、俺って底抜けに幸せになれるらしい」

「私も同じです。ロブがいてくれるから毎日が幸せです。世界中の幸せを独り占めしているみたいで、たまに怖くなります。私だけがこんなに幸せでいいのだろうかって」

「殺人鬼もゾンビも平気そうな君でも、怖くなることがあるんだね」

鼻を指でキュッと摘まんでからかうと、ヨシュアは鼻声で「当然です」と答えた。

「私はいつだって怖がっています。あなたに愛されなくなったらどうしよう、自分の人生からあなたが去っていったらどうしようって」

そんな心配なんてまったくすることないと言おうとしたら、ヨシュアが先に「でもいいんです」と続けた。

「そういう怖さもきっと私には必要なんです。ロブの愛情に甘えてばかりいてはいけないと、気持ちが引き締まりますから」

恋愛を自己研鑽《けんさん》みたいに語るところがヨシュアらしくて可笑しかった。でもそういうヨシュアだからこそ、こんなにも愛おしいのだろう。

「怖くなったらいつでも俺に聞いてくれ。今、どんな気持ちかって。俺の答えを聞きさえすれば、君の怖さなんて吹き飛んでしまうはずだ」

ヨシュアは返事をする代わりに、ロブがたまらなくなるほどの情熱的なキスをした。


「ユウティ、すっかり熟睡だな」

ディックの言葉に自分たちの足元を見ると、寝袋の上でユウティは丸くなって寝息を立てていた。

「今日は一日中、はしゃいだからな。滝壺《たきつぼ》でもずっと泳いでいたし」

楽しそうだったユウティの姿を思い出すと、自然と唇がゆるんでしまう。それはディックも同じらしく、ユウトの隣で横向きに肘《ひじ》をついて寝ながら、愛おしそうな眼差しでユウティを眺めていた。ディックのユウティを見つめる優しい目が、ユウトは何より大好きだ。

「……なんだかもやもやするな」

「俺とセックスしたくて?」

「馬鹿、違うよ」

指先でディックの額をはじいてやる。左右のテントで友人たちが寝ているから、さすがにそんな気分にはなれない。

「ルイス脚本のホラー映画の話だよ。結局、最後まで語られなかっただろ？ 俺だけどうなったのかわからずじまいだ」

「主役なんだから、最後はお前が殺人鬼を倒して助かるに決まってるだろう」

「結末はわかっていても、そうなる過程がわからないだろ？ そのせいですごくもやもやするんだよ。明日、ルイスに教えてもらわなきゃ」

ディックは何が可笑しいのか、くすりと笑ってユウトの頭を撫でた。

「何？」

「映画のラスト十五分あたりで停電して、映画館から追い出された客みたいだと思って」

「ちょっとむかつくけど、絶妙な喩《たと》えだな」

険しい表情で言ってみせてから、ふたりで肩を揺らして笑い合った。

「ホラー映画ってよく考えてみると、結構、愛を試されてるよな。愛する人のために化け物に立ち向かえるのか、どれだけ勇気を持てるのか、みたいな感じで。恋人を置いて逃げ出す男もいれば、自分を犠牲にしてでも恋人を守ろうとするキャラもいるだろ」

「生きるか死ぬかの場面でこそ、その人間の本性が現れるものだからな。そう考えるとホラー映画は奥が深いな」

ディックが言うと映画の話ではなく、もっと深い意味を持つ内容に思えてくる。ディックはこれまでいくつもの死を見てきたはずだが、自分の死は何度覚悟したのだろう。

「俺なりにルイス監督の映画のラストを考えてみたんだけど、聞いてくれる？」

「ああ。ぜひ聞きたいな」

ディックが興味津々といった態度でユウトのほうに身体を寄せてくる。

「悲しみに打ちひしがれながらも、俺はディックの死を無駄にはできないと自分を鼓舞してひとり山を下りていく。途中で死んだと思っていた殺人鬼が立ちはだかり、殺されそうになる。もう駄目だと諦めかけたそのとき、ヒーローが現れるんだ。誰だと思う？」

「……森林警備隊？」

「ブー。外れ。ディックだよ」

「俺？　崖から落ちて死んだはずだが」

「一緒に落ちた殺人鬼が生きていたんだから、ディックだって生きててもおかしくないだろ？ディックは重傷を負いながらも殺人鬼を追いかける。そしてそいつが俺を襲っている場面に出くわし、背後から飛びかかって見事やっつけるんだ。俺はディックが生きていたことに感動して、最後は涙の抱擁とキスだ。感動的なラブソングが流れてきてエンドロール。どう？」

最高にいい結末だと思ったのに、ディックは大笑いして「駄作すぎてルイスが激怒するぞ」と寝袋を叩いた。

「そうかな？　俺にとっては一番いい終わり方なんだけど」

「お前に作家の才能がないことはよくわかった。でもそれは俺にとっても最高の結末だ」

「だよな？　俺とお前の愛の勝利ってことで、もう決まりだ。ルイスの話は聞かないでおこう」

ようやくすっきりできた。ユウトはディックの頬にキスをして「もう寝よう」と告げた。するとディックは「本当にもう寝てしまうのか？」と意味ありげに聞いてきた。

「そうだよ。セックスすると殺されちゃうんだから、危険は冒せない」

ディックは一本取られたとばかりに溜め息をつき、「手くらいは繋いで寝てくれ」とユウトの手を強く握った。

# ハンサムが多すぎる

「キース、飲み物は足りてる？」

ロブ・コナーズの問いかけに、キース・ブルームは「足りてる」と答えた。

「さっきから君はビールばっかり飲んでるね。ビールが好きなの？」

「まあね」

キースの素っ気ない態度を気にした様子もなく、ロブは「他の銘柄もあるから、飽きたら言ってくれ」と明るく返した。

分署からロサンゼルス市警察本部に異動となったキースは、ギャング・麻薬対策課でコンビを組むことになったユウト・レニックスにしつこく誘われて、今日のホームパーティーに渋々参加した。

初対面のロブは、快活で人当たりもよく親切な男だ。パーティーが始まってからみんなに酒を持ってきたり料理を取り分けたりと、片時も休まず客の世話を焼き続けている。ホストゆえのサービスかもしれないが、キースには過剰なまでの親切に思えて仕方がない。気楽な友人同士の集まりなら、そこまで丁寧にもてなさなくてもいいのではないだろうか。

それにいかにも人のよさそうな隙《すき》のない笑顔が、どことなく胡散臭《うさんくさ》く見える。こういうタイプは裏がありそうだが、ユウトはロブのことを最高に気のいい男だと評していたので、おそらくキースの考えすぎだろう。新しい相棒が親友の本性を見抜けないほど間抜けな奴だとは思いたくない。

「ディック、そっちのクラッカーを取ってくれ」

ユウトが頼むとディックは皿ごと持ち上げ、彼の前に置いた。ユウトはクラッカーを一枚取ると、ガラスの皿に盛られたワカモレをたっぷり載せて口に運んだ。

「うん、美味しい。トルティーヤチップスもいいけど、このクラッカーにも合うな。ロブ、このワカモレすごくうまいよ。もしかして醤油《しょうゆ》が入ってる？」

「当たり。隠し味にワサビも入れてみた。アボカドにワサビ醤油って合うよね」

唇にクラッカーのかすをつけた間抜けな恋人の横顔を、ディックは微笑んで見ている。キースがディックに会うのは、これが二度目だ。相変わらずむかつくほどのハンサムだが、以前ほどすかした感じがしないのは、ユウトからいろいろ話を聞いて印象が変化したせいだろう。

こんなにも男前なのに、彼はユウトに惚《ほ》れすぎてメンタルに問題を抱えているらしい。恋人に病的に入れ込んでしまう人間は、いろんな意味で厄介だ。もし別れ話が持ち上がったら、ユウトはさぞかし苦労するに違いない。相手は特殊部隊にいた元軍人だ。ストーカー化すればかなりやばい。他人の色恋に首を突っ込む気はさらさらないが、そうなったら相談くらいは乗ってやるつもりだ。

「キースも食べてみろよ。うまいぞ」

ユウトがワカモレをつけたクラッカーを差し出してくる。キースは首を振った。

「遠慮する。アボカドは嫌いだ」

「えっ。お前、アボカドが嫌いなのか？　こんなに美味しいのに？」

信じられないというような目で見られ、少しだけイラッとした。キースは大抵のものは問題なく食べられるが、子供の頃からアボカドだけは苦手なのだ。

「誰にだって好き嫌いはある。あんたはどうなんだ、レニックス」

「俺？　俺は特にないけど。ディックはあるよな。グリーンピース」

誰も聞いてないのに恋人の苦手を披露したユウトは、隣のディックに向かって「な？」と同意を求めた。ディックは「俺が嫌いなのは、冷凍のグリーンピースだ」と訂正した。意外と細かい男だ。

「偏食に関してはヨシュアがチャンピオンだね」

ロブがおどけるように言うと、ヨシュア・ブラッドは「以前より、かなりましになりました」と返した。

「ロブの料理が美味しいおかげです」

ロブとヨシュアはオープンリー・ゲイで、パートナー同士であることは公にしているという。愛想の塊のようなロブと、無愛想そのもののヨシュアは正反対のタイプだが、見ている限り関係は上手くいっているようだ。

最近、俳優業に転身したというヨシュアは、ちょっとお目にかかれないほどの美形で、顔だけ見れば生まれながらのハリウッド俳優という印象だが、キースに言わせれば表情筋が死んでいる。そんな男が演技をする姿など、まるで想像がつかない。

「毎日、ロブの手料理を食べられるヨシュアが羨《うらや》ましいよ。俺もここに住みたいくらいだ。だけど運動もしない人間がロブの料理を毎日食べたら、確実にぶくぶく太るよね」

そう言って肩をすくめたのはルイス・リデル。どこか冷めた眼差《まなざ》しを浮かべるこのニヒルなハンサムの正体は、作家のエドワード・ボスコだ。熱心なファンというほどではないにしても、デビュー作から愛読しているミステリ作家が目の前で喋っているという現実に、キースの胸はひそかに躍った。次の機会があったら絶対に本を持ってきてサインをしてもらおう。

「太ってもいいじゃないですか。ルイスは痩《や》せすぎなんだから」

ルイスの恋人で同居人でもあるダグ・コールマンが言った。ソフトな人当たりで誰からも好かれそうな男だから、車のセールスマンでもしているほうがしっくりくるが、ダグはロサンゼルス市警察本部殺人課の刑事だ。以前、本部の駐車場で会った際、恋人にぞっこんなのを隠しもしなかったが、まさかその相手がボスコだったとは。

「嫌だよ。中年になってから太ると痩せないんだ」

「動けば痩せるさ。ルイスは一日中、椅子に座りっぱなしなんだろ？　健康のためにも少しは運動したほうがいいぞ」

口を挟んだのはパコだ。ユウトの兄でダグの上司でもあるパコは、スマートを絵に描いたようなハンサムだ。さぞかし女にモテるだろうと思うが、パコのお相手はトランスジェンダーの美女。

「私もジムに通おうかしら。最近、ちょっと太り気味なのよ」

くだんの美女が軽く溜《た》め息《いき》をついた。肉体的には男だとわかってもなお、トーニャを美人だと感じる気持ちに変わりはない。顔だけでなく、トーニャは雰囲気までが美人なのだ。

「トーニャは確かに太った。お気に入りのスカートが入らなくなったんだよな？」

ネトがテキーラの入ったグラスを持ち上げ、にやっと笑った。

「もう、ばらすのはやめてよ」

兄の意地悪にトーニャは頬を膨らませた。すかさずパコはトーニャの肩を抱き寄せ、頬にキスをした。

「君のどこが太り気味なんだ？　全然太ってないよ。仮に今の倍くらいに太ったとしても、君は絶対に素敵だよ。あり得ないくらいにパーフェクトさ」

トーニャが嬉しそうにパコを見つめる。ネトは「甘やかしやがって」とぼやきながら、テキーラを飲み干した。元ギャングスタの強面《こわもて》な男だが、力の抜けた自然体の風体のせいか威圧感はない。裏社会から足を洗ったという話は事実なのだろう。

「俺が思うに、きっと幸せ太りだよね。俺もヨシュアと暮らしだしてから太った。幸せっていうのはさ、人を太らせるんだよ。これはもう不可抗力だ」

ロブの言葉に「ダイエットは諦《あきら》めたのか?」とユウトが突っ込んだ。

「諦めてないよ。ジムには通ってる。でも体重は幸せのバロメーターだと思えば、太るのはしょうがないって話。ディックも以前より太ったよね?」

「体重は増えたが、俺の場合、増えたのは脂肪じゃなくて筋肉だ」

やっぱり細かい。この手の男は体脂肪率を毎日記録しているタイプだ。自分の肉体を過剰に管理したがる、一歩間違えればナルシスト男。

にしても、とキースは思う。——ハンサムが多すぎる。

今日のゲストは揃いも揃って顔がいい。ネトがユウトはハンサムを引き寄せる磁石を持っていると冗談を言ったが、この集まりを見ると頷ける話だ。最初は顔面偏差値の高い者同士でつるんで満足している自意識過剰集団かと思ったが、そういうのとは違うらしく、本人たちは自分の外見にさほど頓着していないことが窺《うかが》える。エステや美容の話に花が咲いたら即帰ろうと思っていたが、その心配は必要なさそうだ。ダイエットの話くらいなら聞き流せる。

みんないい奴だから、ぜひ来てほしいとユウトがしつこく誘ってくるので辟易《へきえき》したが、確かに性格の悪い人間はいないようだ。この場にもし嫌な人間がいるとすれば、それは自分だろうと自嘲《じちょう》でもなくキースは冷静に考える。

昔から他人と馴《な》れ合うのが苦手だった。理屈ではなく、べたべたした関係が気持ち悪くてしょうがない。端的に言ってしまえば人間不信なのだろうが、かといって他人をいつも疑いの目で見ているわけでもないし、信用できる相手のことは素直に信用もする。

ただ一線を引いてつき合いたいだけだ。必要以上に相手の事情や内面に踏み込みたくないし、踏み込まれたくない。そういった気持ちが自然と反抗的な態度となって外に出てしまうらしい。そんな自分をガキ臭いと思うが、身についた性分だからもう変えようがない。

ユウトのようなタイプは、どう考えても相性が悪い。ユウトはひと言で言うと、真面目な優等生刑事だ。規則は守れといちいちうるさいし、何かにつけ、きれい事を口にして説教してくる。結果がすべて、そのためには多少の無茶も必要だと考えるキースには最悪の相棒だ。

だが危険と隣り合わせのこの仕事において、相棒は何より大事な存在だ。背中を預け、時には命さえ預ける。信頼できる相手でなければ、とてもではないが一緒に仕事はできない。

キースとユウトは今回のモレイラの事件で命を預け合い、共に闘った。得たものは大きかった。ユウトは相性最悪な男だが、有事において信頼できる相手だとわかった。

どれほどそりが合わなくても構わない。ここぞという危険な場面で無駄な不安を抱かず、一緒に敵に立ち向かっていける相手なら相棒として申し分ない。

必要なのは友達ごっこではないはずだ。しかしユウトはいざというときに意思の疎通が図れるよう、普段から交流を深めておくべきだと主張する。やっぱり面倒な男だと思う。自分の理想や信念に他人を巻き込まないでほしい。

「キース、チキンが残ってる。最後のひとつだ。食べろよ」

ユウトが勧めてきた。誘った手前、世話を焼いているつもりなのだろうが、キースにすればそういう気づかいがすでに面倒くさい。

「いい」

「そんなこと言わずに食えよ。しっかり食っておかないと、家に帰ってから腹が減るぞ」

お前は俺のお袋かと言いたくなる。頭を振って断ったのに、なぜかディックがチキンの皿を手に取り、キースの前に置いた。

笑みを浮かべているが、よく見ると目が笑っていない。冴《さ》え冴《ざ》えとする青い瞳の尋常ではない迫力に、キースは気圧《けお》された。

これはもしかして、ユウトの気づかいを無駄にするなということか？

数秒考え、キースは無言でチキンにかぶりついた。相手はストーカー気質の危険人物だ。チキンごときで変に恨まれても困る。

勢いよく食べるキースを見て、ユウトが笑った。

「なんだ、やっぱりまだ食べられるんじゃないか」

「きっと遠慮していたんだろう。キースは初めての参加だしな」

視線で人を脅しておいて、ディックは何食わぬ顔で微笑んでいる。キースは確信した。

——ユウト・レニックスの恋人は、まじでやばい。

# 秘密が増えていく病

「ユウト。朝食ができたから起きてくれ」

ベッドに腰を下ろして声をかけると、枕《まくら》を抱いて眠っていたユウトは「うーん」と眠そうな声で反応した。しかめっ面みたいな寝顔でさえ、ディックの目には最高にキュートに見える。

寝乱れた前髪を指でそっとかき上げ、「もう八時になるぞ」と囁《ささや》いて額にキスを落とすと、ユウトの瞼《まぶた》がパチッと開いた。ギョッとした顔つきに勘違いをしていると気づいた。

「安心しろ。今日は休日だ。忘れたのか？」

「……ああ、よかった。一瞬、忘れてた。休みで安心した。寝坊したと思って焦ったよ」

顔を洗ってリビングにやってきたユウトは、「すごくうまそうだ」と満面の笑みを浮かべて椅子に腰かけた。今日の朝食はワッフルとベーコン&メープル。スクランブルエッグとテイタートッツも添えてある。淹《い》れ立てのコーヒーを注げば完成だ。

「起きたら最高の朝食が用意されてるって、すごく幸せだな」

カリカリに焼いた厚切りベーコンをナイフで切りながら、ユウトが微笑む。こんな簡単な朝食でそこまで喜んでもらうと、逆に申し訳ない気分になってくる。しかしディックもユウトがつくってくれた料理を食べる際は、同じように最高の幸せを感じるので気持ちはよくわかる。

実際のところは料理そのものより、目の前に最愛の恋人がいて、一緒に食事できることこそが幸せなのだが。

「今日はどうする？　何か予定はある？」

ユウトの口元にメイプルシロップがついていた。キスで舐《な》め取ってやりたい衝動を抑えながら、「特にないな」と答えた。

「お前は？　一昨日、髪を切りに行きたいと言ってたよな」

「今日はやめておく。ディックとずっと一緒に過ごしたいし」

ディックの心を撃ち抜く言葉をさらっと口にしたユウトは、「買い物でも行こうか」と提案してきた。お前が望むならショッピングモールでも地球の裏側でも、どこでも行ってやると心の中で答えながら、「いいな」と頷いて見せた。

「休みって本当に最高だな。平和で静かだし、キースの無愛想な顔も見なくて済む」

口ではそう言うが、最近はキースに対して本気で腹を立てる回数はかなり減ったはずだ。普段の会話から、ふたりが相棒らしくなってきたことは十分に窺《うかが》える。

「キースは元気でやってるのか？」

「元気だよ。元気すぎて俺に嫌みを言う頻度が増えた。まったく口の減らない奴だよ」

ディックはにこやかな顔で聞いていたが、内心では心穏やかではなかった。最初の頃は別として、キースのユウトに対する嫌みは悪感情からではないはずだ。むしろ逆で、心理的距離が縮まったことによる親しみの感情から発せられる、甘え的なものに違いない。

キース・ブルームを嫌う理由はないが、ユウトの相棒というだけでディックにとって軽い殺意を覚える対象だ。せめて奴が不細工だったり愛妻家だったりすれば、ディックの心もこれほどかき乱されずに済んだろうに。

ユウトに新しい相棒ができると聞いて、ディックがまず最初に抱いたのは、どうかそいつは妻帯者であってくれ、という実にくだらない願いだった。

前の相棒のデニーは独身だったが、ユウトから話を聞く限り女好きのお調子者で、しかも同性愛者に対しておおよそ理解のないタイプだったから、そういう男がユウトに友情以上の好意を持つことはないだろうとわかっていた。さらに彼の顔を見てこうも確信した。ユウトもデニーにセクシャルな魅力を感じることはないだろう、と。

デニーは特別ハンサムではないにしても愛嬌《あいきょう》のある顔立ちだから、彼の顔に魅力を感じる女性はそれなりにいるだろう。ただデニーの風貌《ふうぼう》は、ユウトの好みではないというだけだ。

ユウトにそのことを言えば、「俺は男に対して好みとかないから」と眦《まなじり》をつり上げて怒るだろうが、それでも自然と惹《ひ》かれる相手はいるはずだ。男のタイプという言い方が不適切なら、人としての好みと言い直せる。

誰しも自然と好意を持ってしまうタイプがある。それが単なる憧《あこが》れや親愛であろうと、他人に関心を寄せること自体がすべての恋愛の入り口に相違ないのだから、ディックが気にするのはある意味、当然のことではないか。

ユウトは当初、キース・ブルームを嫌っていたが、だからといって安心はできなかった。反発していた気持ちが何かのきっかけで好意に傾くのは、人間関係においてよくあることだ。相手が思ったほど悪い奴じゃないと気づくと、人はそれまでの自分の不見識や先入観や狭量を反省し、自罰的感情の影響もあって相手をより好意的に見てしまう傾向がある。相手への理解が及ばない段階での悪感情ほど反転しやすくて、当てにならないものはない。

おまけにキースはハンサムだ。ディックは彼を初めて見たとき、若い頃のキアヌ・リーブスを思い出した。顔が似ているというわけではないので、あくまでも主観的印象でしかないが、キアヌを彷彿《ほうふつ》とさせる男前がユウトの相棒なのは、正直言って耐えがたい苦痛だ。ユウトはキースの外見を特別高く評価していないようだったが、ディックにはわかってしまった。ユウトはキースのようなタイプに弱い。

キースはただ生意気なのではない。心に何か重荷を抱えている孤独な人間だ。他人に甘えられない不器用さが、排他的態度に繋がっている。そしてユウトはそういう人間を、性分として放ってはおけない。ディックの最愛の恋人は決して人づき合いが上手いわけではないのに、自分のこと以上に他人を気にかけてしまう実直な男なのだ。

嫌な奴だと腹を立てているうちはいいが、次第にキースを理解し始めれば悪感情は消え去り、好意や友情に変わっていくだろう。ふたりは相棒としての絆《きずな》を深めていくに違いない。その未来がリアルに思い描けただけに、雄叫《おたけ》びを上げたいくらい悔しくなった。

頭ではユウトとキースが、どうにかなるなんてことはないとわかっているのだ。しかし感情は理性とは違う動きをして、よからぬ想像ばかりしてしまう。ユウトが浮気をするなんて、これっぽっちも思っていないというのに、それが友情であってもふたりの親密さが増していくのだと思うと、たまらなく息苦しくなってくる。

最近は本気で酸素吸入器を買うべきかもしれないと考えるほどだ。もし早死にしたら原因は間違いなくユウトにある。死因は〈ユウトが好きすぎる病〉だ。当たり前だがそれはユウトのせいではなく、彼を愛しすぎた自分が悪い。

百三十歳までユウトを愛すると約束したが、この調子ではそれも難しい気がする。心穏やかに生きていくためには、ユウトへの愛を少しセーブすべきかもしれないが、それはディックにとって百パーセント無理な相談である。

〈ユウトが好きすぎる病〉の症状は、不安、緊張、苛々《いらいら》、妄想、興奮、動悸《どうき》、頭痛等々。結構、辛い症状ではあるが、ユウトを想うがゆえのものなら耐えるしかない。この病気は厄介だ。時々、自分が自分でなくなってしまう。

実は内緒にしているが、ディックはユウトのあとを尾《つ》けたことがある。囮捜査の取引に向かうユウトを、ライフル銃を携えてバイクで尾行したのとは、別の件だ。

クライアントとの打ち合わせの帰り道、偶然、交差点でユウトとキースが乗った車を見つけた。尾行というほど大袈裟なことではなく、ふたりの仕事ぶりを覗き見してみたいという欲求が湧き、ついハンドルを切ってしまった。

とあるダイナーで車を駐めたふたりは、連れ立って店に入っていった。聞き込みかと思ったら休憩のためだった。ディックはふたりに気づかれないように店内に入り、コーヒーを注文した。ふたりの会話に聞き耳を立てたが、少し離れているのでよく聞こえない。観葉植物の葉に隠れながら、読唇術も駆使して会話の内容を理解した。

「お前は本当に自己中心的だな。その考え方を改めないといつか後悔するぞ」

「放っておいてくれ。あんたに心配してもらう義理はない」

「先輩の忠告に耳を貸す素直さくらい持て。お前のその未熟さには心から同情するよ」

ユウトはキースに対してかなりきつい言葉を口にしていた。それすらディックには気が置けない関係に感じられ、ぎりぎりと歯噛みしたくなった。あの真面目なユウトに、あそこまで言われるキースが羨ましかった。

ディックだってたまには厳しく叱られてみたい。ユウトはディックに対して、どこかまだ遠慮がある。きっと自分の難しい性格のせいだろう。わかっているが、キースにだけはあけすけな物言いをするユウトと、その幸運に気づきもしないでいる愚かなキースを見ていると、言葉にしがたい嫉妬心が募る一方だった。

「あんた、探偵か何か？」

恰幅《かっぷく》のいい黒人のウェイトレスがコーヒーを運んできた。ディックの不審さを気味悪がるのではなく、興味津々といった様子だった。

「いや、探偵じゃない」

「でもあそこの二人連れを、やけに熱心に見てるじゃない。探偵じゃないなら刑事？」

ふたりに見つかると困る。早く彼女が納得できる答えを口にしなくては。焦ったディックは率直に「恋人の浮気を疑っている」と言ってしまった。ウェイトレスは「あー。なるほど」とにやりと笑った。

「あんたみたいなイケメンの彼氏がいるのに、浮気なんて馬鹿だね。で、どっちが恋人？」

なんなんだ、この女は。お喋《しゃべ》り好きにもほどがある。しかし怒らせても面倒だ。

「ジージャンを着たアジア人のほうだ」

「ああ、あの可愛い子。相手もイケメンだし、あの子は相当面食いだね」

ウェイトレスが去っていく。安堵《あんど》したのも束《つか》の間《ま》、すぐに戻ってきた。

「はい、これサービス。お兄さん、負けないように頑張りな」

目の前に置かれたドーナツを見下ろしながら、ディックは仕方なく「ありがとう」と礼を言った。本当に恋人の浮気現場を見張っている、情けない男になった気がした。

「──だよな」

ユウトの声で我に返り、顔を上げると怪訝な眼差しがそこにあった。

「どうしたんだ？　もしかして疲れてる？」

「いや、大丈夫だ。ちょっとぼうっとしてただけ」

食べ終わってふたりで後片づけをしていると、ユウトが急に思い出したように「キースの奴がさ」と言い出した。

「可愛い黒猫を飼ってるんだ。といっても本当は隣の爺《じい》さんちの猫なんだけど。すごく人懐こいから、いつかディックにも会わせてみたいな。自分から膝に乗ってくるんだ」

「へえ。それはたまらないな。ツンとすましたスモーキーとは大違いだ。……ところで、キースの部屋にいつ入ったんだ？」

「え？　ああ、前に一度だけ。送っていった帰りに、ちょっとだけ寄らせてもらったんだ。言わなかったたっけ？」

「聞いてない」

むすっとしたディックの顔に気づいたのか、ユウトは「ごめん。言い忘れてた」と謝った。すぐに大人げない自分の態度を反省したディックは、「いや、いいんだ。俺こそすまない」と謝った。自分だって尾行したことは話してないのだから、こんな些細《ささい》なことで怒ってはいけない。

それにしても、人を好きになりすぎるのも考え物だ。もちろん後悔は微塵もしていないが、ユウトを愛して気づいたことがある。

どうやら愛しすぎると、絶対に言えない秘密が増えていくらしい。

# You're just a boy

「送ってもらって助かった。ふたりともありがとう」

チェックインカウンターで手続きを済ませたネトことエルネスト・リベラは、ユウトとディックのいる場所まで戻ってきて礼を言った。午後三時のロサンゼルス国際空港のロビーはそれほど人は多くなく、どこかのんびりした空気が流れている。

「せっかくの休日を潰《つぶ》して悪かったな」

「そんなことはないよ。楽しいドライブができてよかった」

「俺がいなくなったら、ふたりきりでもっと楽しいドライブができるな」

にやっと笑うネトに対し、ユウトは「な、何言ってるんだよ」とうろたえ、ディックは「まったくそのとおりだ」と平然と言い返した。刑務所時代から感じていることだが、ディックはネトに一目置いているはずなのに、それでいて弱味を見せたら負けだと思っているような節がある。

ジーンズにTシャツ姿のネトが肩から提げたバッグはさほど大きくもなく、これから気楽な日帰り旅行に出発といった雰囲気だが、実際はＬＡからフロリダに飛び、さらに船でバハマへと向かう長旅だと聞いている。

昨夜、出発を明日に控えたネトに電話をかけたユウトは、トーニャが旅行でメキシコに出かけたことを知り、「それなら俺が空港まで送っていくよ」と申し出た。ネトは遠慮したが、ディックも休みだからドライブがてら、ふたりで送っていくと押し通した。

少し強引だったかもしれないが反省はしていない。またしばらくは会えないのだから、せめてこっちにいるときくらいは自分を当てにしてほしいという、もどかしいような気持ちがあるせいかもしれない。

トレジャーハンターをしている友人の手伝いを始めてから、一年の大半はLAにいないこの年上の友人に対し、ユウトはいつだって尊敬と親愛の情を寄せている。その気持ちは壁越しの会話で友情を育んだ頃から何ひとつ変わっていない。

「今度はどんな沈没船からお宝を引き上げる計画なんだ?」

「さあな。俺はよくわからん」

「お前はいつもそれだな。そんな調子で仕事になるのか?」

ディックが呆《あき》れたように口を挟んだ。確かにネトは今の仕事について多くを語らない。

「十八世紀のスペイン船の財宝だろうがなんだろうが、俺は言われた場所に行って言われた仕事をするだけだ。ボスが儲《もう》かれば俺も報酬がもらえる。それで十分だろ」

ネトに仕事のことをいろいろ聞いても、いつもこんなふうに素っ気ない返事が返ってくるだけだ。やはり一攫千金《いっかくせんきん》を狙《ねら》うトレジャーハントに男のロマンを感じているわけではなく、トーニャが考えているように、元ストリートギャングのカリスマボスという過去のせいで、厄介ごとに巻き込まれるのを避けるため地元を離れていたいだけなのだろうか。

ネトの本心は今ひとつわからないが、今の暮らしに満足しているように見える。というよりネトはどこにいても、どんな暮らしをしていても、今を楽しむという生き方を自然体で実践できる男なのだ。だから劣悪な環境の刑務所にいても、あの気が狂いそうな独房に長く身を置いてさえも、彼は何にも縛られず自由だった。

「見送りはここまででいいぞ」

「せっかく来たんだ。セキュリティチェックのところまで一緒に行くよ」

話しながら歩いていたら、前から来た男性とユウトの肩がすれ違いざま軽くぶつかった。相手はスーツを着た白人男性で、ぶつかった拍子に手に持った携帯電話を落としてしまった。携帯は床を滑り、ディックの靴にぶつかって停止した。

「すみません。前をよく見てなくて」

謝る相手に対し、ユウトは「大丈夫です」と笑みを浮かべた。仕事中のビジネスマンという風情だが、細身の身体つきと少年めいた風貌《ふうぼう》が合わさり学生っぽさが残っている。

「携帯、壊れてないといいけど」

「大丈夫そうだ。少なくとも画面は割れていない」

ディックは拾った携帯を男に渡した。男は「ありがとうございます」と礼を言って携帯を受け取ったが、その目はディックの顔を見るなり大きく見開かれ、端から見てそうとわかるほど釘付《くぎづ》けになった。

あまりにも露骨に見ているので、思わずネトと顔を見合わせてしまった。自分の恋人は確かにハンサムだが、驚愕《きょうがく》のあまり声も出ないほど人間離れしていないはずだ。

「――もしかしてリック？　リック・エヴァーソン？」

男が口にしたのはディックの本当の名前だった。ディックも相手が誰なのか気づいたらしく、はっきりと表情を変えた。

「サイラスか……？」

「やっぱりリックだ！　ああ、すごいっ。こんな偶然ってあるのか？」

サイラスと呼ばれた男は感激をあらわにして、勢いよくディックに抱きついた。ディックはよほど驚いているのか抱き返しもせず、ただ突っ立っている。こんな無防備なディックは滅多にお目にかかれない。

「俺は仕事で来たんだけど、リックはどうしてＬＡに？」

「今はこっちに住んでる」

「そうなのか。じゃあ、軍隊は辞めたのか？」

軍人時代の知り合いだろうか。目を輝かせてディックを見つめるサイラスの頬《ほお》は、興奮のせいか紅潮していた。彼はこの偶然の再会を心から喜んでいる。

「……サイラス、すまない。友人の見送りで来たから時間がないんだ。もう行かないと」

ディックの言葉を聞き、サイラスの顔が悲しげに歪《ゆが》んだ。どういう間柄かはわからないが、これほど喜んでいる相手に対して、その態度は冷たすぎる。

「ネトの見送りは俺がしてくるから、お前は彼とカフェにでも行って話してこいよ。随分と久しぶりの再会みたいだし」

「いや、だけど——」

「あとで電話する。行こう、ネト」

物言いたげなディックをその場に残し、ユウトはネトと歩きだした。しばらくしてネトが突然、ユウトの背中を叩《たた》いた。

「気にするな。ただの昔の知り合いだ」

なんの話だ？　別にそんなこと気にしてないけど？　笑ってそう言い返せればいいのだが、人の心をたやすく見抜くネトに隠し事をしたところで無駄なのはわかっている。

「あんなディックは初めて見た。ただの友達って言われるより、昔の恋人だって紹介されるほうがしっくりくるよ。ディックが真剣につき合った相手は、軍人時代の恋人だけだと思ってた」

言い終えてすぐに後悔した。ユウトは苦笑を浮かべて、「ごめん」と謝った。

「見送りに来たのに、くだらない愚痴を聞かせちゃったな」

「謝るな。思ったことは溜《た》め込まず言えばいい。そのほうが気持ちはすっきりするぞ。あのふたり、わけありなのは確かだろうが、ディックは昔の恋人と再会したくらいで、あんなふうに動揺しないだろう。仮に動揺しても、それを態度に出さないはずだ。本来のあいつは、散々弄《もてあそ》んで冷たく捨てた相手と再会しても、眉ひとつ動かさないタイプだと俺は思う」

ひどい言いようだ。ディックはそんな冷淡な男じゃないと反論したかったが、昔のディックにはもしかしたら、そういう一面があったのかもしれないと思わなくもなかった。本人もノエルと出会うまで、愛というものがよくわからなかったと言っていた。

「昔のディックってどんな男だったんだろう。秘密主義なところがあるから、十代の頃のプライベートとかほとんど話さないんだ」

ディックは幼い頃に事故で両親を亡くし、大学に入るまで施設で育った。場所はコネチカット州の田舎町だというが、具体的なことはほとんど知らない。尋ねても短い言葉しか返ってこないので、そのうち触れてはいけない話題のような気がして聞かなくなったせいだ。

だから一緒に暮らしだして二年になるというのに、ディックが子供時代にどんな体験をしたのか、どんな友達がいたのか、どんな気持ちで生きてきたのか今もよくわからないでいる。それはユウトにとって随分と寂しい事実だった。

「知りたいなら聞けばいいじゃないか」

「本人が話したくないことを、無理に聞くのは嫌なんだ」

話しているうち保安検査場の前まで来た。どのゲートもさほど混んでいない。ネトは足を止めてユウトに向き直った。

「ユウト。前から思っていたんだが、お前はディックに気をつかいすぎていないか？」

「え？」

「あいつは複雑な男だ。生い立ちや過去もそうだが精神的に難しいところがある。お前と暮らし始めてから驚くほど穏やかな顔つきになったが、根っこの部分には今も不安定なものを抱えているはずだ。だからお前もどこまで立ち入っていいのか、わからないんじゃないのか？」

ネトの目はあくまでも優しかった。彼の前では不思議と自分を取り繕う必要はないのだと思えてくる。ユウトは素直な気持ちで胸の内を明かした。

「確かにそうかもしれない。ディックって心の一番深い部分が閉じているっていうか、誰にも触らせないようにしているっていうか、とにかくすごくデリケートなんだと思う。だからどうでもいいことでなら喧嘩《けんか》もできるのに、内側に深く踏み込むような問題だと、つい二の足を踏んでしまうんだ。二年も一緒に暮らしているのに変だよな」

「他人の心の中にずかずかと踏み込んでいかない優しさと思いやりの深さは、お前の素晴らしい資質だ。そういうお前だからディックも惚《ほ》れたんだろう。ただ、ああいう難しい男と生涯を共にするつもりなら、時には無神経を装うことも必要じゃないかと俺は思う。どれだけ待ったところで、あいつは人に見せないと決めた部分は自分から明かさない男だ」

その言葉はユウトの心の深い場所に突き刺さった。大袈裟《おおげさ》に言うなら目が覚める思いがした。

ネトの言うとおりだ。互いを深く愛し合う暮らしがあまりにも幸せすぎて、今のディックが本来のディックだと勘違いしかけていた。ディックという男を紐解《ひもと》いていけば、今の彼こそが別人のような在り方ではないか。

シェルガー刑務所で出会った頃のディックが彼の本質であるなら、毎日を幸せそうに生きている今のような姿は、本人にとってもイレギュラーな自分なのだろう。

心の奥底に、自分はまだディックのすべてを理解できていないという気持ちを抱えていたが、それはある意味、当然のことだった。こんなにも愛し合っているのだから待ってさえいれば、いつか自然とディックのほうから何もかもを見せてくれると信じていたが、それは間違いだったのかもしれない。

「ありがとう、ネト。すごくいいアドバイスをもらったよ。ああいう面倒くさい男には、無神経でもって対抗するしかないよな」

ユウトが拳《こぶし》を突き出すと、ネトは笑って自分の拳をぶつけてきた。

「そのとおりだ。安心しろ。ディックはお前になら、どれだけ踏み込まれても決して嫌がらない」

「そうかな。俺にも絶対に見せたくない姿があるって気がする」

「ディックの過去をすべて知りたいのか？」

そう問われると悩んでしまう。

「何もかも知りたいとは思わないけど、今よりは知りたいかな。ネトは恋人のあれこれを、深く知りたいと思わないのか？」

ネトは肩をすくめて「思わないな」と答えた。

「もっとディックを暴いてやれとお前にアドバイスしておいてなんだが、俺は相手が自分に見せたいと思う顔だけ知っていれば、それで十分だ」

「ネトは大人だな」

「単に冷たいんだろう。俺は他人にそこまで執着できない身勝手な男だから」

冗談交じりの言い方だったが、本心もいくらか含まれているような気がした。誰からも縛られない気ままな男は、等しく誰のことも縛らない。愛情深い性格なのに、孤独でいることをあえて選んでいるようにも見える。自由を求める代償は孤独だと考えているのだろうか。

「ネトは冷たくなんかないよ。きっとあれだ。もう枯れちゃってるんだ」

茶化したらネトは渋い顔つきになり、「まだそんな年じゃない」と言い返した。

「なあ、ユウト。相手の何もかもを知りたいという欲求は間違いじゃない。ただし相手の秘密を暴くのなら、どんな真実を知ろうと受け止める覚悟は必要だ。まあ、お前ならあいつのすべてを受け止められるだろうから、恐れずぶつかればいいさ」

ネトの言葉はいつだって、ユウトの心の奥深い場所を温めてくれる。人と人の関係は、共に過ごした時間の長さだけでは測れない。互いの存在そのものが励みになったり救いになったりする絆《きずな》もある。離れていても友情を感じられる相手。ユウトにとって、ネトはまさしくそういう存在だった。

「ありがとう。家に帰ったら、あの男は何者なんだって問い詰めてみるよ。それからこれは断言するけど、ネトはすごく優しい人だ。いつも俺を励ましてくれるじゃないか」

「大事な友を励ますのは当然のことだ」

温かい眼差《まなざ》しを見つめていると、不意にシェルガー刑務所での困難や辛《つら》かったことを思い出して泣きそうになったが、瞬《まばた》きをしてぐっと我慢した。またしばらくは会えないのだから、最後まで笑顔で見送ろう。

「そろそろ行く」

「うん。気をつけて。戻ってきたら、またみんなで集まろう」

「ああ。プロフェソルの料理が恋しくなったら帰ってくる」

一番近い列に向かってネトが歩きだす。かけがえのない友の背中が完全に見えなくなるまで、ユウトはその場から動かなかった。


ネトを見送ったあと、ディックに『話は弾んでる？』と探りのメールを送ってみた。返ってきたメールは思いがけない内容だった。

『サイラスはコネチカットにいた頃の知り合いなんだ。すまないが、長くなりそうだから先に帰ってくれ』

どこかで時間を潰して待っていると返信することも考えたが、問答無用に帰ってくれと言われてしまうと、待つのもためらわれる。それに自分が待っていたら、ディックは時間を気にして会話に集中できないだろう。

仕方なく先に帰ることにして駐車場に向かったが、帰路についた車中で何度も溜め息がこぼれた。三人で来たのに帰りはひとり。なんとも寂しい展開だ。いや、正直に言えば寂しいなんてものではない。これはかなりショックな出来事だ。

普段のディックなら誰と偶然会おうが、先に帰れなんて絶対に言わないはずだ。ディックが自分よりサイラスを優先した事実に、ユウトはひどく傷ついていた。

何年ぶりの再会なのか知らないが、今日の遭遇はきっとものすごい偶然のはずだ。積もる話もあるだろう。ネトを送ったあとは家に帰るだけで、何か予定があったわけでもないのだから、この場合、ディックがサイラスとの時間を選んだのは極めて当然の結果だ。

頭ではわかってる。ちゃんとわかっているし理解もしている。なのに馬鹿みたいにショックを受けている。そんな自分が女々しくて嫌で、自己嫌悪さえ覚えてしまう。

ディックに深く愛されて暮らしているうち、どうやら自分の心は柔《やわ》になってしまったらしい。甘やかされることに慣れすぎたせいか、こんな些細《ささい》なことにも傷ついている。まるでママの愛情を独り占めしたがる幼い子供のようだ。

ネガティブな気持ちとは仲良くなりたくない。子供じゃないんだから理性的に考えろ。サイラスに嫉妬《しっと》することとディックの態度に傷ついたことを、同じ問題にしてはいけない。嫉妬は仕方がないとしても、これくらいのことで自分を可哀想に思う感情と嫉妬は別物だから、両者を混同すべきではない。

こんなときは違うことを考えようと、ユウトは気持ちを切り替えることに努めた。

家に帰ったらユウティと散歩に行こう。留守番をさせられて鬱憤《うっぷん》が溜まっているはずだから、きっとたくさん遊びたがる。可愛《かわい》いユウティと疲れるまで走り回ったら、きっと気分もすっきりする。

そしてディックが帰宅したら、サイラスはどういう相手で、彼とどんな話をしたのか根掘り葉掘り聞き出してやるのだ。ネトの言うように、これまで気を遣いすぎていた。

ディックが話したがらなくても、今日は遠慮も手加減もしてやらない。


ディックはいっこうに帰ってこず、夕方になってようやくメールが届いた。てっきり今から帰るという連絡だと思って目を通してみたが、そうではなかった。

『まだ帰れそうにない。本当にすまない。夕食は先に食べてくれ』

読んだ瞬間、ユウトは思わず「いやいやいや、それはおかしいだろう」と独り言を言ってしまった。話が弾んで帰宅が遅くなるのは、理解したくないがまあ理解できる。しかしその前にディックはサイラスとの関係をちゃんと説明すべきではないか。

恋人がいわくありげな相手と再会したまま帰ってこない。少し考えれば、それがどんなに気を揉《も》む状況かわかるはずなのに、ディックはなんのフォローもしてくれない。

あの優しいディックがなぜ。これは一体どうしたことか。サイラスと過ごす時間が楽しすぎて、恋人を思いやることすら忘れてしまっているのだろうか？

ネトは否定してくれたが、やはり親密な関係だったのではないかという疑いが強まっていく。サイラスは人好きのする優しい顔立ちの青年で、どこかノエルを思い出させる雰囲気があった。

――ような気がする。

こんなとき、友人のルイスなら躊躇《ちゅうちょ》もなく年下の恋人に電話をかけ、「ダグ。今一緒にいる相手は、君にとってどういう存在？　一秒以内に完結に答えてくれ。できないならもう帰ってこなくていいよ」とか言いそうだ。

自分も率直に今の気持ちをディックに伝えられたらと思うのだが、残念ながら頑固すぎる理性がそういった行動を許さなかった。勘ぐればいくらでも怪しく思えるが、客観的に考えれば昔の知り合いと再会して、単に話が長引いているに過ぎない状況だ。帰宅するのを待てばいいじゃないかと自分を抑えこんでしまう。

とてもではないが夕食をつくる気になれず、ピザを焼くことにした。冷凍庫にはペパロニピザとマルゲリータが入っていた。本当はマルゲリータにしたかったが、ささやかな復讐《ふくしゅう》としてディックの食べたがっていたペパロニピザをオーブンに入れた。

ピザが焼けるとソファーに座り、テレビを観ながらビールで流し込むようにして食べ、食後はワインをがぶ飲みした。酔ったせいで眠くなり、横になった途端に熟睡してしまった。

肌寒さで目が覚めたときには、時計の針は十一時四十五分を示していた。つけっぱなしだったテレビを切ると部屋の中は静まり返り、自分の家だというのに妙に居心地が悪くなった。肌寒さにぶるっと震え、腕をさすりながらやるせない息を漏らす。

家中を調べなくても、ディックがまだ帰っていないのはわかりきっていた。ユウトがソファーで眠ってしまったときは、いつだってディックは毛布をかけるか、あるいは抱き上げてベッドまで運んでくれる。

携帯を確認したが連絡は入っていない。怒りたかった。怒ろうとした。いくらなんでもこれはない、ひどすぎるだろうと。なのに怒りの感情は着火点に到達しないまま不完全燃焼で燻《くすぶ》り、やがて悲しみへと転じた。

ディックのことを信じている。ディックの愛に疑いの余地などない。あの男は絶対に自分を裏切らないとわかっている。それでも悲しくなるのはなぜだろう?

サイラスがディックの過去に繋《つな》がる人物だから、これほど不安になるのかもしれない。ユウトはディックの過去を知らない。教えてもらっていないから上手く想像することもできない。けれどサイラスはユウトが知らないリチャード・エヴァーソンのことをよく知っている。どう足掻《あが》いても、その事実だけは覆せない。

「ああ、もうっ。ぐだぐだ考えるのはやめろ」

あまりにも女々しい自分に嫌気が差し、勢いよく立ち上がったときだった。玄関のほうから物音がした。ようやくディックが帰宅したらしい。

どうしよう――。ここは平静を装って出迎えるべきか。それとも怒った顔を見せるべきか。取るべき態度を決めかねつつ、ディックがリビングに入ってくるのを待ったが、なかなかドアは開かない。痺《しび》れを切らしたユウトは自分から玄関へと向かった。

「ディック……？　どうしたんだっ？」

ドアを開けて目に飛び込んできたのは、玄関先で腰を下ろして蹲《うずくま》っているディックの姿だった。具合でも悪いのかと慌てて駆け寄ってみれば、濃い酒の匂《にお》いがする。

「ディック、気分が悪いのか？」

呼びかけるとディックは緩慢な動きで顔を上げ、焦点の定まらない瞳でユウトを見上げた。

「飲みすぎただけだ……」

酒に強いディックが泥酔するのは珍しい。一体どれだけ飲んだのだろう。

「こんなところで寝るなよ。ベッドに行こう」

動きたがらないディックをどうにか立ち上がらせ、隣から支えて歩きだす。普段はユウトのベッドで一緒に寝ているが、一番奥の部屋まで連れて行くのは無理だと判断して、すぐそばにあるディックの部屋へ入った。

ユウトがベッドカバーを剝《は》ぐ前に、ディックは自ら倒れ込むようにしてベッドに横たわった。明かりが眩《まぶ》しいのか、腕で顔を隠してぐったりしている。

「大丈夫？　水でも持ってこようか？」

ベッドの端に腰かけて尋ねたが答えはない。飲ませたほうがいいと考えて立ち上がろうとしたが、腰を浮かす前にディックに腕を摑《つか》まれ動けなくなった。

「……水より欲しいものがある」

かすれた声。熱っぽい眼差し。ディックの身体からにじみ出るセクシャルな匂いが、求めているものをはっきりと物語っていた。

「今のお前には水が必要だ」

ユウトは気づかないふりをして、ディックの手を解《ほど》こうとした。けれど強い力で摑まれて無理だった。この酔っ払いめと苦笑しつつ「離せよ」と言うと、ディックは「嫌だ」と言い返した。

「離したくない。どこにも行くな。……来いよ、ユウト」

ぐいっと引かれ、勢い余ってディックの上に倒れ込んだ。厚い胸板に着地するのと同時に、もう片方の手で後頭部を押さえつけられる。あっと思ったときには、痛いほど強く唇が重なっていた。すぐさま入り込んできた熱い舌が、ユウトの内部を蹂躙《じゅうりん》し始める。

突然始まった濃厚な口づけは、性急というよりあまりにも一方的だった。

「ディック、嫌だ……っ」

顔を背けて訴えたが、聞こえていないのかあるいは聞く気がないのか、また唇を奪われた。獰猛《どうもう》な舌が我が物顔でユウトの中を占領していく。

酒臭い息が不快だった。いつもなら酔ってキスされても、こんなふうに嫌な気分にはならないが、今夜は無理だ。今のディックとはキスしたくない。

「やめろって。酔っ払いとはキスしないぞ」

ベッドに腕を突いて上体を起こそうとしたが、ディックはユウトの退却を許さなかった。自分から離れていこうとするユウトの身体を抱え込み、再びベッドに引っ張り込むと向きを回転させ、マットレスに押し倒した。体重をかけて押さえ込まれると、容易には逃げられない。

「どけよ。重い」

「嫌だ。俺はお前が欲しい」

首筋に唇が落ちてくる。肩をすくめて拒んだがそんな些細な抵抗など意に介さず、ディックはユウトの感じやすい肌を唇で嬲《なぶ》り、同時にシャツの中に手を入れてきた。脇腹から胸へと肌をまさぐる手の動きはいつになく荒々しく、ユウトの不快感は倍増した。

嫌だ、もうしないと言いながら、結局ディックの熱い欲望に負けて受け入れてしまうことは、ふたりの間ではよくあることだ。今日はそんな気分じゃないと思っていても、どうしても拒みきれず応じてしまうのは、欲求の根底に流れるディックの愛をはっきりと感じ取れるからだ。

けれど今夜はいつもと違っていた。ディックはただ欲求の赴くまま求めている。もちろん男にはそういうときもあるから、強引な求め方自体を否定するつもりはない。ないが、この状況は最悪だ。

今日一日、ユウトが感じていた苛立《いらだ》ちや不安、言葉にしがたいもやもやした気持ち、自己嫌悪を引き出す嫉妬心、そういったことをディックはちゃんと知らなければならない。とりあえずセックスという選択肢は、今日に限ってあり得ない。絶対に。

「やめろよ。俺はそんな気分じゃない。それよりも話したいことがある」

のしかかってくるディックの身体を必死で押しやったが、びくともしない。ディックはユウトを組み敷いたまま、下着ごとスウェットのパンツを膝《ひざ》まで下ろした。人の言葉をまったく聞いていないディックに、激しい怒りが湧いた。

「ディック！　やめないと本気で怒るぞっ」

いつもならこれほど強く言えば即座に動きを止めるディックなのに、無視してユウトの尻を摑んできた。さらに強い力で揉みながら、奥まった場所に指を這《は》わせてくる。

「おい、やめろって。嫌だ……！」

暴れて抵抗したが指を押し込まれそうになり、ユウトはぞっとした。不快感ではなく恐怖から身体が勝手に動き、ディックの頰を強く叩いていた。

ディックの動きが止まった。何が起きたのか理解できないような表情をしている。

ユウトは力一杯にディックを突き飛ばし、身体を起こしてベッドから降りた。乱れた服を直しながら、ディックを振り返り「最低だ」と吐き捨てる。ディックは呆然《ぼうぜん》とした表情でユウトを見上げていた。

「俺をレイプするつもりか？」

うろたえたようにディックは大きく首を振り、「違うっ」と言い返した。

「俺がそんなこと、するはずがないだろう」

「嫌だって言ってるのに聞いてくれなかった。暴れたのに押さえつけて強引にしようとした。それはレイプじゃないのか？　酔っていたら相手の気持ちを無視したセックスをしても、許されるのか？」

ディックは顔を歪め、ずっと小さく頭を振り続けている。

頭の片隅でもうやめろ、言いすぎだと思っているのに、興奮が上回って口が勝手に動き続ける。

「お前がどう思おうが、俺はレイプされると思って怖かった。ぞっとした。今夜はここで寝ろ。俺の寝室に入ってきたら許さない。これは本気で言ってるからな」

打ちひしがれている相手に、さらなる鞭《むち》を振るってしまった。しかしユウトも今はディックを思いやる余裕はなく、乱れる感情を抑え込むのに必死だった。

「ユウト、すまない。本当に悪かった。許してほしい」

悄然《しょうぜん》とするディックから顔を背け、無言で部屋を出た。

自分の部屋に入ったユウトはベッドに倒れ込んだ。シーツに顔を押しつけ、強く目を閉じて歯を食いしばる。

ひどい言い方をしてしまった。あんなふうに言わなくてもよかったのに、と自分を責める気持ちが後悔となってまとわりついてくる。

けれど同時に、散々心配させておいて酔っ払って帰り、いきなりセックスしたがるなんて最低だとディックを責める気持ちもあり、ふたつの相反する感情がユウトの胸の中でせめぎ合っていた。

もっと嫌なのは、こんなことを考えてはいけないと思うのに、サイラスと再会して劣情をかき立てられ、その捌《は》け口《ぐち》として自分を求めたのではないかという、とんでもなく最低な妄想まで浮かんでくることだった。

被害妄想の域だとわかっていても胸がむかむかして、手に負えない暴れ馬のような心を持てあますばかりだった。

翌朝、ユウトはまるですっきりしない頭を抱えて自分の部屋を出た。昨夜はなかなか寝つけず、明け方頃になってようやく睡魔が訪れたものの、当然、睡眠は足りていない。

ディックと顔を合わせるのが憂鬱だったがリビングは無人で、ダイニングテーブルにサンドイッチが載った皿と、一枚のメモが置かれていた。

ユウトはメモを手に取り、ディックの少し癖のある文字に目を通した。

『ユウトへ。今日は早出だから先に出る。昨夜は本当にすまなかった。心の底から反省している。仕事から帰ったらあらためて謝らせてほしい。――お前を死ぬほど愛して止まないDより』

寝不足のせいで頭が上手く働かない。それに連鎖して感情も動かない。メモを読んでもディックのつくってくれたサンドイッチを見ても、「ふうん」という気持ちだった。

顔を洗って服を着替え、コーヒーを淹《い》れてサンドイッチを食べ始める。

軽く焼いたバンズに、厚切りベーコンとトマトとレタスを挟んだだけのシンプルなサンドイッチだったが、驚くほど美味しく感じられた。マヨネーズが口についても構わずかぶりつく。味覚が刺激されたせいか、ようやく眠っていた感情が動きだした。嬉《うれ》しい気持ちがじわじわと込み上げてくる。

ディックの昨夜の行動に問題はあったが、ちゃんと反省して誠意を尽くそうとしている。本当に浮気をしたなら大問題だが、ディックはそんな男ではない。結局のところユウトがひとりで気を揉んでいただけの話だ。もちろんそうなる原因はディックにあったので、そこは大いに反省してもらう必要はあるが。

最悪の気分で一日を過ごすところだったが、ディックのメモとサンドイッチのおかげで回避できた。仕事中に余計なことを考えてミスを犯すようなこともなく、ロス市警ギャング・麻薬対策課の刑事として、いつもどおりの目まぐるしい一日を終え、八時頃には家路についた。

玄関のドアを開けるなり、ユウティが飛びついて出迎えてくれた。毎日の習慣のようなものだが、毎日嬉しい。ひとしきり撫《な》でてから、突っ立ったまま自分を見ているディックに「ただいま」と声をかけた。

「お帰り、ユウト。……昨夜は本当にすまなかった」

ノーネクタイに腕まくりしたワイシャツ姿のディックは、ユウトに近づかず、硬い表情で謝罪した。

「昨夜はどうかしていた。お前に嫌な思いをさせたことを心から悔いている。あんな真似は二度としない。約束する。だからお願いだ。どうか俺を許してほしい」

ディックの思い詰めた表情は、死刑判決が下るのを待つ罪人のようだった。あまりにも真剣すぎて、そういう場面ではないとわかっているのに思わず笑ってしまった。

「な、なぜ笑うんだ？　俺は変なことを言ったか？」

「言ってないけど、なんだか可笑《おか》しくて。お前、必死すぎだよ」

「必死にもなるさ。今この瞬間に俺の人生がかかっているんだ。お前に嫌われたら俺はもう終わりだ。別れるなんて言われたら、生きていく意味がなくなる」

真顔で言うからまた笑いそうになった。ディックのすごいところは、こんな臭い台詞《せりふ》を本気で言うところだ。大袈裟でも誇張でもなく、心からの言葉だと嫌でもわかる。

笑えたことで、すべてのわだかまりが消え去っていた。

ディックはやっぱりディックだ。誰よりも自分を愛してくれる最高の恋人を、ほんの少しでも疑った浅はかさが恥ずかしい。

ユウトは微笑《ほほえ》んで「馬鹿だな」と言い、両腕を広げてディックに抱きついた。

「俺がお前を嫌うわけないだろ？　昨日は確かに腹が立ったけど、ちゃんと謝ってくれたんだから許すに決まってる」

「ユウト……。よかった。そう言ってもらえて安心した。ああ、本当によかった」

ユウトの身体をきつく抱き締め、ディックは溜め息交じりに安堵《あんど》の言葉を囁《ささや》いた。

耳朶《じだ》を包む甘やかな吐息。痛いほどの力で巻きついてくる両腕。温かな広い胸。ああ、と幸せな溜め息が声になって出そうだった。

あるべき場所にすべてが収まった。これこそがふたりにとって正しい在り方。そう実感することで、身も心も幸福そのもののような充足感に包まれていく。

「俺こそ大袈裟な言い方をしてごめん。酔ってちょっと強引になっただけなのに」

「いいや。俺が全面的に悪かった。本当にすまない」

「もういいよ。それより……」

顔を上げてディックの青い瞳を覗《のぞ》き込む。ユウトの願ったとおりに優しい唇がそっと落ちてきて、しっとりと甘いキスが始まった。だが仲直りの口づけが深まる前に、ユウトの腹の虫がキューーッと鳴った。ディックは唇を離して薄く笑った。いい雰囲気が台無しだ。

「わかった。先に食事だな」

「ごめん。お腹がペコペコなんだ」

ディックのつくってくれた料理を食べたあと、ソファーに移動してからユウトは「教えてほしい」と切り出した。

「サイラスとはどういう関係なんだ？　ちゃんと説明してもらわないと、俺の気持ちがすっきりしない。昨日は先に帰れって言われて、そのうえ帰宅まで遅かったから相当苛々した」

いつもなら言わないような個人的感情だったが、今回はあえて隠さず伝えることにした。自分がどんな気持ちでいたのか、ディックには知る義務があるはずだ。

「そんなに気にしていたのか？」

驚くディックにユウトのほうが驚いた。こいつ、寝ぼけてるのか、と本気で思ったほどだ。

「気にしないほうがおかしいだろ。もしお前が逆の立場だったらどうなんだ？　俺が出先でなんだかわけありの相手と再会して、お前を先に帰して、さらに夜中まで帰ってこなかったら、どう思う？」

「……それは、かなりやばいな。俺ならメールを何通も送りつけたり、何度も電話をかけたりするだろう。もしかしたら居場所を聞きだして、こっそり様子を見に行くかもしれない」

そうだろう、お前なら絶対にそうするよ、と心の中で大きく頷《うなず》いた。

「自分はそうなのに、どうして俺は平気だと思うんだよ」

「お前は俺と違うと思ってた。そうか、お前も本気で嫉妬するんだな。嬉しいよ」

いや、これはお前を喜ばせるための話じゃないぞ、と思ったが、ディックが幸せそうな表情をしているので、突っ込めなくなった。

ユウトだって嫉妬することは普通にあるのに、それをあまり表に出さないせいで、ディックに誤解されていたらしい。こんなにも愛されているのに嫉妬するなんて、ディックを信用していないと言っているようなものではないか。そういう気持ちもあって、ユウトは嫉妬心をあからさまにしてこなかったが、これからはみっともないとかディックに悪いとか恥ずかしいとか思わず、焼き餅《もち》を焼く姿をどんどん見せていこうと決意した。

「で、サイラスはどういう人？　昨日はどうしてあんなに遅くなったんだ？　しかも珍しく泥酔してた。十代の頃の思い出話に花が咲いたのか？」

ディックの顔からすっと表情が消えた。楽しい夢の世界から急に嫌な現実に連れ戻されたかのような変化だった。ディックにとってサイラスは、触れられたくない部分に通じているらしい。だがユウトも退く気はない。

「彼は学校の友人？」

「いや、サイラスは俺と同じ施設にいたんだ。言わば幼馴染《おさななじ》みだ」

「施設の仲間だったのか。会うのは施設を出て以来？」

「ああ。施設を出たあと、何年か手紙のやり取りはあったが、会うのは十五年ぶりくらいになる。まさかＬＡで再会するとは思わなかった。互いの近況なんか話し合っていたら、すっかり飲みすぎた。心配かけてすまなかったが、本当にそれだけの話なんだ」

なんでもない口調だが、ディックはこの話を早く終わらせたがっていると思った。

「もっとちゃんと話してくれ。サイラスと何を話したんだ？」

「何ってだから近況だよ。なんの仕事をしているのかとか、パートナーはいるのかとか。お前のことも、一緒に暮らしている恋人だと紹介したぞ」

明るく喋《しゃべ》るほど、ディックのガードが厚くなったのを感じる。このままではのらりくらりとかわされて、上辺だけの会話で終わってしまう。

サイラスが施設時代の仲間なら、なおさら自分は聞かなくてはならない。ディックの心の中に深く分け入っていくのは今しかない。

「なあ、ディック。はっきり言うよ。いつもだったら、話したくないことは話さなくていいって言うけど、今回は駄目だ。すべて話してほしい。お前とサイラスの関係を疑うとかそういうことじゃなくて、お前の過去をもっと知りたいからだ」

「やけに大袈裟だな。俺の過去なんて語るほどのものじゃないぞ」

苦笑いを浮かべるディックに、ユウトは首を振った。

「俺は語ってほしい。コネチカットにいた頃、お前はどんな暮らしをしていて、何を思っていたのか知りたいんだ。知ることで今より深くお前を理解したい」

「お前は今でも十分に俺のことを理解してくれている。お前以上に俺のことをわかってくれる人間はいない」

「もっとお前を知りたい、理解したいと思う俺の気持ちは迷惑か？　不愉快か？　もしそうならはっきり言ってくれて構わない。もしそんなふうに感じているなら、俺は今後二度とお前の過去を詮索《せんさく》しない」

それは賭《か》けだった。ディックが頷けば、この話し合いは終了してしまう。そしてユウトがディックの過去を知る機会は二度とやってこない。

だが、そうはならないという気持ちのほうが強かった。ディックは自分の詮索を退けたりしない。二年をかけて積み重ねてきたふたりの愛を、その揺るぎない強さをユウトは信じる。

ディックはしばらく無言でいたが、小さな息を吐いた。

「どうしても話さないと駄目なのか？」

「駄目じゃないけど話してくれないなら、きっとわだかまりが残る。それは些細なわだかまりかもしれない。でもそういった小さいことが積み重なって、ふたりの関係に大きな亀裂を生む可能性はある。それでもいいなら沈黙を守ればいい」

ディックには悪いがそれは本心ではなく、「まさか俺より大事なものがあるのか?」という脅しのようなものだった。

ユウトが軽い気持ちで知りたがっているのではないと、ディックは理解したのだろう。二度、三度と小さく頷き、「わかった」と答えた。

「お前に嫌われたくなくて隠し事をしたせいで、お前を失ってしまうのなら本末転倒だな。すべて話すよ。だがサイラスとは本当に何もない。あいつは二歳年下の弟みたいな存在だった」

固く閉ざされていたドアが、ようやく開いた。ユウトは深く安堵しながら、ディックの不自然な態度のわけを聞くことにした。

「そのわりには嬉しそうじゃなかった。っていうより、むしろ会いたくなかったように見えた。サイラスのことが好きじゃなかった?」

「好きかと聞かれたら迷うな。あいつは結構、面倒な奴だったから」

「面倒?」

「ああ。お喋りでうるさいし泣き虫だった。正直言うと邪魔な奴だと思ってた。何しろ俺は、性格の悪い子供だったからな」

冗談っぽい口調だったが、ディックが難しい子供だったのは想像に難くない。しかし口で言うほど、サイラスを邪険にしていたとは思えない。本当に彼を嫌っていたなら、そもそも空港でふたりきりにならなかったはずだ。

「子供の頃のうるさい弟分と再会しただけで、ディックはあんなふうに呆然としないだろ」

「……呆然としていたか？」

「してた。すごく動揺しているように見えた」

率直な感想を告げるとディックは沈黙したまま唇を舐《な》めた。葛藤《かっとう》の気配を感じた。話すか話すまいか、まだ悩んでいるのかもしれない。

話してくれよ、ディック。俺に隠し事なんてしないでくれ。それがどんな事実だろうと、俺はすべて受け止めてみせるから。

心の中で呟《つぶや》いてディックの手を握った。ディックはすぐその手を握り返し、ユウトの目を見つめ返してきた。視線を介して熱い何かが流れ合う。いつだってそうだ。ふたりの瞳と瞳は互いの胸の内を雄弁に伝え合う。

ディックはユウトの励ましや覚悟をすべて読み取ったかのように、また小さく頷いた。

「これから話すことは、俺にとって嫌な記憶でしかない。本当はお前にも聞かせたくない話だ。いくら子供の頃の話とはいえ、自分の犯した過ちを打ち明けるのは苦痛でしかない」

過ち――。

思いがけない言葉が飛び出したので驚いた。

ディックは何を話すつもりなのだろう。不安はあったがディックの過去を知りたいという気持ちに迷いはない。ユウトは翳《かげ》りを帯びた青い瞳を見つめ続けた。

「空港で言葉が出ないほど驚いたのは、サイラスと偶然再会したからじゃない。俺が避けたかったのはサイラスじゃなく、サイラスが連れてくる過去の記憶だった。……なあ、飲みながら話しても構わないか？」

素面《しらふ》では話しづらいのか、ディックがお伺いを立てるように聞いてきた。昨日の飲みすぎの件があるから、ユウトの顔色を窺《うかが》っている。

「ビール二本までなら許す。俺も飲みたい」

ディックは冷蔵庫から瓶のブルームーンを二本持ってきて、一本をユウトに手渡した。

「サイラスは七歳のときに施設にやってきて、どういうわけかすぐ俺に懐いた。俺は偏屈で嫌なガキだったから、なぜあいつに懐かれたのか今もってよくわからない。まあ喧嘩は強かったから、俺といればいじめっ子に目をつけられなくて済むと思ったのかもな」

「そんなに偏屈だったのか？」

「自分で言うのもなんだが、相当扱いづらかったと思う。無愛想で無口なくせに皮肉だけは口にする反抗的な子供だったから、大人たちも手を焼いていた。何人かの里親とも暮らしたが、みんなお手上げだと思ったのか、しばらくすると施設に戻された」

「どうしてそんなに大人を嫌っていたんだ？　何かされた？」

「嫌な記憶はいくらでもある。でも問題は自分自身の心にあったんだと思う。俺はいつだって無性に苛立っていた。大人にも社会にも、自分のままならない人生にも腹を立てていた気がする。今にして思えば寂しさや孤独に呑《の》み込まれて、周りがすべて敵に見えていたのかもしれないな」

心を固く閉ざした子供だったのだろう。周囲の大人たちは手を差し伸べたはずだが、ディックの凍てついた心を温めることはできなかったのかもしれない。

「サイラスは俺と真逆で人懐っこい性格だったが、親からネグレクトされたトラウマがあって、嘘《うそ》をついたり物を盗んだりする問題行動を起こしがちだった。だからあいつも何度か引き取られたのに、結局は施設に戻されてきた。あるとき、慈善活動に熱心なドーソン夫妻が俺とサイラスを一緒に引き取ってくれることになった。サイラスが十一で俺が十三のときだった。家には俺たちの他にも、別の施設から引き取られたメリッサという少女が暮らしていた。俺と同じ年で、すごくきれいな子だった。俺はすでにゲイの自覚があったからなんとも思わなかったが、サイラスは初対面のときからどぎまぎしてた。あいつの初恋だったと思う」

微笑ましい話だが、ディックの表情は浮かないままだ。

「ドーソンは地元の名士で、妻のシンディは品がよくて控え目な人だった。子供に恵まれなかった夫妻は、これまでにも施設から子供たちを引き取っていた。ドーソンは表裏のあるタイプで好きになれなかったが、シンディは慈愛に満ちた素晴らしい女性だった。俺とサイラスが問題を起こしても頭ごなしに叱《しか》らず、なぜそんなことをしたのか本当の気持ちを必ず聞いてくれた。メリッサは無口で何を考えているのかよくわからない子供だったが、あの家での暮らしには満足しているようだった。ただ俺のことは最初から嫌っていた。なぜだか警戒されていると感じた」

部屋の隅に置かれたクッションで寝ていたユウティが、何を思ったのかむくりと起き上がって歩いてきて、ディックの足元でまた丸くなった。自分だけ仲間はずれにしないでくれ、と言いたげな態度だった。ディックの唇に淡い笑みが刻まれる。

「三か月ほど何事もなく時間が過ぎ、俺とサイラスは新しい暮らしに馴染んだ。メリッサは相変わらず俺とは話さなかったが、サイラスとは気が合うのか仲良くなっていた。俺のほうはシンディのことをますます好きになって、彼女とならば家族になれるんじゃないかと思い始めていた。そんなふうに感じられる相手は初めてだった、けど、幸せな日々は長く続かなかった。俺はメリッサに対するドーソンの態度に、不審なものを感じるようになった。奴の行動を見張っていると、夜遅くに彼女の部屋に入っていくことが何度もあった。中の様子を盗み聞きして確信した。ドーソンはメリッサに手を出している。あの男は人格者のふりをして、子供に性的虐待を行う卑劣な男だった」

　予想外の展開に顔が強《こわ》ばった。引き取った里子を虐待するなど、あってはならない話だ。

「それでどうしたんだ？　シンディに伝えた？」

「まずメリッサと話した。虐待の事実をシンディに話すべきだと俺が言うと、メリッサは虐待なんかされていない、俺の勘違いだと怒りだした。最初は脅されていると思ったが、本気でドーソンをかばっているように見えた。何度か話し合ううち、メリッサは自分がひどい家庭で育ったと打ち明けてきた。子供の頃から実父に性的虐待や暴力を受けて育ったらしい。だったらなおさら今の状況は辛いはずだと俺は考えたが、メリッサは今が一番幸せだと言い張った。こんなきれいな家で暮らせて好きな服も着られる。飢えることもないし、殴ったり罵《ののし》ったりする人もいない。ドーソンとの性的な関係は望んでいないが、彼は優しいから我慢できる。方法は間違っているかもしれないが、彼なりに自分を深く愛してくれている、と」

「それは違う。そんなのは愛じゃない」

「ああ。俺もそう思った。けどメリッサはずっとこの家の子でいたいから、邪魔しないでくれと俺に懇願した。あまりに必死だったから俺は頭が混乱した。それが本心なのか、本心じゃないのかわからなくなった」

　確かに難しい判断だ。メリッサ自身も混乱していたのではないかと、ユウトは想像した。幸せな家庭で暮らしたいという願いが強すぎて、別の不都合には目を瞑《つぶ》ろうとしていたのかもしれない。だがどう考えても、そのままでいいわけがない。

「元々好きじゃなかったドーソンが、ますます嫌いになった。表ではよき夫、よき里親を演じているが、実際は逃げ場のない少女を弄ぶ薄汚い男だ。顔を見るだけで虫唾《むしず》が走り、俺はドーソンを激しく憎むようになった。だから天罰を下してやろうと考えた。……俺は愚かな子供だった。もっと賢いやり方があったのに、どうしようもなく馬鹿だった」

ビールを飲み終えたディックは、それきり黙り込んだ。ユウトは立ち上がってキッチンに行き、新しいブルームーンを持ってきてテーブルに置いた。ディックは二本目に手を伸ばし、一口飲んでから再び口を開いた。

「俺はドーソンを罰するために、窓からメリッサの部屋を覗き、ふたりの行為を写真に収めた。それを証拠として警察に通報したんだ。ドーソンは逮捕され、メリッサは児童保護サービスに保護されることになった。メリッサは余計なことをしたと俺を罵った。泣きながら絶対に許さないとも宣言された。シンディは俺のしたことを正しいと言ってくれると信じたが、彼女は夫の裏切りに傷ついてそれどころじゃなかった。俺とサイラスはまた施設に戻ることになった。俺はメリッサだけじゃなく、シンディのことも救ったと勘違いしていた。夫の本性を暴いてやったんだから、彼女もいつか感謝してくれると思ってた。けど現実はそんな単純じゃない。浅はかな子供だったから何もわかっていなかった。捜査が進むとドーソンがこれまでにも里子を虐待していたことがわかって、地元ではスキャンダルになった。繊細なシンディは耐えきれなくなったのか、自宅で睡眠薬を飲んで自殺した。俺が彼女を殺したようなものだ。あんな優しい人を俺が死に追いやった」

「違う。それは絶対に違う、お前は正しいことをしたんだ」

思わず口を挟んだが、ディックは俯《うつむ》いたまま首を振った。

「メリッサには恨まれてシンディは自殺した。この結果のどこが正しいんだ？　それに俺の行動の根っこにあったのは正義じゃない。メリッサのためでもない。ドーソンが気に食わなかっただけだ。嫌いなあの男を懲らしめてやりたいという、自分本位な感情から正義を利用したに過ぎない。それが自分でもよくわかっているから、ずっと苦い気持ちが残ってる。人は本当に正しいことをしたと確信しているときは、こんなふうに後悔しないものだ」

ディックの言葉には一理あると思った。正義は我にあり。その確信さえあれば、人は大抵の振る舞いを正当化できる。逆に利己的な思いから他者にダメージを与える行動を取れば、良心が疼《うず》き続ける。

しかしこの場合はディックがどういう動機で行動したとしても、その結果が最悪なものになったとしても、ドーソンは逮捕されるべきであり、メリッサは安全な場所に保護されるべきだった。だからディックが間違ったことをしたとは思えない。

それでもユウトがもしディックの立場で同じことをしたなら、やはり長く後悔するのは想像できた。感謝されないどころか助けた相手には恨まれ、大好きだった人は死んでしまったのだ。

仮に純粋な正義心から行動したとしても、これはあまりに辛すぎる結果だ。

「お前がドーソンを嫌って通報したんだとしても、それ自体は正しい行動だった。メリッサがどれだけお前を恨もうが、虐待を受けていたのは事実じゃないか。お前はメリッサを助けたんだ。シンディのことは残念だけど、彼女を追い詰めたのはお前じゃなくて夫だ。夫の過ちこそが、すべての不幸の原因だった」

ディックの手を握って話しかけた。こんな言葉でディックの気持ちが晴れるとは思わないが、それでも言ってやりたかった。

「メリッサを助けたとは思えない。その証拠に彼女は今も俺を恨んでるそうだ」

「え?」

ディックは翳りを帯びた眼差しのまま、ユウトの指に自分の指を絡めた。

「シンディが自殺したのはショックだったし、やり方を間違えたという後悔は残っていたが、正直に言うとメリッサのことは、俺も助けてやったと自分を正当化してきた。十代の俺は自己中心的な人間だったから、メリッサに恨まれても本音ではあいつが馬鹿なんだとさえ思っていた。だからその後のメリッサの人生なんて俺には関係ないと、突き放した気持ちでいたんだ。俺の冷たさに呆れるだろう?」

そんなことはないという気持ちを込めて、繋がった手に力を込めた。

「本当に俺は未熟な人間だった。ずっと他人は他人、どうなろうが関係ないと思っていた。軍隊に入って仲間ができてからは、人と人の絆の大切さを実感として知った。人はひとりでは生きられないとわかったからだろうな。さらにお前とつき合うようになって、過去の冷淡な自分を恥じる気持ちが湧いてきた。お前のような誠実で優しい男を間近で見つめ続けていると、自分がどれだけひどい人間だったのか思い知らされる」

「褒めすぎだ。それって惚れた欲目だよ。俺はお前が思うほど立派な人間じゃない」

「いいや。お前は立派だ。俺はいつもお前を尊敬している。そんなお前に愛されて暮らしているうち、過去を悔いる気持ちがどんどん強くなってきた。できれば記憶喪失になって昔の自分のことなんかすべて忘れて、自分の人生をリセットしたいくらいだ」

「ストップ。記憶喪失ネタは禁句だぞ」

ディックの唇に指を押し当てて言ってやった。

「お前が記憶喪失になったとき、俺がどれだけ辛い想いをしたと思っているんだ？　あんな目に遭うのは、二度とごめんだからな」

今では笑い話だが、ディックに忘れられてしまったあの出来事は、本当に悲しかった。ディックは「すまない」と謝り、ユウトの手を持ち上げてキスをした。

「さっき言った言葉は取り消す。俺も記憶喪失には二度となりたくない」

空気が和らいだのを見計らい、「メリッサのことだけど」と話を戻した。

「今も恨んでるってどうしてわかるんだ？」

「昨日、サイラスが話してくれた。施設に戻ったあとも、サイラスがメリッサのことを心配して連絡を取り続けていたのは知っていたが、まさか大人になった今もつき合いがあるとは思わなくて驚いた。あいつは今、ニューヨークで弁護士をしているらしい」

「すごい。頑張ったんだな。メリッサはどうしてるんだ？」

ディックはすぐには答えず、「メリッサは」と言葉を探すようにユウトから視線を外した。

「幸せにはなれなかった。十代で結婚して子供を産んだが、暴力を振るう男で離婚してシングルマザーになった。生活が苦しくなり、結局、子供は養子に出したらしい。酒に溺《おぼ》れ、次第に薬物にまで手を出すようになり、ここ数年は依存症の施設を出たり入ったりしているそうだ。サイラスは彼女を放っておけず、ずっとサポートしていると言ってた。メリッサはまだ俺を恨んでいるのかと聞いたら、サイラスは言いにくそうに、そうかもしれないと教えてくれた。メリッサはドーソン家にいた頃が一番幸せだったと、今でも言っているそうだ」

聞いていてやるせなくなった。メリッサは間違っていると言うのは簡単だが、何を幸せに感じるかは本人の自由だ。歪んだ認知から生じる判断だとしても、本人が幸せだったと思っている気持ちは誰にも奪えない。

「メリッサは自分の不幸な人生は、すべて俺のせいだと思っているかもしれない。そしてサイラスは自分に非がないのに、今もメリッサを支えている。なのに俺は自分のしたことを忘れて、いや、実際には忘れていないが、忘れたふりをして生きてきた。サイラスは俺との再会を純粋に喜んでくれたし、俺を責めるようなことはひと言も言わなかったが、俺は自分の身勝手を突きつけられた気がして、昨日は最悪の気分を味わった。サイラスとは夕食を共にして八時頃には別れたが、やり切れなくなって酒場で浴びるほど飲んだ。そのまま帰ったら、お前にすべて懺悔《ざんげ》してしまいそうで怖かったのかもな。結局はこうして白状しているわけだが」

寂しげに微笑む顔に胸を締めつけられ、咄嗟《とっさ》に頼りなげに見えるディックを抱き締めた。昨夜、ディックは目を背けてきた過去の過ちと対峙《たいじ》したのだ。それはどんなに苦しいことだっただろう。

「俺に懺悔なんてする必要はない。俺はお前を裁く存在じゃないんだから。でもなんだって話してほしい。お前の過去に過ちや罪があるのなら、俺もお前と一緒に苦しむよ。どんなときもお前の心に寄り添っていたいんだ」

「……ありがとう」

ディックの唇が額に落ちてきた。温かな唇はしばらくの間、ユウトの額の上に留まっていた。

「どうして俺はあんな嫌な子供だったのか、我ながら不思議なんだ。プライドというか妙な意地みたいなもので、必死で自分を守っていた気がする。自分を憐《あわ》れんで生きるくらいなら、他人を馬鹿にして生きていくほうがましだと思っていたのかもしれない」

ディックは人一倍、繊細な子供だったのではないか。傷つきやすい心を守るため、無意識のうちに他者を排除したり攻撃したりする方向性に、気持ちが向かってしまったように思う。

「子供の心が歪んでしまうのは、その子の責任じゃない。置かれた環境に問題があるんだ」

「だったらもし俺の両親が死ななくて普通の家庭で育ったなら、俺は性格のいい子供として成長できたんだろうか？」

「きっとそうだよ」

「うーん。そうかな。俺はどんな環境で育っても、捻《ひね》くれた嫌なガキだったと思うが」

ユウトはくすくす笑いながら「まあ、性分ってものはあるだろうけど」と言い、ディックの髪を撫でた。自虐的というよりディックは自分に夢を見ることができない性格らしい。

ディックの心の奥深い場所には、きっと今でも寂しい子供がいる。誰より屈強でタフな男の中に潜む可哀想なその子を、優しく抱き締めてやることができたならいいのにと思った。

「ディックの両親は事故で亡くなったそうだけど、どんな事故だったんだ？　交通事故？」

今まで触れてこなかった話題だが、今日こそは聞くべきだと思った。ディックは「そうだ」と頷いたが、自分から詳細を語ろうとしない。

ユウトは催促せずに待った。ディックは絶対に話してくれるはずだから、急《せ》かしてはいけない。長い沈黙のあとで、ディックは話し始めた。

「俺は当時、六歳だった。覚えているのは、車の後部座席に座っていたこと。父親が運転していて、母親は助手席にいたこと。どこかのハイウェイを走っていたこと。寒い日でちらちらと雪が降っていたこと。カーラジオからクリスマスソングが流れていたこと。——そして誰かに抱きかかえられながら、両親の乗った車が炎に包まれるのを見ていたこと」

最後の言葉に驚愕して、すぐには言葉が出てこなかった。

「何があったんだ……？」

そう聞くだけで精一杯だった。ディックは首を振り、「記憶が抜け落ちてる」と答えた。

「ショックのせいだろうが、事故の瞬間の記憶がないんだ。これはあとから聞いた話だ。前方不注意のトレーラーが蛇行運転になり、俺たちの車を巻き込んだ事故を起こした。他のドライバーたちが両親を助けようとしたが、車体が潰れて前のドアが開かない。そうこうしているうちに車体から火の手が上がり、俺だけが車外に連れ出された。その直後にガソリンタンクに引火して車は爆発した。……ものすごい炎が車を呑み込んでいく光景は覚えているのに、自分がどんな気持ちでそれを見ていたのかは、どうしても思い出せない」

ディックは淡々と喋っているが、ユウトは耳を覆いたくなった。なんてひどい話なんだろう。衝撃が強すぎて慰めの言葉も浮かばない。

息ができず胸が苦しい。大きく空気を吸い込んでいるのに酸素が足りない。喘《あえ》ぐように胸が上下し、耐えきれずディックの胸にもたれかかった。

「ユウト？　どうした、具合が悪いのか？」

「……苦しいんだ。胸が、すごく苦しい。まさか、そんなひどい事故だったなんて……。すまない。お前が話したくないと思うのは当然だ。辛いことを話させて本当にごめん」

両親が車ごと焼けていく。六歳の少年が見るには、あまりにも残酷すぎる光景だ。信じられないほど悲惨すぎる。痛ましいディックの過去が、鋭い針のようにユウトの胸に突き刺さり、見えない血が流れ出ていく。

「もう昔の話だ。俺は幼かったから記憶は曖昧《あいまい》だし、お前が思うほど辛く感じていない。……ユウト、泣いているのか？」

ディックはユウトの濡《ぬ》れた頬を両手で挟み、深く顔を覗き込んだ。痛ましいものを見るような瞳がそこにあった。

「お前が泣く必要なんてないのに。やっぱり話さないほうがよかったな。大昔の話でお前を悲しませたくなかった」

おかしな話だ。これはディックの悲劇なのに、なぜか自分のほうが慰められている。ディックはもう辛くないのだろうか。幼い日の悲劇を思い出して心が苛《さいな》まれることはないのだろうか。自問自答するまでもなかった。どれだけ時間が経とうが辛いに決まっている。ディックが平気だと言い張っても、心に焼きついた喪失と恐怖の痛みは消え去るはずがない。

「……教えてくれないか。ディックの両親はどんな人たちだった？」

「あまりよく覚えてないが父は無口な人だった。母はきれいな金髪の持ち主で、すごく美人だった。息子の贔屓目《ひいきめ》かもしれないが、世界中の誰よりきれいだと思ってた。けど、今はもうふたりの顔をはっきりと思い出せない」

「写真は持ってないのか？」

「ない。両親の写真も形見も持ってないんだ。俺たち一家はコネチカットに越してきたばかりだったみたいで、近所づき合いもなかったらしい。探したが身内は見つからず、俺は施設に送られた。住んでいた部屋は市に委託された業者がどうにかしたんだろうが、荷物なんかは何ひとつとして俺の元に来なかった。手違いだったのか、故意にそうなったのかわからない。何しろ俺は事故のあと、しばらくは自分の殻に閉じこもっていたから、周りで何が起きていたのか覚えてない」

どういう経緯でそうなったのか知らないが、杜撰《ずさん》としか言いようがない。親の形見すら手元に残らないなんてひどすぎる。

「落ち着いてから施設の職員に何か保管されてないか、聞いたりしなかったのか？」

「聞かなかった。仮に両親の持ち物や写真が見つかっても、ふたりが戻ってくるわけじゃないしな」

二度と戻らない幸せな日々。大事な家族。思い出しても悲しくなるだけだから、いっそ忘れたいと願ったのだろうか。幼い子供が両親のことを忘れようとするなんて、その強がる気持ちを想像するだけで涙が出そうになる。

「施設には優しいスタッフもいた？」

「ああ。嫌な奴もいたが優しい人たちもいた。子供の頃は最悪の場所だと思っていたが、今は面倒を見てくれた大人たちに感謝してる。……そうだ。チャーリーという黒い犬がいたんだ。全然懐かない可愛げのない犬だったけど、俺の友達だった」

ディックの眼差しが優しくなった。嫌な記憶だけではないのだと思えたら胸が熱くなり、会ったこともないその犬に感謝したくなった。

ユウトはディックの肩にもたれかかり、「見てみたい」と呟いた。

「チャーリーを？　もうとっくに死んでるさ」

「違うよ。俺が見たいのはお前が育った施設だよ。通った学校や町も見たい」

「何もない退屈な場所だ。行ったたってしょうがない」

ユウトは首を振り、「それでもいいんだ」とディックを見つめた。

「観光で行くんじゃない。お前が育った場所だからこそ俺には意味がある。お前が見ていた風景を俺も見たい。――だからいつか、俺を連れて行ってほしい」

ディックは少し困ったような表情を浮かべながら、「本気で言っているのか？」と尋ねた。

「本気だよ。俺ってあんまり我《わ》が儘《まま》を言わない恋人じゃないか？」

「ああ、そのとおりだ。もっと我が儘を言ってほしいと俺はいつも思ってる」

「だったらこれが俺の我が儘だ。叶《かな》えられるのはお前しかいない」

ディックにとって、帰りたくない場所なのはわかっている。それでもユウトは行きたいと思った。

　大人になった今のディックだからこそ、昔と同じ場所に立っても違う景色が見えてくるのではないか。長く抱えてきた後悔という重い荷物を、ほんの少しでも置いてくることができるのではないか。勝手な希望だが、そんなふうに感じるのだ。

　けれどもし故郷に帰ることでディックの心がより辛くなってしまったら、そのときは自分が苦しみを癒《い》やしてあげたいと思う。抱えきれない重荷の半分を持ってやりたいと思う。

　とうに覚悟はできている。ディックと共に生きると決めた日から、ふたりの人生はひとつになったのだから。

「……わかった。いつか一緒に行こう。約束するよ。俺が育った場所にお前を連れていく」

　ディックの瞳は穏やかだった。さっきまでの翳りはもう見当たらない。

「不思議だな。絶対に帰りたくないと思っていたのに、お前とふたりであの町にいる自分の姿を想像したら、なぜか嫌な感じがしないんだ」

「俺に過去の話をしたせいじゃないかな。ちょっとすっきりした気持ちになってない？」

「確かになった気がするな」

「秘密とか嘘とか抱えていると、心の中で嫌なものがどんどん膨らんでいくんだ。子供の頃、俺はそれを黒い風船って名づけてた」

　ディックは可笑しそうに「黒い風船？」と聞き返した。

「うん。人に言いたくないことや、知られたくないことがあると、胸の中で黒い風船が日に日に大きくなっていく感じがするんだ。だけど、ばれちゃえばもう平気なんだ。パチンと割れた風船みたいに消えてしまう。子供の頃、レティが大切にしていた花瓶を割ってしまったことがあったんだ。叱られたくなくて、つい自分じゃないって嘘をついた。そしたらすごく悶々《もんもん》としてさ、そのうちお腹まで痛くなってきた。結局、俺が割ったのがばれてすごく叱られた。レティは花瓶を割ったことより、嘘をついたことに対して怒ったんだけどね。厳しく叱られて泣いたけど、でも嘘がばれて安堵もしてた。もう黒い風船はなくなったから大丈夫って気がしたんだ」

ディックはなぜかにやつきながら聞いている。

「なんで笑うんだよ」

「ユウト少年がレティに叱られて泣いている姿を想像したら、猛烈に可愛くて」

「馬鹿。そんなの想像するなよ」

ディックの鼻先をキュッと摘まんでやった。

「……ちょっと思ったんだけど。コネチカットに行けたら、ディックの両親のことを調べてみないか？」

「俺の両親のことを？」

「うん。コネチカットに来る前、どこに住んでいたのかわかれば、両親の友人だって見つかるかもしれない。そしたらいろいろ聞ける。ふたりがどんな夫婦だったか、どんなふうにお前を愛していたのか。そういうことを知りたくないか？」

　ユウトの問いかけに、ディックはしばらく無言だった。

「知りたくないというより、知りたいと思う自分をずっと無視してきた。自分は強いから両親の記憶なんて必要ないと言い聞かせてきた。戻らない人たちを恋しがっても辛くなるだけだと、わかっていたからだろうな。でも今は、お前が一緒にいてくれる今は、両親のことを知りたいと思う。それがどんな事実でも、今の自分なら受け入れられそうな気がする」

　素直な気持ちで答えてくれている。ディックの胸の奥に埋もれていた硬い蕾《つぼみ》のような本心が、今夜わずかに開いたように思えた。

「だったら調べてみよう。身内が見つからなかったっていうけど、ちゃんと調べればひとりくらい発見できると思うんだ。ディックに似たハンサムな従兄弟《いとこ》とか現れたら面白いな」

　ディックが不意に微笑んだ。ひどく優しい表情でユウトを見ている。

「想像したら楽しくなってきた？」

「いや、お前が愛《いと》おしくてたまらないと思っていた。俺のためにいろんなことを考えてくれてありがとう。俺には両親も兄弟も身内もいないがお前がいる。それこそが人生最大の幸運だ。お前さえいてくれれば他に欲しいものはない。心からそう思っている」

　お前さえいれば他には何もいらない。いつもディックが言ってくれる言葉だ。その言葉を聞くたび、嬉しさと一緒に歯がゆさも感じていた。

ディックにはもっと多くを望んでほしい。人生には楽しいことがたくさんあるのだから、恋人だけを人生の中心にしてしまうのではなく、他にも夢中になれることを見つけてほしい。自分への愛が深いほど、生きる世界を狭めてしまうことにはならないか、という心配があった。

だけど今は違う。歯がゆさをまったく感じなかった。

ディックの孤独を自分が癒やしている。自分という存在が彼の心に空いた無数の穴を、ひとつ残らず埋めつくしている。だからディックはこんなにも満ち足りた表情をしているのだ。今のディックに足りていないものはない。自然とそう思えた。

ああ、そうなのか。ディックは本当に幸せなんだな。だったらしょうがない。

お腹がいっぱいで満足したと言ってる相手に、それ以上、何かを食べさせたいと願うのはお節介というものだ。

とはいえ、ユウトとしては大好物ばかり食べないで、バランスよく他の食べ物を口にしてほしいという気持ちは捨てきれない。だからこれからも、あれこれ気を揉んでしまうのだろう。でも今は、今夜はよしとしよう。自分だけを熱く求める男にもっともっと自分を与えて、今以上に幸せにしてやろう。それ以上に素晴らしいことは思いつかない。

「俺のことが好きすぎるディックを、俺も大好きだ。ところで今夜は優しくしてくれるよな？」

ユウトはディックの首に両腕を回すと、あざとく頭を傾けながら上目づかいで尋ねた。

「え……？　え、どういう意味だ？」

ディックが珍しくうろたえている。笑いそうになるのを我慢して、「意味、わかんないのか？」と耳元で囁く。

「お前が欲しくて誘ってるんだよ」

「いや、でも、昨日はあんな真似をしたから、俺はもっと反省すべきだし、だからしばらくは我慢したほうがいいかと……。いいのか？　本当に？」

ディックはしばらく禁欲しようと決めていたのかもしれない。その心がけは立派だが、セックスはふたりでするものなのに、勝手に決めるのはちょっと独りよがりではないか。

「いいよ。だって俺がしたいんだから。お前はしたくないのか？」

耳にキスしながら尋ねると、「愚問だ」と抱き締められた。

「俺にしたくない日なんてない。いつだってお前が欲しい。許されるなら、朝でも夜でもお前を抱きたい。ベッドでもソファーでもキッチンでもバスルームでも、お前がそこにいるだけで俺はたまらなくなる。いつだって抱き締めてキスして——すまん。これだと盛りのついた野獣と同じだな」

放逸な自分の欲望を恥じているのか、ディックは反省するように視線をそらした。今さら隠すようなことでもないのに、と可笑しく思いながら、ユウトは理性的な野獣の唇にキスをした。

ユウトの寝室、いや自分たちの寝室で、ふたりは下着姿になって求め合った。

昨夜の反省もあってか、ディックがいつになく真剣な態度で行為を開始したものだから、ユウトも調子を合わせるしかなかった。軽口やおふざけを寄せつけない雰囲気のセックスは、妙な緊張感がある。

ディックはいつも優しいが、今夜は優しいというより紳士的だった。甘いキス。甘い愛撫《あいぶ》。甘い囁き。まるでお姫さまに傅《かしず》く王子さまのような完璧《かんぺき》さだ。しかし残念なことにユウトはお姫さまではないので、あまり丁寧に愛されると気恥ずかしさが先に立ってしまう。

「もっと野獣モードでもいいのに……」

独り言を呟いたら、ユウトの膝にキスしていたディックが「え？」と顔を上げた。慌てて「なんでもない」と誤魔化し、ディックを手招いた。ディックの頭がキスできる位置に戻ってくる。

「どうした？　まだ右足しか愛撫してないぞ。爪先《つまさき》まで味わったら、今度は左だ」

「もういいよ。焦《じ》れったくなってきた。それより早く来てほしい」

「我慢できないのか？」

下着の中で高ぶっているユウトのものに手を伸ばしたディックが、意地悪な目つきで囁く。

ディックは盛り上がった生地の上からユウトのペニスをつーっと撫で上げ、指の腹で先端をぐりぐりと弄《いじ》った。直接摑んでほしくてたまらず、ユウトは「で、きない」と訴えた。

「焦らさないで早く握ってくれ……」

「強くか？　優しくか？　お前の好みを言ってくれ」

そんなのどっちだっていいと思ったが、答えるまでディックがいたずらし続けるのは目に見えている。ユウトは息を乱しながら「強く」と呟いた。

「ディックの手で強く握って、激しく、し、扱《しご》いてほしい……」

望まれている恥ずかしい言葉を口にすると、ディックは「いい子だ」とユウトの耳にキスをした。さらに耳朶に軽く歯を立て、尖《とが》らせた舌を小さな穴に差し入れてくる。背筋に震えが走ったその瞬間、大きな手がするっと下着の中に入り込んできた。

高ぶりきった熱い欲望を、痛いほどの力で握られる。腰が跳ね、喉《のど》が「んっ」と鳴った。

ディックの手が力強く動きだす。先端から根元までの大きなピストンは最初から激しく、目の奥で火花が散るほどの快感を連れてきた。

焦らしに焦らされたせいで、ユウトの身体は貪欲《どんよく》に快感を味わうが、それでも足りず、もっともっとと腰が浮き上がっていく。

「あ……ディック、駄目だ、そんなしたら、俺、ん……っ、もう駄目、だって……っ」

「駄目じゃない。気持ちいいんだろう？　だったらその可愛い声で『いい』と言ってくれ」

ディックは手を動かしながら、ユウトの乱れる姿を愛おしそうに見下ろしている。快感に溺れる顔を見られるのは、恥ずかしくたまらない。頼むから見ないでくれと思うのに、同時にディックの前でだけは、自分でも見たことがないような自分をさらけ出したくなる。

ディックになら、いや、ディックにだけは見てほしい。誰にも知られたくない恥ずかしい姿を。

暴かれて困ることは、何ひとつとしてないから。

俺の心にも身体にも、お前に対する秘密など存在しないから。

愛と欲望が一体となって、さらなる興奮が生まれる。その興奮はスピードとボルテージを上げて、どこまでも高く駆け上がっていく。

「ああ、ディック、いい……。すごく、いい。もう、死にそうだ」

「死なれたら困るな」

笑いを含んだ声でからかわれたが、言い返す余裕もない。火がついた身体はもう収まりがつかない。

前への刺激だけでは足りなくなり、ユウトはディックの股間に手を伸ばした。下着の中で石のように硬くなったものを、生地の上から手で強く愛撫する。

「そっちはまだだ。もう少し我慢してくれ」

「無理。我慢なんてできない。今すぐ来てくれ」

ディックの下着を引き剝がし、あらわになった尻に両手を押し当てる。硬く盛り上がった張りのある大臀筋《だいでんきん》がたまらない。なめらかな肌に指を立て、早く早くと急かすようにディックの腰を自分のほうへと引き寄せた。

「そんなに欲しがられると俺の我慢も限界だ。今日は手順を踏んでたっぷり時間をかけてから、紳士的にインサートするつもりだったのに」

「手順なんていいから、俺の中に、早く……っ」

反り返ったディックの欲望を握り、奥まった場所へと導く。性急な欲しがり方をするユウトに、ディックは「ローションが必要だろ？」と囁いた。駄々っ子をいさめるような言い方だった。

「いいから挿《い》れてくれ」

「駄目だ。痛くしたくない」

「いいんだ。痛いくらいのほうが、今日は感じそうだから」

無意識のうちに飛び出した言葉だったが、言ってから恥ずかしくなった。

「どうしたんだ？　新手の言葉責めか？」

「馬鹿、そんなんじゃないよ。本当に来てほしいから言ってるんだ。紳士的じゃなくても構わない。むしろ獣のように求めてほしい」

気のせいだろうか？　手の中にあるディックのそれが、いっそう熱く、硬く、大きくなった気がした。

「お前……。俺を殺す気か？　くそ、これ以上は我慢できない」

余裕が消え去り、紳士が荒い息を吐く獣へと変化していく。自身の先端をユウトの窄《すぼ》まりに押し当て、先走りのぬるつきで気休め程度に潤すと、ディックはゆっくりと腰を沈めてきた。

「あ……っ、ディック、待って……っ」

「今さらやめろと言われても聞けないぞ」

「ちが、そうじゃなくて、はぁ、あ、んぅ……っ」

狭い場所をこじ開けて、ディックの欲望が奥まで入ってくる。押し開かれる痛みはあるが、それ以上の快感があった。自分の空洞を恋しい男に隙間《すきま》なく埋められる愉悦は、安堵にも似ていた。

「いい、すごく、いい……。もっと欲しい。もっと激しく動いて……ん、お前を感じさせてくれ。奥まで突き上げて、めちゃくちゃに俺を揺さぶって……」

譫言《うわごと》のように口走ってしまったが、自分では何を言っているのか自覚していなかった。ただ本能の赴くままに口が動いていた。

「お前、やっぱり言葉だけで俺を達《い》かせようとしてるだろ？　そんな悪いテクニック、どこで仕入れてきたんだ？」

ぐいっと強く貫かれ、「ああっ」と甘ったれた声が漏れた。

「自覚はないだろうけど、お前のような男がいやらしい言葉を吐くと、ものすごく来るんだ。

……ああ、くそ。やばい。どうして俺はお前とやるときだけ、こうも我慢が利かないんだ？」

たくましい腰づかいでユウトを揺さぶりながら、ディックが不本意そうに呟く。

「悪い。第二ラウンドで粘るから許してくれ」

謝るディックに何も言えなかった。気持ちよくてそれどころじゃない。ディックの腰に足を絡ませ、激しさを増すラストスパートに必死でついていく。

ユウトの快感の鉱脈を巧みに掘り当てながら、ディックは獣のような息を吐き続けた。たくましい肉体からは汗が滴り落ち、ユウトの肌をしとどに濡らしていく。

それは天然のローションと化し、重なった肌と肌をヌルヌルと滑らせた、その淫《みだ》らな感触がたまらない。苦しげに眉を寄せるディックの表情があまりにもセクシーで、視界からも快楽が押し寄せてきた。

もう何も考えられない。頭が真っ白になり、自分という存在すら消えていく。確かなのは今、ディックと深く繋がっているという実感だけだ。

ふたりして本能のままに身体を動かして貪欲に快感を貪《むさぼ》る。熱い息を撒《ま》き散らしながら、最高としか言いようがない到達の瞬間に向かってダイブした。

「ちょっと頑張りすぎたかも。明日は筋肉痛になりそうだ」

情事のあとの気怠《けだる》さに身を任せながら呟くと、ディックが笑った。ディックの胸に頭を乗せていたので、軽い振動が伝わってくる。心地いい振動だ。

「実は俺も途中で腰が攣《つ》りそうになった。必死で耐えたけどな」

「あれくらいで？　最近、運動不足じゃないか？」

もちろん冗談だ。頭を上げてディックを見ると、にやにやと笑う顔がそこにあった。何を言いたいのか予想はついた。こういう締まりのない顔のときは、大抵ユウトの恥ずかしい姿を思い出している。

「今日のお前、最高にエロかったな」

「エ、エロいって言うな。せめてセクシーとか言えよ」

「セクシーで可愛くてキュートで、最高にエロかった」

語彙《ごい》の足りないロブみたいだな、と思ったが、言えば拗《す》ねそうなので心の中に留め置く。

「しかし難しいな」

「何が？」

「お前に激しくしろって言われると、どこまでしていいのかいつも悩む。今日みたいに痛くしてと可愛くおねだりされたら――」

「もういい。最後まで言うな」

手でディックの口を塞《ふさ》いで阻止した。興奮が冷めてから自分の痴態を語られるのは、どうにも恥ずかしくて我慢ならない。

痛いほうがいいだなんて、我ながら現金なものだと呆れてしまう。昨夜は荒々しく求められて怒ったのに、今夜はそれを自ら望んだ。

けれど、それは仕方がないと自分に言い訳してみる。今夜のディックは愛に満ちていた。溢《あふ》れ出る愛でユウトをすっぽりと包み込み、それでもまだ足りないというように、甘い蜜《みつ》のような情熱をとろとろと際限なく注いでくれた。

そんなディックだからこそ、激しい行為を安心して求められたのだ。どれだけ煽《あお》っても自分を傷つけたりしないという信頼があるから、ディックが興奮する言葉を口にできる。要するに愛があるから大丈夫、ということだろう。

「もう寝る。お休み」

ディックの上から降り、背中を向けて目を閉じた。ディックは笑いながら後ろからユウトを抱き締め、「都合が悪くなると、すぐそれだ」と耳元で囁いた。

「本当に眠いんだよ。……そうだ。今朝はサンドイッチありがとう。すごく美味しかった」

「どういたしまして。昨夜のお詫《わ》びにもならないが、食べてもらえてよかった」

ユウトの髪に顔を押し当てながら、ディックが「サイラスのことなんだが」と言い出した。

「明日の夜の便でニューヨークに帰るらしい。その、お前さえよければ、俺と一緒に空港まで見送りに行かないか？　あいつにお前をちゃんと紹介したいんだ」

　思わず振り返って、身体も回転させてディックに向き直った。

「本当に？　俺も行っていいのか？」

「ああ。昨日はちゃんと紹介できなかったから、サイラスもお前に会いたがっていた。ただし覚悟しろよ。あいつのお喋りは大人になってもまだ健在だった」

　ユウトは微笑んで「わかった。覚悟しておく」と頷いた。

「お前の昔の友人と話ができるなんて、すごく嬉しいよ。サイラスからお前の子供時代の話を聞こう」

「それはやめてくれ。あいつは俺の恥ずかしい話を山ほど知ってるんだ」

　苦笑いを浮かべるディックに、「大丈夫だよ」と言ってやった。

「どんな話を聞いたとしても、俺がお前を嫌いになることは絶対にないから」

「ユウト……」

　ディックは切なそうな眼差しを浮かべ、手の甲でユウトの頬をそっと撫でた。まるで壊れ物に触れるような手つきだった。

「俺はいつだって傲慢《ごうまん》だった。欠陥だらけだったのに、それが俺という人間なんだと思って生きてきた。ある種の開き直りだ。でもそれは逃げだったと、最近になってようやく認めることができた。結局、嫌なものから目を背けていただけで、自分自身と深く向き合ってこなかったんだ。俺の過去をすべて語って聞かせたら、さすがのお前でもきっと嫌になる。他人にひどいことを言ったし、心ない振る舞いもたくさんしてきた」

ユウトはディックの手に自分の手を重ね、「大丈夫だよ」と微笑んだ。

「過去を悔いる気持ちがあるなら、俺はお前を責めたりしない」

ディックを誰よりも愛している。だから心は決まっている。ディックの過去はすべて受け入れると。

これから先、まだ語られていない過ちを知ることもあるだろうが、それがどんなことでも受け止めてみせる。何を知ってもディックを見放したりしない。

「昔傷つけた人が現れてもしお前を責めたら、お前は誠心誠意、その人に謝るべきだ。そのときは俺も一緒に謝る。罵倒《ばとう》も非難も甘んじて受ける。絶対にお前をひとりにしない」

「ユウト……」

ディックの目が潤んでいた。青い瞳が宝石のようにきらめいている。

「どうして俺は他人を傷つけて平気でいられたんだろう」

「寂しさと怒りがそうさせていたんだ。可哀想な子供だったんだよ。子供のしたことは許してやらなきゃ」

ディックは「許してもいいんだろうか？」と消えそうな声で呟いた。ユウトは「ああ」と頷いた。

「俺からも頼むよ。生意気で反抗的だったリック少年を、もう許してやってくれ。寂しかったんだなって、ぎゅっとハグしてやろう」

自分を許せるのは自分だけだ。ディック自身が過去を見つめて受け入れないと、かつての自分と和解できない。

「俺は子供が苦手だから上手く扱えそうにない。だが努力してみるよ」

「うん。少しずつでいいよ。一番の理解者になってあげて」

ユウトの言葉を噛《か》みしめるようにディックは瞬きで頷き、深い息を吐いた。

「お前はすごいな。長年、俺の心にあった黒い風船をパチンと割ってくれた。絶対に割れないと思っていたのに。何度も言うが、俺はお前に愛されて新しい人生を得た。心から生まれ変われた気がする。今の俺をつくったのは、きっとお前だな」

「大袈裟だな。俺はお前のママじゃないぞ」

笑って言い返したが、本当は泣きそうだった。

孤独だった少年は、もう孤独じゃない。

寂しくて人を傷つけてしまった少年は、もう誰のことも傷つけたりしない。

ユウトは愛を知らなかったかつての少年を抱き締め、その柔らかな唇に優しく口づけた。

# ユウティの最高の一日

「ユウティ。散歩に行くぞ」

リビングで寝ていたユウティはディックに名前を呼ばれると、飛び起きてから玄関へと突進した。ユウティは散歩が大好きだ。大好きすぎて「散歩」と聞くだけで、全身が踊り出すような興奮に包まれる。むずむずわくわくして、一秒だってじっとしていられない。

「待て待て。ハーネスをつけるのが先だろう?」

ディックはハーネスとリードを持ってきて、ユウティの体に手早く装着した。これで準備万端だ。早く行こう！　行こうったら行こう！　ユウティのやんちゃな尻尾《しっぽ》は勝手に動いて、玄関のドアをトントントンと勢いよく打つ。

アパートメントを出て向かった先は近所の公園だった。ここはユウティのいつもの散歩コースだ。太陽は傾いているが、まだ充分に明るい。そわそわしているユウティに気づいたディックは、「走るか?」と言ってリードを引っ張った。

やった。走れる！　喜びに包まれながら、ユウティはディックと一緒に公園の外周を駆けた。太陽の光が気持ちいい。過ぎていく景色が面白い。風が心地いい。地面を蹴《け》る感触も最高だ。ただ走っているだけで、ユウティの気持ちはどこまでも弾んでいく。

「よく走ったな。休憩だ。水をやろう」

水飲み場で水を飲んだあと、ディックはユウティを連れてベンチに腰かけた。

子供連れの家族や若いカップルが通り過ぎていく。可愛《かわい》いと言って、ユウティを撫《な》でる人もいた。ユウティは撫でられるのが大好きだ。もっと撫でてほしくて、ひっくり返ってお腹を出したくなるが、ぐっと我慢した。

たまに誰彼なく腹を出してしまう節操のない仲間もいるが、ユウティにとってそれは特別な意味を持つ。だからディックとユウトだけにしか、そうしないと決めている。けれどたまにふたりの親しい友人たちには、うっかり腹を見せてしまうことがある。しまった！　と思ってディックとユウトを見るが、別段気にした様子もないので、ほっとしたりする。

ユウティはディックとユウトが大好きだ。大事な家族だと思っている。かつて本当の親や兄弟もいたが、幼い頃のことなのであまり記憶に残っていない。母親のおっぱいが大好きだったことと、兄弟たちの温《ぬく》もりに安心していたことだけは覚えている。

ある日、それらがなくなった。突然のお別れだった。見知らぬ男に連れていかれたのは、海沿いの静かな家。辺りは濃い潮の匂《にお》いが満ちていた。知らない場所。知らない匂い。不安しかなく、ユウティは新しい環境に怯《おび》えた。

新しい飼い主はそんなユウティを抱きかかえ、たくさん撫でてくれた。温かい手だった。青い瞳は優しいのに寂しげで、ユウティはなんだか慰めてあげないといけないような気持ちになった。だから何度も顔を舐《な》めた。すると彼は笑ってくれた。嬉《うれ》しくていっぱい舐めた。もっと笑ってくれた。また嬉しくなった。そうしてディックとユウティの暮らしは始まった。

ディックを家族だと思えるようになり、毎日を楽しく過ごしていると、次にユウトが現れた。なぜか初めて見た瞬間から好きになって、飛びついてしまった。ユウトはディックの家に泊まってしばらく一緒に生活した。そうするともっと好きになった。

何より嬉しかったのは、ユウトが来てからディックが元気になったことだった。ユウトと一緒にいるときのディックは、それまでのディックとは別人のようだった。まず匂いが違う。体温も上がる。声にも張りがある。ユウティはディックが嬉しいと同じように嬉しい。ディックが活き活きとしている姿を見ることで、心から幸せな気分になれた。

だからユウトが帰ってしまったときは、すごく悲しかった。ディックもしょんぼりしていた。すごくすごく寂しそうだから、またいっぱい顔を舐めた。でもあまり笑ってくれなかった。ディックにはユウトが必要なのだと、ユウティは深く理解した。

またユウトに会いたい。戻ってきてほしい。そう思っていたら奇跡が起きた。ユウトも一緒に暮らすことになったのだ！　住み慣れた家を離れるストレスはあったが些細《ささい》なことだった。

ユウトと一緒のときのディックの幸せそうな顔。声まで甘くなる。ディックにも尻尾があったなら振り回して止まらないに違いない。喜びや興奮をわかりやすく示せる尻尾がない人間は、少し可哀想だとユウティは思う。

「そろそろ帰るか。帰ったらメシにしてやる。この前、ユウトが買ってくれた新しいフードを試してみるか？　きっとうまいぞ」

ディックの言葉のすべては理解できないが、これから帰ることと、ご飯が待っていることはわかる。ユウティは嬉しくてひと吠《ほ》えした。ディックの目は柔らかく細められたが、どこか心ここにあらずに見える。

ユウトがいないときのディックはいつだって寂しげだ。だからユウティは海沿いの家で暮らしていた頃のディックを思い出す。すべてを諦《あきら》めているような、それでいて何かを待っているような、心に芯《しん》がない感じ。今もそうだ。大事なものをどこかに置き忘れてきて、顔には出さなくてもすごく困っている人みたいに見える。

「ユウティ！」

知っている声に名前を呼ばれ、ユウティの耳がピンと立った。声のしたほうを向くと、小走りに近づいてくるユウトの姿が見えた。ユウトだ！　お帰り！　お帰り！　ユウティは嬉しさのあまり、そばまで来たユウトに思い切り飛びかかってしまう。

「ただいま。いい子にしてたか？」

しゃがみ込んだユウトの顔を必死に舐める。ユウトは笑いながら、「わかったわかった、もういいよ、ありがとう」とユウティの顔を両手で掴《つか》んだ。

「ただいま、ディック。家にいないから散歩だと思って探しに来たんだ」

「おかえり。えらく早いじゃないか。今日はキースと喧嘩《けんか》しなかったか？」

「してないよ。今日の休日出勤は他部署の応援だったから早く帰れた。おかげで家でゆっくり夕食が食べられる」

ディックは「だったら早くメシの支度をしなきゃ」と返し、ベンチから立ち上がった。素っ気ない態度だが、鼻の利くユウティにはわかっている。ユウトが現れるとディックの放つ匂いが変わる。身体から熱が出る。見えない尻尾がぶんぶん回っている。本当は自分と同じくらい、いや自分以上に嬉しいのだ。

並んで歩きだすふたりをちらちら見ながら、ユウティは本当に不思議だと思う。家ではただいまのときも、行ってらっしゃいのときも、必ずふたりはキスを交わすのに、外ではなぜそうしないのだろう？　ユウティはふたりがキスしたり抱き合ったりする姿を見ると、すごく嬉しくなるので、外でのよそよそしい態度はつまらなく感じている。

でもきっと人間には人間のルールがあるのだろう。犬もご主人さまに待てと言われたら待たなきゃいけないし、ハウスと言われたら嫌でもケージに入らないといけない。

部屋に帰ると、ふたりはようやく抱き合ってキスをした。そうそう、それ。それが見たかったんだ。嬉しい反面、自分だけ除《の》け者《もの》にされた寂しさもあり、ついふたりの間に割って入ってしまう。そんなユウティをふたりは笑いながら見下ろしていた。

夕食後、ふたりはソファーでテレビを見ていた。ユウティはユウトの膝《ひざ》に頭を乗せて寝そべっている。ユウティを撫でていたユウトの手が止まった。もうおしまい？　と目を開けてユウトを見ると、瞼《まぶた》が閉じていた。寝てしまっている。

気づいたディックがユウティに手で降りろと指示を出した。ディックはユウトの身体の下に腕を差し入れ、軽々と抱き上げた。ユウトが目を覚まし「ごめん、寝ちゃってた」と呟いた。

「今日は朝早かったからな。ベッドまで運んでやるから寝てろ」

「いいよ。自分で歩く」

「いい加減に覚えろ。俺はお前をベッドに運ぶのが、すごくすごく好きなんだ」

ユウトは小さく笑い「下心からだろ」と指摘した。ふたりが寝室に向かい、ユウティも寂しいのであとをついていった。

「下心は毎日あるが、今日は疲れてるだろうから封印しておくよ」

ユウトをベッドに下ろし、ディックも隣に横たわった。ディックは愛《いと》おしそうな眼差《まなざ》しでユウトを見つめ、宝物に触れるような手つきで額に落ちた黒髪を指でかきあげる。

「たいして疲れてないよ。それに眠気も飛んじゃった」

「ってことは？」

「そういうことだろ？」

ふたりは額を合わせて笑った。これはあれだな、とユウティは予想する。ベッドの中でふたりが特別に仲良くするときの雰囲気だ。これが始まるとふたりの興奮が伝播《でんぱ》するせいか、ユウティも一緒になって興奮してしまう。抑えが利かなくなるとベッドに飛び乗ってふたりの間に割って入ってしまうので、何度も叱《しか》られた。

ディックはユウトの瞼にキスし、唇を滑らせて頬《ほお》や鼻先に触れていく。ユウトの唇から甘い溜《た》め息《いき》がこぼれるが、それすらディックは奪っていく。ふたりの体熱が上がり、部屋の中にセクシャルなフェロモンが流れ出す。

ユウトの服を脱がせながら、ディックはあらわになった肌を愛撫《あいぶ》した。唇と舌の動きに合わせて、ユウトの身体が素直に反応する。

「あ、ん……っ、そこ、くすぐったい」

「くすぐったい場所ほど感じるくせに。……ユウト、腰を浮かせろ」

スウェットのパンツにディックの手が伸びる。邪魔すると叱られるので我慢していたが、とうとうユウティはたまらなくなって「ワン！」と吠えた。

「うわ、ユウティもいたのか」

驚いたユウトが顔を上げてユウティを見た。ディックは顔をしかめている。いつも優しいディックなのに、このときだけは邪魔者を見る目つきになるので、そこだけは好きじゃない。

「外に出てろ、ユウティ」

そう言うと思った。でも嫌だ。ふたりだけで遊ぶのはずるい。仲間はずれは我慢できない。だって自分たちはひとつの群れをつくっている家族じゃないか。一緒に遊びたい。

「てこでも動かないって顔をしてるぞ」

「しょうがない。実力行使で外に出すしかないな」

ユウトが「可哀想だよ」と言うと、ディックは「可哀想？」と眉根を寄せた。

「あいつのせいで、お前とのセックスに集中できない俺のほうが可哀想だ」

「大人げないな」

「大人とか大人じゃないとかの問題じゃない。お前を抱くときは全集中でもって行為に没頭したいんだ。ユウティを出してくる」

ユウトは「まったくもう」と苦笑しながら頷《うなず》いた。かくしてユウティは、今夜もふたりの寝室から締め出される羽目になった。

閉ざされたドアの前でしばらくクゥンクゥンと鳴いてみたが、中から聞こえるのはユウトの甘い声だけだった。仕方なく諦め、ユウティはとぼとぼとリビングに戻り、自分のクッションの上で丸くなった。

除け者は寂しいが、ふたりが楽しいのなら我慢してやろうとユウティは思った。それほどの問題ではない。安全な家があり、散歩ができて、美味しいご飯も食べられた。何よりディックとユウトが楽しそうにしている。それだけで今日も最高にいい一日だった。

# Don't ride his motorcycle

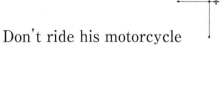

「送ってくれてありがとう。本当に助かったよ。ちょっと寄ってかないか？」

ユウト・レニックスの誘いに、キース・ブルームはバイクに跨《また》がったまま「遠慮する」と答えた。なんの迷いもない態度だった。そう言うだろうと予想していたので、別段驚きはしない。ユウトの相棒はすこぶる人づき合いの悪い男だ。

「なんでだよ。予定でもあるのか？」

「予定なんてないけど、あんたの恋人は俺が家に来たら嫌がるだろう」

ディックがキースの存在にやきもきしているのは事実だが、先日ロブの家で集まった際、無礼な態度は取らなかったはずだ。もしかしたら以前、ディックは自分のことを病的に好きだから、彼の前で変な真似はするなと忠告したことを気にしているのだろうか。

ユウトとしては困っているところを助けてもらったのだから、ぜひともコーヒーの一杯でも飲んでいってもらいたいところだ。仕事を終えて、ロス市警庁舎の駐車場で自分の車に乗り込んだのはいいが、どうしたことかエンジンがかからなかった。電気系統の故障のようでお手上げだった。

車の整備会社に引き取り依頼の電話をかけていると、バイクに乗ったキースがたまたま通りかかった。どうしたんだと尋ねられて事情を話すと、家まで送ってやると言われた。一瞬迷ったが、まだ気安い関係とは言えない相棒が示してくれた珍しい親切だ。ここはキースの言葉に甘えたほうがいいと考え、頼むことにした。

無茶なことばかりをするキースのことだから、バイクの運転も荒いのではないかと思ったが、意外なほど丁寧な運転だった。おかげで安心して後部シートに座っていられた。

キースの腰に腕を回しながら、この気難しい男との関係も最近は随分と順調になってきたと実感した。とはいえ、ぞんざいな物言いや協調性のなさにカチンとくることは今もよくあるので、あくまでも最初に比べれば、という話だ。

「ディックなら大丈夫だよ。お前が常識的な態度でいれば、なんの問題もない」

「俺がいつ常識的じゃない態度を取った？」

「そんなの数知れずだろ。ここまで来たんだ。うちの犬に会っていけ」

そのひと言が効いたのか、キースは「あのクソ可愛い犬か」と記憶を辿《たど》るように目を細めた。

この男は新しい相棒がどんな人間か知るため、わざわざユウトの家の前までやってきて、ユウティと散歩するユウトとディックの姿を盗み見したのだ。

その事実を知ったときは姑息《こそく》な奴だと呆《あき》れたし、慎重すぎる性格に疑問を感じたが、今となってはキースのそういう部分にわずかながらの同情や憐憫《れんびん》を感じている。

「わかった。犬に会いたいから寄らせてもらう」

してやったりの気分だった。キースが動物好きなのはわかっている。こいつはよその猫がたまに遊びに来るからといって、わざわざ自分の部屋にトイレや餌《えさ》を用意するような男なのだ。

「おやおや、キース・ブルームじゃないか。まさか君にここで会えるとはね」

家に帰るとロブ・コナーズとヨシュア・ブラッドが遊びに来ていた。ダウンタウンで映画を観た帰りに寄ったという。

犯罪学者と新進俳優のこのカップルは、結婚式も挙げて社会的にもパートナーであることを公にしている。陽気でお喋りなロブと無口で感情を見せないヨシュアは、一見すると水と油のようで相性に不安を覚える組み合わせだが、自分にはない要素を持つ相手を互いに深くリスペクトし合っている。

「仕事は順調かな？　ユウトとは上手くいってる？」

ロブがにこやかに話しかけて手を差し出すと、キースは「それなりに」と素っ気なく返して義理程度に握手をした。ロブの隣でヨシュアも手を出して待っている。キースは一瞬、躊躇《ちゅうちょ》するような素振りを見せたのち、無言でヨシュアの手を握った。

親しくない相手に対して容易に笑顔を向けられないヨシュアは、にこりともせず「またお会いできて嬉しいです」と話しかけた。キースは小さく頷く程度だ。対人関係が不器用という共通点があるせいか、なんとなくこのふたりが一緒にいると妙な緊張感を覚えるのだが、そういう感覚はユウトだけかもしれない。その証拠にロブはにやついた表情で握手を交わすふたりを見ていた。

「キース、よく来てくれたな」

ディックは完璧な笑みを浮かべてキースに声をかけた。ふたりきりでいるときもハンサムな男だと思うが、みんなで集まっているときは、なおのことハンサムだと感じるのはなぜだろう？　こんなことを言えばキースにまた惚気《のろけ》だと揶揄《やゆ》されるから絶対に言わないが、本心から不思議に感じている。

「急に連れてきてごめん。車が動かなくなって、キースのバイクで送ってもらったんだ」

ユウトが事情を説明すると、ディックは「そうだったのか」と頷きキースに礼を言った。キースは「別にたいしたことじゃない」と肩をすくめた。

ディックの声も表情も自然そのものだが、内心はきっと複雑に違いない。少々申し訳ない気持ちはあったが、キースは大事な相棒だ。無理に好きになる必要はないが、彼への理解をできるだけ深めてもらいたいと思っている。

「お礼に夕食でもどうだ？　俺はもう済ませたが、ユウトと一緒に食べていけよ」

「お構いなく。俺は犬を見に寄っただけだ。……こいつだな。撫でてもいいか？」

キースは尻尾を振ってユウトにまとわりついているユウティを指さした。

「存分に撫でていいぞ。ユウティ、お座りだ」

ユウトの指示に従い、ユウティが床にお尻を下ろす。尻尾は左右に大きく揺れたままだ。

「ユウティ？　こいつの名前はユウティなのか？」

やっぱりそこに反応したか。受け流すように「可愛い名前だろう？」ととぼけてみせたが、キースは「あんたが名づけ親？」とディックを振り返った。

聞かないでやってくれ……と思いつつ、ユウトもディックを見た。ここで照れくさい表情でも見せれば笑い話にできるのに、キース相手にそこまでフレンドリーになるつもりはないと宣言するように、ディックは平然とした態度で「そうだが何か？」と聞き返した。挑戦的とも取れそうな開き直り具合だ。

数秒の沈黙。空気が重い。こういうときに、すかさずつまらない冗談を言うのは君の仕事じゃないかとばかりにロブを見たが、ユウトの親友はにやにやするばかりで何も言ってくれない。仕方なくユウトがフォローに入った。

「俺と離れて暮らしていた頃に、ディックが飼い始めたんだ」

「なるほど。レニックスへの恋しさが募って、犬に恋人の名前をつけたってわけか。なんていうか……あんたは健気《けなげ》だな」

最後のひと言はわずかに笑いを含んでいた。馬鹿にした笑いではなかったが、キースが呆れたのは間違いない。

「そうです。ディックはとても健気な人です。誰よりもユウトを深く愛しているんです。その一途さがよくわかるエピソードだから、私はユウティという名前が大好きです」

突然、雄弁になったヨシュアにユウトはギョッとした。ヨシュアは時折、ディックとユウトの関係について、前触れもなく熱く語りだすことがある。これ以上、喋らすまいとして「ありがとう、ヨシュア」と急いで口を挟んだが、ヨシュアはキースに向かって言葉を続けた。

「愛する人と遠く離れて暮らす寂しさを想像してみてください。会いたいのに会えない。とても辛《つら》いですよね。そんなときは犬でも猫でも、それこそ虫にだって最愛の人の名前をつけたくなるものではないですか？」

「俺はつけないと思う」

空気を読まないキースはそう言って肩をすくめた。おい、相棒。そこは嘘でも「そうだな」とか答えろよ。話がややこしくなるじゃないか。

「そうですか。私もつけません」

君もかよ、と今度はヨシュアに突っ込みそうになった。

「ですが、そうしたくなる気持ちは理解できます。そして、そうすることができる人の純粋さを羨《うらや》ましく思います。普通なら気恥ずかしかったり照れくさかったり、あるいは女々しいと思ってできないことを、ディックはやってのけたのです。すごいことではありませんか？」

――ロブ、頼むからヨシュアの口を塞《ふさ》いでくれ……。

悪気はないとわかっているが、ディックが可哀想になってきた。当のディックはさっきから表情を消している。いっさいを受け流すポーカーフェイスモードに入ってしまったようだ。

「ハニー、口を挟んで悪いけど、我慢できないから言わせてもらうよ。俺の前で他の男を褒めちぎるのは、ちょっと残酷だと思わない？」

ロブはヨシュアの肩を抱き寄せ、甘い声で話しかけた。空気を読まないことに関してはキースの上を行くヨシュアは、「ディックを褒めることに、なんの問題が？」と眉をひそめた。

「問題はないよ。ないんだけど、俺がちょっと拗《す》ねちゃうだけ」

「拗ねるのは構いませんが、それを私の責任にされるのは心外です。私は尊敬する友人をただ褒めただけなのに」

冗談で空気を変えようとしたロブの目論見《もくろみ》は打ち砕かれた。仕方ない。それがヨシュア・ブラッドという男だ。

「そ、そうだね、確かにそのとおりだ。君は何も悪くない。ごめんよ、ダーリン。……キース、早くユウティを撫でろ」

キースにアクションを催促したロブを見て、ユウトは思った。――犬に逃げたな。

「よう、ユウティ。元気か？　俺はキースだ」

キースはしゃがみ込んでユウティの目を見つめた。驚いた。あの無愛想な男が笑みを浮かべてユウティに話しかけている。黒い毛並みを撫でる手つきは優しげで、本当に動物好きなのが見て取れた。ユウティのほうは初めて見るキースに少し緊張しているようだったが、すぐに尻尾を振り始めた。

キースの撫で方が激しくなると興奮が増したのか、我慢できないとばかりに床に転がって腹を見せてしまった。人懐こい犬だが、初対面の人間に腹を見せることは珍しい。

「お前、すげぇ可愛いな」

ユウティの腹を撫で回しながらキースが笑う。お前も可愛いよ、とユウトは心の中で呟いた。犬を撫でながらにこにこしているキースは、いつもの無愛想な相棒とは別人のようだ。

「ユウティに好かれたな。すごく君を気に入ったみたいだ」

ロブが言うとヨシュアも「本当ですね」と同意した。

「初対面でこんなに懐かれるなんてすごいです。ねえ、ディック？」

話を振られたディックは「そうだな」と頷いた。薄い笑みを張りつかせた表情に違和感を覚えているのは、きっとユウトだけだろう。キースを自宅に招いたのはやっぱり時期尚早だったかもしれないと、こっそり反省した。


キースは本当に長居せず、ユウティを撫でるだけ撫でるとコーヒーも飲まずに去っていった。ロブとヨシュアもそのあとすぐに帰っていった。

「急に連れてきて悪かった。送ってもらったのに、そのまま返すのも悪くてさ」

ユウトはディックのつくってくれた夕食を食べながら謝った。向かい側に腰かけたディックは、さっきからむっつりした顔つきでビールを飲んでいる。

「別に俺は気にしていない。あいつはお前の大事な相棒だからな。いつでも好きなときに連れてくればいい」

心なしか言い方に刺《とげ》がある。やはり内心では面白くないと思っているのだろう。ここはもう少し真剣に謝っておいたほうがいいと考えたユウトは、「本当にごめん」と表情を引き締めた。

「前もって連絡すべきだった。ここはふたりの家なのに、俺の一存でキースを連れてくるのは、やっぱり間違って――」

「ユウト、やめてくれ。お前がキースを連れて帰ったことを俺は怒ってない」

「本当に？　でも不機嫌そうに見えるんだけど。……あ、もしかしてユウティの名づけをネタにされて怒ってるのか？」

ユウトの質問に対し、ディックは眉根を寄せて首を振った。そんなことくらいで俺が怒ると思っているのか、と言いたげな表情だ。

「だったら他に理由があるのか？」

まるでわからない。ユウトがなんだろうと考え込んでいると痺《しび》れを切らしたのか、ディックのほうから「俺の不機嫌の理由はな」と明かしてきた。

「お前がキースのバイクに乗って帰ってきたことだ」

「え？　そんなこと？」

拍子抜けしてしまった。キースに送ってもらったことを、どうしてディックが問題視するのかまったく理解できない。

「そんなことじゃないっ。バイクでふたり乗りをしたらどうなる？」

「どうなるって……キースの後ろに座るけど？」

「お前はどういう体勢を取るんだ」

「そりゃあ危ないからキースの腰に腕を回すだろ、普通」

「それだ！」

ディックはユウトに向かって、人差し指をびしっと突きつけた。あまりの気迫に驚いて、ユウトの身体はびくっと震えた。

「それが問題なんだ。お前がキースの背中に抱きついて、身体と身体をべったりと密着させて帰ってきたんだと思うと、俺はいてもたってもいられない気持ちになる。お前たちがくっついた姿を想像すると、悔しくて悔しくて頭に血が上ってしまうんだ。タンデムは駄目だ。どうしても駄目なんだ。俺にとって耐えがたい……っ」

苦悩の表情を浮かべて訴えるディックに、返す言葉が見当たらなかった。あまりに大袈裟《おおげさ》に言うものだから芝居ではないかと疑いたくなったが、そういう男ではない。これは真剣に言っているのだ。

「あ、あのさ。たかがバイクに乗って帰ってきたくらいでそこまで言うか？」

「言う。俺にとっては大問題だ」

即答されて困り果てた。こういう場合はどんな態度を取ればいいのだろうか。くだらないことを言うなと怒るべきか、軽率な行動だったと謝るべきか。しばらく悩んだが怒るのも謝るのも面倒になった。あれこれ考えても仕方がない。ディックが望む完璧な答えは、ディックの中にしかないのだから。

「教えてくれ。だったらどうすればよかったんだ？」

「決まってる。車が動かなくなったなら俺に電話をかけて、今すぐ迎えに来てくれと言えばよかったんだ」

シンプルな答えだった。確かに間違いのない選択だ。けれどユウトにも言い分はある。

「そんなの悪いよ。お前だって仕事から帰って疲れてるのに」

「キースに抱きついて帰ってくるほうが、俺に悪いと思わないのか？」

まるでタンデムは浮気の一種だと言わんばかりの反論だった。ディックの真剣さが可笑しくて、ユウトは思わず噴き出してしまった。一度笑ってしまうとヨシュアとキースの変な会話まで思い出してしまい、なかなか笑いが収まらなくなった。

「そんなに笑うことはないだろう。俺は冗談を言ったつもりはないぞ」

「ごめん、わかってるけど可笑しくて」

笑いすぎて目尻に浮かんだ涙を指でぬぐいながら、不思議だな、と思った。以前ならディックが過度に嫉妬をするたび、自分を信用していないのかと腹が立ったりしたのに、今はそういった怒りは湧いてこない。ディックのジェラシーは信用とは別問題だと、深く理解できるようになったせいだろうか。

「お前は笑うけど、自分に置き換えて考えてみろ。俺がもしハンサムな若い男をバイクの後ろに乗せたらどう思う？」

別にどうも思わない。そう答えようとしたが、ディックの背中に見知らぬ男が抱きついている姿を想像すると、いい気はしなかった。というより、単なるたとえ話でしかないのに、そいつは誰だよ、と眉間《みけん》にしわが寄ってしまう。

急にディックの気持ちを理解できた。やましい気持ちがまったくないせいか、キースのバイクに乗せてもらったくらいで大袈裟だと思ったが、確かにこれは面白くない。

「ごめん。お前の言うとおりだ。タンデムは駄目だな。俺もお前が誰かと身体をくっつけてバイクに乗っていたら、きっと嫌な気分になる」

「わかってもらえて嬉しいよ。……俺も謝る。またくだらない焼き餅《もち》を焼いてしまった」

反省するディックを見るのは好きだ。誰が見ても完璧にハンサムで、不安や気後れなどとは無縁に見える男が、ユウトの前でだけは何かにつけて不安を口にしたり謝ったり反省したりする。それが無性に嬉しくてたまらない。

「くだらないとか言うなよ。俺のことが好きすぎて嫉妬しちゃうんだろ？　お前って本当に可愛い男だよな。犬だったら全身を撫で回してやりたいよ」

「犬じゃなくても撫で回していいぞ。ワン」

また噴き出してしまった。犬の真似をしてくれるハンサムな恋人を持てた自分は、最高に幸せだと思った。


シャワーを済ませたディックが寝室に入ってきた。下着姿のディックは俯《うつぶ》せで本を読んでいたユウトの肩に顎《あご》を乗せ、「読書の邪魔をしたら怒るか？」と尋ねた。控え目なお伺いにユウトはくすりと笑い、本を閉じた。

「怒ったらどうするんだ？」

「隣でじっと『待て』をするつもりだ」

身体を回転させて仰向《あおむ》きになり、ディックの湿った髪の中に指を差し入れる。濡《ぬ》れても輝きを失わない金髪に見とれながら、「それくらい、ユウティだってできるぞ」と言ってやると、ディックは「確かに」と薄い笑みを浮かべた。

セクシーな表情だと思ったら我慢できなくなり、ディックの肩を強く押しやって仰向けにし、その上にのしかかった。裸の厚い胸板を手のひらで撫でながら、下へと動かしていく。ディックはユウトの手の動きを見つめながら、「あいつ、腹を見せたな」と呟いた。

「え？　あいつって？」

「ユウティだよ。初対面の相手に腹を見せて尻尾を振りまくっていた。もう少しプライドのある犬だと思っていたのに」

「プライドの問題じゃないだろ。信用できる相手だとわかって、甘えたい気持ちになったんだよ。それって俺やディックが、キースを受け入れているからじゃないかな？」

「俺はまだ全面的に受け入れてないがな」

往生際の悪い男だな、と可笑しく思いながら、ディックの頬を両手で挟み込んでチュッとキスをした。

「嫉妬心はあっても人としては警戒してないだろ？　もしお前がキースに本気で敵意を持っていたら、賢いユウティはその気配を読み取ったはずだ。そしたらキースにあんなふうに甘えなかったと思う」

ディックは「確かにな」と苦笑を浮かべた。

「キースへの焼き餅は収まりそうにないが、お前の相棒としては信頼できる男だと思ってる」

「ふふ。ディックのそういうところ、大好きだよ」

ユウトの前ではいろいろ大袈裟に言うこともあるが、ディックの物事を見抜く目は確かだ。キースへの文句や不満をいくら口にしようがそれは表面的なことで、客観的判断を間違えることはない。

今度はさっきより長いキス。ディックの腕が背中に回り、感じやすい背骨を指でひとつひとつ撫でてくる。唇から溢《あふ》れる甘い吐息は、ディックにすべて奪われた。

甘いキャンディーより甘いキス。永遠に味わっていたくなる。

夢中でキスしながら、ふとディックの可愛い焼き餅を思い出し、また笑いが浮かんできた。キースのバイクに乗ったくらいで、あんなに悔しがらなくてもいいのに。

「俺とキスしながら思い出し笑いか？　一体、誰のことを考えているんだ」

お前のことだと正直に白状するのもなんだか照れくさくて、咄嗟に「ヨシュアのことだよ」と答えてしまった。

「ヨシュアのこと？」

「ああ。いくら寂しくたって、虫に恋人の名前をつけるってないよな？」

ディックも思い出したのか、「ないな」と笑いだした。身体の下でたくましい腹筋が揺れている。エロティックな振動だと感じてしまい、そんな自分が少しだけ恥ずかしくなった。

「俺がもし虫にお前の名前をつけて可愛がっていたら、どう思ったかな？」

「想像したくないけど、お前が哀れすぎて泣いたかも。ユウティが犬でよかったよ」

言いながらディックの腰に跨がり、上体を起こしてTシャツを脱ぎ捨てた。段々とお喋りをしている余裕がなくなってきた。

「いい眺めだ」

ディックはうっとりした表情で囁くと、大きな手でユウトの腰を撫でた。その繊細なタッチがたまらない。優しい手はもう少しすると、貪欲なハンターの手に様変わりするのだ。

「忘れないうちに約束するよ。キースのバイクにはもう乗らない。緊急事態は別だけど」

「ありがとう。その代わり、俺の上にはいくらでも乗っていいぞ」

そんなの真顔で言うことか。ユウトは笑いながら上体を倒し、たまらなく可愛い男にとびきり熱いキスをした。

# 昼下がりの内緒話

その日、ユウトは非番だった。ディックは仕事でおらず、ひとりでビールを飲みながら野球の試合を観ていると、ルイス・リデルから電話がかかってきた。

「ハイ、ユウト。今、忙しい？」

年上のクールな美形作家は少しハスキーな声をしている。彼の声を電話で聞くと普段以上に甘く響くことに気づいた。いわゆるセクシーな声というやつなのかもしれない。

「全然忙しくないよ。ビールを飲みつつ録画したドジャース対パドレスの試合を観てた」

「昼下がりのビールとドジャース戦なんて最高だね。その最高の時間を邪魔したら怒る？」

ユウトは笑いながら「怒らないと思うよ、多分」と答えた。

「よかった。今、ヨシュアと一緒にいるんだけど、これからふたりで寄ってもいいかな」

ユウトは快く承諾した。二十分ほどしたのち、ルイスとヨシュア・ブラッドが連れだって現れた。グッドルッキングなハンサムがふたりも来ると、家の中が途端に華やかになる。

ルイスは高級そうなスーツを着ているが、背広の中は少々下品な言葉が書かれたTシャツで、そのラフさがお洒落《しゃれ》に見える。ヨシュアはごく普通のスーツだが、何を着ていてもあまり関係がない。なぜなら服より顔に視線がいってしまうからだ。タイプは違うが美形同士だから、並んで歩くとさぞかし注目を集めることだろう。

この組み合わせはなんだか新鮮だと感じながら、ユウトはコーヒーを出した。ふたりきりで出かけることがあるとは思わなかった。

「今日はどうしてふたり一緒なんだ？」

「ジャンに誘われて、ダウンタウンのホテルでランチを食べてきたんだ。相変わらず元気な爺さんだったよ。あの調子じゃ、百歳まで映画を撮り続けそうだ」

ルイスの返事を聞いて、なるほどと納得した。ジャン・コルヴィッチ監督はルイスの小説を映画化している。そしてヨシュアは出演俳優だ。監督と原作者と俳優の懇親を兼ねたパワーランチといったところだろうか。

「にしても、俺が今日休みだってよくわかったな」

「昨日、ロブが教えてくれました。明日はユウトの非番の日だから、ランチのあとで寄ってみたらいいと」

「ロブに？　彼に休みだって話したかな？」

ヨシュアが「あれです」と壁のカレンダーを指さした。

「赤い丸がディックの休みで、青い丸がユウトの休み。そうですよね？　ロブはあのカレンダーを覚えていたんです」

ロブの目敏《めざと》さには驚く。他人のスケジュールを完全に把握しているなんて、まったく油断のならない男だ。

「ヘイ、ユウティ。ヨシュアに目がないみたいだけど、俺も君が好きなんだ。おいで」

ヨシュアのそばにいたユウティは、名前を呼ばれると敏感に反応してルイスのそばにやってきた。頭を撫でられて嬉しそうに尻尾を振っている。うちの子は八方美人だから助かる。

「ヨシュアに聞いたけど、キースが遊びに来たんだって？　ディックは不機嫌になった？」

「……いや、大丈夫」

ルイスが「その顔は嘘《うそ》だな」と笑った。ヨシュアは「そうなんですか？」と不思議そうな顔つきになった。

「私とロブがいたときは、平気そうに見えましたが」

「装っていたんだよ。ディックはユウトの前でしか本音を出さない。そうだろ？」

「なんでわかるんだ、ルイス？」

「作家の観察眼を甘くみないでくれ。ディックがキースを意識しまくってるのは丸わかりだ。余裕の態度を取っていても俺には見える。ディックからはキースに向かって物騒なものがバチバチ飛んでる」

ユウトは本気で感心した。人前ではポーカーフェイスを崩さないディックの本心を、ルイスは完璧《かんぺき》に見抜いている。

「で、実際のところどうなんだ？　ユウトはキースのこと、少しは意識してるわけ？」

「え？　なんの話？」

「だってキースはいい男じゃないか。いつも一緒にいたら少しはグラッとする？」

「別にしないけど。キースは俺にとって相棒で、それ以上でもそれ以下でもないよ」

ルイスは面白くなさそうな半目になった。いったい何を期待していたのだろうか。

「ユウトは一途《いちず》な性格だから、やっぱり他の男にふらってくることなんてないか」

「俺の気のせいだったら謝るけど、ふらっとなってほしそうな口ぶりに聞こえる」

「当たり。別にふたりに揉《も》めてほしいわけじゃないけど、嫉妬《しっと》するディックって面白いからね。ちょっとした波風を期待しただけ」

作家の好奇心は恐ろしいと思った。ディックとキースと自分で三角関係などあり得ない。第一、キースはゲイではないのだ。男同士の痴話喧嘩に巻き込まれるのはいい迷惑だろう。

「他人事だと思って簡単に言うよな。そういうルイスはどうなんだ？　ダグ以外の男を見て、いいなって思ったりするのか？」

「するよ。好みのタイプがいたら、目が勝手に追いかけてしまうこともある。刺激は大事だからね。感情が動けば想像も膨らむ。そこから仕事のインスピレーションが湧くことだってある。だけど浮気したいわけじゃない。だって俺にとってダグ以上にいい男はいないから」

いかにもルイスらしいと思った。率直で言葉に迷いがない。

「ヨシュアはどう？　ロブ以外の誰かにときめいたことはないの？　君、元々はゲイじゃないんだろう？　だったら好みの女性がいたらグッとこない？」

「グッときません。私にとって人類はロブかロブ以外かですから」

すごい答えが飛び出した。ヨシュアにとってはロブだけが、人類の中で別格の存在らしい。

ルイスは笑いながら「君って最高」と指を鳴らした。

「ロブは君にとって、唯一無二の鍵穴《かぎあな》ってわけだ」

「鍵穴？」

ユウトとヨシュアは同時に聞き返した。ルイスはコーヒーを飲みながら「そう」と頷いた。

「鍵穴には正しい鍵を差し込まないと、ドアは絶対に開かないだろ。俺の鍵穴はダグで、ユウトの場合はディック。だから俺という鍵をディックの鍵穴に入れても上手くいかない」

「それは運命の相手ということですか？」

ルイスは「運命ね」と片方の眉だけを上げた。

「まあ、そういう言い方もできるんだろうけど、俺は運命の相手って言い方、あんまり好きじゃない」

「どうして？　ロマンチックな言葉じゃないか」

「ロマンチックだから嫌なんだよ。恋愛ってそんなきれいな夢物語じゃないだろ？　出会った頃はこの人こそ理想の相手だと思って、ときめいたりふわふわしたりするけど、赤の他人同士が人生を共にしようとすれば、衝突もするし喧嘩だってする。でも失いたくない相手だから歩み寄ったり努力したりするわけで。恋愛に関しては鍵を差し込んで、するっと一発で解錠できることなんてまれだよ。最初は引っかかって上手くいかず、力任せにガチャガチャと鍵を回したりして、なんだよこの鍵穴はって怒ったりしてさ。でも段々とスムースに鍵が開くようになってベストマッチになる。運命の相手と恋愛するんじゃなくて、時間を重ねて自分の運命の相手に育てるって感じ？」

言い終わるとルイスは、話しすぎたというように肩をすくめた。ルイスが恋愛について、こんなふうに語るのは珍しい。ダグと何かあったのだろうかと思わなくもなかったが、それはきっと悪い出来事ではないと想像できた。

ダグと出会うまであまりいい恋愛はしてこなかったと、以前ルイスは話してくれた。傷つくことのほうが多かった恋愛で、ようやく幸せな暮らしを得たのだ。年上で美形で富も名声もある。そんなルイスに対して失礼かもしれないが、子供にするように優しく抱き締めて、よかったねと言いたくなった。

「そういう考え方も素敵ですね。……ですが、ひとつ疑問があります」

ヨシュアが難しい顔つきで言い出した。

「ルイスは私を鍵、ロブを鍵穴にたとえましたが、私とロブの関係性に限って言えば、ベッドの中では主に私が鍵穴で、ロブが鍵の役割を果たしています。この場合――」

「ヨシュア！　わかった、もういいよ！　最後まで言わなくて大丈夫っ」

ユウトは咄嗟《とっさ》に割って入った。ルイスはくすくす笑いながら、「セックスライフの話は関係ないんだよ」とヨシュアの肩を叩《たた》いた。

「まあでも、君が話したいなら聞くけど？　ベッドの中でロブってどうなの？」

にやにや笑うルイスを見て、ヨシュアがどう答えるのか少しだけ緊張した。ヨシュアの返答次第では、ルイスの好奇心が自分に向いてくるかもしれない。ベッドの中でディックってどうなの、と聞かれたら困る。すごいとしか言いようがないのだから。

「素敵です。とても素敵です。ロブは私をいつも天国にいるような気分にさせてくれます」

ヨシュアは薄い笑みを浮かべ、天使のような顔でそう答えた。もっと生々しい言葉を引き出したいのか、ルイスはめげずに質問を重ねた。

「君もロブを天国にいる気分にさせてるの？」

「はい。いつも頑張っています」

「ルイス、そこまでにしてくれ。ヨシュアもだ。無理して答えなくていいんだよ」

保護者気分のユウトは、ついストップをかけた。

「別に無理はしていませんが。ユウトはセックスの話が嫌いですか？」

「え？　いや、嫌いってわけじゃないけど、あんまり人に話したい話題じゃないっていうか」

逆に聞き返され、しどろもどろになってしまった。ルイスが「しょうがないな。ユウトって、あれだから」と手の先をぶらぶらさせた。

「あれってなんだよ？」

「ホラー映画のヒロインタイプ。あの手のヒロインは総じてバージンか貞淑なタイプだ。ビッチなヒロインはまずいない」

「ああ、キャンプでの話ですね。あのときはすごく楽しかった」

ヨシュアが目を輝かせた。ユウトとディック、ロブとヨシュア、ルイスとダグの3カップルでキャンプに行った際、ホラー映画の話で盛り上がった。ルイスがもしこのメンバーで殺人鬼に襲われたら……という設定でストーリーを組み立てたのだ。ユウトはどういうわけか、最後まで生き残るヒロインに設定されてしまった。

「確かにあれは楽しいキャンプだったな。ルイス監督のホラー映画も最高に可笑《おか》しかった」

「ロブは不満そうだったけどね。でも俺も楽しかった。キャンプは好きじゃないはずだったのに、また行きたいと思ったほどだ。もちろん君らと一緒にね」

ルイスの言葉になぜか胸が熱くなった。ヨシュアが「また行きましょう」と頷いた。

「三人だけでお喋《しゃべ》りするのも楽しいですね。また集まりませんか？」

珍しくヨシュアが積極的な発言をした。ルイスが「いいね」と微笑《ほほえ》んだ。ユウトも異議なしだから「いつだってOKだよ」と答えた。

「コーヒーのお代わりはいる？」

立ち上がって尋ねると、ルイスとヨシュアは同時に「ぜひ」と頷いた。楽しいコーヒータイムは、まだしばらく続きそうだ。

# The Days of Love and Peace

「ヘイ、ガイズ。よく来てくれたね。勢揃《せいぞろ》いで嬉《うれ》しいよ。どうぞ入ってくれ」

その日のルイス・リデルは、ユウトの目にはすこぶる上機嫌に思えた。なぜなら満面の笑みを浮かべ、声もいつになく大きかったからだ。

普段のルイスは無愛想というほどではないにしても、大抵は唇にシニカルな笑みをうっすら浮かべ、低めのトーンで落ち着いて喋《しゃべ》ることもあり、どこか気怠《けだる》げに映る。

もしもユウトの仕事仲間がルイスのようであれば、覇気が感じられず不安と物足りなさを覚えるところだが、彼は警察官ではなく作家だ。知的職業従事者がアンニュイであってもなんら問題はない。

「今日のルイス、上機嫌じゃないか？」

室内へと足を進めながら、ユウトは隣を歩く恋人に耳打ちした。今日のディックは裾《すそ》がすり切れたビンテージジーンズに黒いタンクトップという服装だ。まばゆい金髪は無造作にワイヤーのヘッドバンドで上げて、額があらわになっている。

どれだけカジュアルな格好でも崩れた印象を与えないのは、ディックの佇《たたず》まいそのものに品があるせいだろう。まったくもって外見においては非の打ち所がない男だ。

キースに言えば「また惚気《のろけ》が始まった」と冷ややかな目を向けられそうだが、客観的事実は事実として何度でも主張しておきたい。ディックの容姿は細部にわたって完璧《かんぺき》だ。

「あれは上機嫌じゃないと思う」

ディックの言葉が聞こえたのか、後ろにいたロブが「同感」と頷《うなず》いた。

「え？　そうなのか？」

「ルイスは何かに怒ってるんじゃないかな。それを抑え込みたい心理が働いて、反動であぁいうらしくないテンションになっているように見える」

ロブが持ち前の観察眼で推理する。ちなみに我らが犯罪学者の今日のコーディネートは、ピンクのアロハシャツと星柄のハーフパンツという名探偵らしからぬ格好だ。

その隣にいるヨシュアは青いアロハシャツとジーンズ姿だ。ロブがペアルックを希望したものの、ヨシュアはせめてもの抵抗としてボトムはジーンズにした、というのがユウトの推理するところだ。

「怒っているのににこにこするんですか。ルイスは不思議な人ですね」

ヨシュアが率直な感想を漏らした。ロブはくすくす笑って「君にはできない芸当だよね」とヨシュアの肩に手を回した。

「みんな、いらっしゃい。今日は楽しんでいってくださいね」

四人がリビングに入ると、ルイスの恋人であり同居人でもあるダグ・コールマンが出迎えてくれた。

ユウトと同じくロス市警の刑事であるダグは、真面目な好青年で人当たりが柔らかく、誰からも好かれるタイプだ。

「すっかり準備が整ってるじゃないか。今日は俺の出る幕がないな」

ロブが窓の外を見ながら少しだけ残念そうに言った。リビングから続く広いテラスには、椅子とテーブル、バーベキューのグリルや食材などが並べられていた。氷の詰まったシャンパンクーラーには、惜しみなくシャンパンやワインのボトルが何本も収まっている。

「お、スモーカーを買ったのか？」

「そうなんです。朝からじっくり燻製《くんせい》にしているんで、きっと美味しいですよ」

いい肉を大量にもらったから、うちでバーベキューパーティーをしないかとルイスに誘われて集まったのだが、ハリウッドヒルズにあるこの家のテラスにこうして立つと、ＬＡの街を見下ろしながらのバーベキューなんて最高だな、とあらためて思った。

ルイスの秘めた怒りの理由が気になりつつも、みんなと一緒に準備をしていると、パコとトーニャもやってきた。これで全員が揃った。キースにも声をかけたが、案の定「遠慮する」という素っ気ない言葉が返ってきた。ユウトの新しい相棒は、仲良しクラブによほど入会したくないらしい。ネトは今頃、お宝を探してどこかの海にいるはずだ。

バーベキューが始まり、各自好きな飲み物を飲みながら香ばしく焼けた肉にかぶりつく。ローストした肉も燻製にした肉も、ルイスをしていい肉と言わしめるだけあって、本当に美味しかった。みんな夢中で頬張《ほおば》っている。

「最高にうまいな。こんないい肉がたらふく食えるなんて幸せだ」

パコが片手にビール、片手に骨つき肉を持ちながら言う。髪をポニーテールにしたトーニャが、「ソースがついてるわよ」とパコの頬をぬぐった。仲睦《なかむつ》まじい様子を見るたびユウトは心から安心する。兄と大事な友人の関係は順調そのもののようだ。

「本当に美味しいわ。お肉もだけど、このバーベキューソースもすごく美味しい。ビネガーが利いていてピリ辛でいくらでも食べられちゃう。どこで買えるのかしら？」

トーニャがそう言うと、ルイスは「肉と一緒に何本かもらったから、一本持っていきなよ」とにこやかに答えた。

「とてもじゃないけどふたりじゃ食べられない量だったから、みんなが来てくれて助かったよ。俺はそもそも肉をあまり食べないしね」

「肉だけじゃなく、ルイスは全体に食べる量が少なすぎますよ。特に仕事に没頭しているときは本当に食べなくなるから心配です」

ダグの思いやり溢れる言葉に対し、ルイスは軽く肩をすくめただけだった。その態度を見て、ああ、ルイスは本当に怒っているんだな、とユウトは納得した。ダグの奴、一体何をしでかしたんだ？

「ダグはさっきからダイエットコークばかりだね。今日は飲まないのかい？」

ロブの指摘にダグは「えっ」と声を上げ、ちらりとルイスを見たが、ルイスのほうは知らん顔だ。何やら不穏な空気を感じる。

「いや、あの、昨日ちょっと飲みすぎてしまったんで、今日はやめておこうかなって」

「一杯くらいいいじゃないか。お天気は最高、景色も最高、肉も最高、ビールでもぐいっといけば、さらに最高になるぞ」

ロブが冷蔵庫から持ってきたばかりの缶ビールを差し出したが、ダグは「今日は本当にいいんです」と辞退した。どこか不自然なまでの頑《かたく》なさに疑問を覚えたのはユウトだけではなかったようで、パコが「どうしたんだ、ダグ」と尋ねた。

「ビールくらい飲めよ。お前、そこまで健康を気づかっていたか？」

「健康のためってわけじゃないんですが、でも今日は本当に飲みませんから」

「飲めばいいじゃないか。君、お酒は大好きなんだし」

ルイスがぼそっと呟《つぶや》いた。明らかに皮肉がこめられた言い方だった。その証拠にダグの顔が強《こわ》ばっている。

ここらで探りを入れるべきだと思ったユウトは、指令を伝えるべくディックの顔をちらっと見た。ディックは了解したというように軽く顎《あご》を引き、ロブへと視線を送った。ロブは「あ、俺の出番？」とでもいうように目を見開いた。

「ええと、ダグとルイス、今日はなんだか雰囲気がおかしくないか？　もしかして君ら喧嘩《けんか》でもしてるの？」

ロブがずばっと切り込んでくれた。ダグは「いえ、そういうわけじゃ」と首を振ったが、ルイスは「そうなんだ」と頷いた。正反対の反応がふたりの不和を如実に物語っていた。

「ルイス、俺たちは喧嘩なんてしてないでしょ」

「そうだっけ？」

「そうですよ。俺が馬鹿な真似をしたせいで、ルイスに嫌な思いをさせたのは事実ですけど、喧嘩はしてないはずです。喧嘩以前の話です。俺が一方的に悪いんですから」

ダグが情けない表情で訴えるのに対し、ルイスは非情な王のように片眉をクイッと吊《つ》り上げた。

「確かにそうだね。怒ってるのは俺ひとりだから、これは喧嘩じゃない。俺が短気で怒りん坊なだけだ」

「そんなことはないです！　ルイスが怒るのは当然です。本当にすみませんでした。心から反省しています」

言い合うふたりを見ながら、何が原因かはさっぱりわからないが、ふたりの関係性においては、おそらくどういう場面であってもルイスの優位性が揺らぐことないはずだから、互いをなじり合う喧嘩に発展することはないのだろうな、とユウトは考えた。

「君らの喧嘩——じゃなくて、ルイスが怒ってる原因について興味があるんだけど、そこって詮索《せんさく》しても構わないのかな?」

よく言ったロブ。みんなが知りたいのはそこだ。ルイスがここまで怒る理由はなんなのか、全員興味があるに違いない。

「構わないけど、たいした話じゃないよ。ダグが昨夜、友人たちと飲みすぎて記憶をなくしたってだけだから」

ルイスの答えを聞いて、しばらく誰も言葉を発しなかった。全員の心の声を代弁するとしたら、多分こうだろう。——それだけ?

「あー、えーと、それはあんまり褒められた話じゃないよね。……だけど、そんなに怒らないといけないこと?」

ロブが困惑気味に尋ねると、ルイスは「俺にとってはね」と言い返した。

「違うんです、ルイスは本当に悪くないんです。彼の名誉のために断言しますが、ルイスは短気でも怒りん坊でもありません。酒に飲まれてまた記憶をなくした俺がいけないんです」

ルイスが「あのさ」と深々と息を吐いた。

「みんな内心じゃ、くだらないことで俺が怒ってると思ってるよね?」

ユウトは慌てて「そんなことはないよ」と言ったが、半分はそのとおりなのでいまひとつ歯切れがよくなかった。

「まあ、いいけどね。ダグも謝っているんだから、もう怒らなくてもいいのにって自分でも思っているくらいだし。でもどうしても腹が立つんだ」

「そういうこともあるわよ。些細《ささい》なことなのに、無性に腹が立って仕方がないときって私にもあるもの」

「トーニャ、それってもしかして俺のことで？」

パコがすかさず尋ねたが、トーニャは「さあ、どうかしら？」ととぼけてみせた。パコは何か思い当たる節でもあるのか、眉根を寄せて悩み始めた。

「違うんです、そうじゃないんです。ルイスが怒るのも当然なんです。大事なことを覚えてない俺が悪いから」

「さっきからダグは同じことばかり言ってますね。まったく要領を得ないと感じているのは、私だけでしょうか？」

ヨシュアの容赦ない言葉が飛び出し、ダグは「うっ」と言葉を詰まらせた。確かにダグは奥歯に物が挟まったような言い方ばかりしている。

「ダグがお酒を飲みすぎて忘れてしまった大事なこととは、一体なんですか？」

いいぞ、ヨシュア。ロブより頼りになる。ユウトとディックは目配せすると、ヨシュアの健闘を称《たた》えてテーブルの下で手をタッチさせた。

「いや、それは、ちょっと言えないというか、俺とルイスのプライバシーにかかわる問題だから、聞かないでほしいというか……」

しどろもどろになっているダグの言葉を遮り、ルイスがひと言「セックス」と言った。ダグがギョッとした顔つきでルイスを見る。

「セックス、ですか？　ダグが飲みすぎて忘れてしまったのは、ルイスとのセックスということでしょうか？」

普段、鈍すぎる男が、今日に限って的確かつ積極的に謎《なぞ》を暴いていく。

「そういうこと。昨日ダグは友人のバチェラー・パーティーに参加したんだ。飲むだろうから俺が送り迎えをしたんだけど、帰りには相当酔っ払っていた。ダグは酔うと陽気になるからそのこと自体に問題はないんだ。楽しい時間を過ごせたならよかったと俺も嬉しい気分になった。問題はそのあとだ」

ダグはもうやめてくれ、と言わんばかりの顔で俯《うつむ》いている。

「家に帰ってきて、ダグはまだ飲み足りないと言って酒を飲んだ。超ご機嫌でさらにへべれけに酔って、酒臭い息で俺に迫ってきた」

「ル、ルイス、もうそのへんで――」

「で、どうなったの？　ふたりで盛り上がったわけ？」

哀れなダグの懇願を押しのけ、ロブがあけすけに質問した。ルイスは「大いに盛り上がったよ」と眉ひとつ動かさずに答えた。

「盛り上がりすぎて、なんとテラスでも愛し合った。ダグは呂律《ろれつ》の回らない舌で、ＬＡの夜景よりあなたのほうがずっときれいだ、とかなんとか言ってたっけ。そこらへんで」

ルイスがテラスの一角を指で示すと、ダグはついには両手で顔を覆ってしまった。

「なかなかホットで濃密な時間を過ごしたんだね」

ロブがヒューと口笛を吹いた。パコも「お前もそんなこと言うんだな」とにやにや笑っていたが、ユウトはまったく笑う気になれなかった。赤裸々に答えることがダグへのお仕置きだと言わんばかりのルイスを見て、彼は絶対に怒らせてはいけない男だと肝に銘じた。

「そうなんだ。素晴らしい夜だった。なのに、朝起きたら覚えてないって言うんだよ。初めてなら俺も許すさ。たまにはそういうこともあるよなって。でもダグが俺とのセックスを忘れてしまうのは、これが二度目なんだ。一度目なんて最悪の最悪の最悪だよ。俺と初めて寝た夜の話なんだから」

「嘘《うそ》！　それはないわっ」

トーニャが珍しく大きな声を出した。眉間《みけん》にしわが寄り、ひどく険しい顔つきになっている。

「だろ？　そういうことがあったから、またかよって必要以上に腹が立ったんだ」

「ルイスが怒るのは当然よ。初めての夜を相手が覚えていないなんてショックすぎる」

「……すみません。弁解の余地もありません」

ダグは大きな身体を丸めて、ひたすら平謝りしている。気の毒だがデリケートな問題だけにユウトは口を挟めなかったが、ロブは違った。

「それだけ酔って、よくセックスできるよね。俺には無理だな」

感心したような口ぶりで、フォローにもならないことを言う。

「記憶がないと言えば、ディックも記憶喪失になりましたよね。去年のクリスマスに」

ディックが「う」と声を漏らした。蛙《かえる》を踏んづけたような変な声だった。

「ディックに忘れられたユウトが、本当に気の毒でした」

ヨシュアに悪気はないのだろうが、ディックにすればそれこそ記憶から消し去りたい悪夢のような出来事だ。ユウトは強ばったディックの顔を見ながら、「お前、今それを言うのか？」と思っているに違いないと予想した。

「あれは本当に驚いたな。お前のことなんて知らないって、ユウトにまで警戒心をあらわにしてさ」

「やめろ、ロブ。俺の場合は不可抗力だ。頭を打って一時的に記憶がなくなったに過ぎない。酒のせいで記憶を飛ばしたダグと一緒にしないでくれ」

「ひどいよ、ディック……」

ダグが恨めしげに呟いた。だんだんとダグが可哀想になり、ユウトは「でも、酒で失敗することって誰だってあるよな」とフォローに回った。

「俺も学生の頃、飲みすぎてベッドの上で盛大に吐いて、マットレスを駄目にしたことがある。ルームメイトには部屋がゲロ臭いって、散々叱《しか》られたよ」

「まあ、若気の至りなら山ほどあるよね。俺なんか数え切れないほどだ」

「ロブの失敗談はすさまじそうだな」

パコに突っ込まれたロブは、「君だって若い頃は、かなり酒で失敗したタイプに見えるけど?」と言い返した。

「朝起きたら隣に見知らぬ女性が寝てたとか、何度もあるんじゃないの?」

「ハハハ、さすがにそれはないな」

パコはごく自然な態度でかわしたが、ユウトは弟だからわかる。パコは酒も女性も大好きで、そのうえモテまくりの男だったから、若い頃ならさもありなんの話だ。

トーニャも怪しいと思っているのか、「本当かしら?」と言いたげな目つきになったが、パコはあくまでも爽《さわ》やかな笑みをキープしている。

「ディックだって軍人の頃は、浴びるように飲んだんじゃないのか?」

ロブに問われ、ディックは「そういうこともあったな」と苦笑を浮かべた。

「任務が終われば解放感を味わいつつ、仲間とよく酔い潰《つぶ》れたものだ」

「君は酒豪だから酔って記憶が消えたなんてないだろ」

「いや、あるよ。一番ひどいのは軍人時代、アラブでの任務中に起きたことだ。とある部族の首長が、過激派組織の武器運搬にかかわっているという情報が入って、ツーリストを装って近づいたんだが、宴会で強い酒を強要された。飲み慣れない強烈な発酵酒にすっかり酔って、途中から記憶がなくなった。朝、目が覚めたら隣にあどけない女の子が寝ていたんだ。死ぬほど驚いた」

みんな「ええっ」だの「嘘だろ」だの派手に驚いたが、ユウトはまさかの告白に固まってしまった。

朝起きたら隣に知らない女性が寝ていたという、武勇伝なのか失敗談なのかよくわからないこの手の話が、よもやディックの口から飛び出すとは思いもしなかった。

「その子は首長の娘でまだ十六歳くらいだった。俺を気に入って結婚したいと思い、既成事実をつくろうとしたらしい。誓って言うが、もちろんやってないぞ」

「記憶はないのに断言できるのかい？」とロブが意地悪く聞いた。

「できる。下半身は脱いでなかったし、下着の中に隠していた小型ピストルもそのままだった」

ロブは「君の本物のピストルが無事でよかった」とクククと笑った。ロブの下品なジョークはさておき、ディックの貞操が奪われなかったことに、ユウトは心から安堵《あんど》した。

「まったく俺の書く小説より面白いな。で、そのあとはどうなったんだ？　うちの娘と寝たんだから責任を取って結婚しろって、首長に迫られなかった？」

ルイスの質問に、ディックは「そうなる前に大急ぎで逃げ出した」と肩をすくめた。

「明け方だったが、着の身着のままで飛び出した。後にも先にも、あれほど慌てたことはなかったな」

実感のこもった言い方に、みんな大笑いした。どんな危険な任務もこなす男が、年端もいかない少女の存在に驚き、泡を食って逃げ出したのだ。これは笑わずにいられない。

「酒っていうのは厄介な存在だ。適度な量であれば人生を楽しく彩ってくれるけど、過ぎればトラブルのもとになる。なんにせよ限度を超えた飲み方はよくない。ねえ、ダグ？」

ルイスにじろっとにらまれたダグは、「まったくそのとおりです」と項垂《うなだ》れた。

「記憶が飛んじゃうことも問題だけど、君は最近少し飲みすぎだと思うから余計に心配なんだ。依存症にならないように気をつけないと。コントロールできていると思っていても、気がついたら自分の意思ではやめられなくなってしまうものだ」

「なんだか実感がこもってるね。家族に依存症の人でもいたのかい？」

ロブが尋ねると、ルイスは「自分の体験談だよ」と答えた。

「え？　ルイスってアルコール依存症だったの？」

「一歩手前って感じだった。売れない作家の頃、現実逃避から昼間も飲むようになって、気がつけば酒を手放せなくなっていたんだ。本気で断酒会に通うことも考えたけど、仕事が忙しくなり始めて、飲んだら締め切りを守れなくなる恐怖から、やっとやめられた。丸三年くらい禁酒したかな。結構大変だったけど、今じゃつき合い程度に飲む分には問題ない」

ダグは知らなかったのか、ルイスの横顔を驚いた表情で見つめていた。

「仕事が終わってから飲む酒って美味しいよね。ついつい飲んじゃうダグの気持ちもわかるから、あんまりうるさいことは言いたくなかったんだけど」

「いえ、確かに最近飲みすぎでした。昨夜もあんなにたくさん飲まなくてもよかったのに、酔うと歯止めが利かなくなってしまって……。完全に酒に飲まれてますよね。これから気をつけます。ルイスに余計な心配はもうかけませんから」

　ダグはルイスの手を摑《つか》むと自分の口元に引き寄せ、指先にそっと口づけた。ふたりの不和は収まるべきところに収まったらしい。

「よかったね、ダグ。ルイスがついているから、君は絶対に依存症にはならないよ。大抵は自分のことでもパートナーのことでも、ちょっと飲みすぎなだけ、まあ大丈夫だろうと問題を小さく捉えているうち、のっぴきならない事態に陥ってしまうものだ。『酒とバラの日々』なんかもそうだったろ？」

「大好きな映画だ。ジャック・レモンが最高だった」とルイスが即座に反応した。

「ロブに勧められて観ましたが、私はあの映画が好きではありません。夫婦揃って依存症になるのはまだいいとして、妻に酒を教えた夫は立ち直って、妻は破滅して最後は別れてしまう。愛の奇跡も救いもない結末でした」

　ハッピーエンド好きのヨシュアらしい感想だ。有名な映画だからタイトルや大体の内容はわかるが、ユウトはちゃんと観たことがない。

「救いがないからこそ、アルコール依存症の怖さや悲劇を実感できるんじゃないか。酒は人を幸せな気持ちにしてくれるけど、人生を破滅させることもできる。バラは美しいけど、鋭い棘《とげ》で手折る者を傷つけもする。酒が悪いわけでもバラが悪いわけでもない。要はどう向き合うかが大事ってことじゃないかな。まあ、あえて享楽的に生きるという選択もあるけど、大事な人がいるなら酒とバラの日々に溺《おぼ》れるべきじゃない。……ところで、あの映画の主題歌、すごく好きなんだよね。ザ・デ〜イズ・オブ・ワイン・アンド・ロゥズィ〜ズ〜♪」

ロブはなんでもできる器用な男なのに、はっきり言って歌だけは下手だ。ユウトとディックは知っているが、他のみんなは初めて聴いたらしく反応は様々だった。パコは噴き出し、トーニャは目を丸くし、ダグは困ったような愛想笑いを浮かべ、ルイスは「下手だな！」と忌憚《きたん》なき言葉を口にした。

ヨシュアは柔らかな表情で聞いている。ロブが音痴なことに気づいていないのか、それとも音痴すら愛《いと》おしいのかユウトに判断はつかないが、下手くそな歌を披露する恋人を優しく見つめるヨシュアの姿に、なぜか胸が熱くなった。

「ねえ、ダグとルイスの仲直りを祝って乾杯しない？」

トーニャの提案で全員が飲み物を掲げて乾杯し合った。ルイスの機嫌が直ったことがよほど嬉しいのか、ダグはにこにこしている。

そんなダグを見ているとユウトまで嬉しくなってきて、ディックに向かってにっこり微笑《ほほえ》んだ。ディックはお前の気持ちはすべて理解しているというように、無言でユウトの肩を抱いてくれた。

シャワーを終えたディックが寝室に入ってきた。ボクサーブリーフ姿でユウトの隣に横たわり、半乾きの前髪をかき上げながら、「今回も失敗したな」と難しい顔で呟く。

「スモーキーのこと？」

「ああ。あの野郎、今日も俺から逃げ回った。お前には気持ちよさそうに撫《な》でられていたよな？　対応の差がひどすぎて泣きたくなったぞ。いつになったら、あいつをこの腕に抱けるんだ？」

「焦りは禁物だ。ああいうタイプはじっくり時間をかけて口説き落とさなきゃ」

くすくす笑いながらアドバイスすると、ディックは「難しい任務だ」と嘆息した。

「それにしても、ロブの歌はやっぱりひどかったな」

「声と発声はいいのに音程がずれまくりだからな。ああいうタイプはレッスンを受ければ格段に上手くなると思うが、本人が気にしていないようだから余計なお世話か。久しぶりに『酒とバラの日々』を聴いて、俺もあの歌が好きだったのを思い出したよ」

ディックが鼻歌でメロディを口ずさんだ。

「へえ。ああいう古い歌も聴くんだ。ちゃんと聴きたいな。子守歌がわりに歌ってくれよ」

リクエストするとディックは「ロブよりはましだと思うが、俺も歌は上手いほうじゃないぞ」と苦笑した。

それでもいいからとせがむと、肘枕《ひじまくら》のディックはユウトのほうを向きながら、抑えた声量で後半部分を歌い始めた。

孤独な夜には心が暴かれる
そよ風に吹かれてひとり思い出す
輝くようなあの笑顔に導かれたのさ
ワインとバラと君がいた日々に

「……歌は上手いほうじゃない？　よく言うよ。すごく上手じゃないか！　毎晩でも歌ってほしいくらいだ」

お世辞ではなく本気でそう願うほど、ディックの歌声は最高だった。マイクを持ってステージで熱唱する姿を見てみたい。なんならオーディション番組の『アメリカズ・ゴット・タレント』に出たらいいのにと思ったが、さすがにそれは駄目だと考え直した。

ヨシュアに続いてディックまでエンターティナーデビューしたらすごいが、歌手への転職はユウトの望むところではない。

「今度カラオケに行こう。みんなの前で歌ってほしい」

「他人に披露するほどの技量じゃない。こうやってお前が聴いていてくれるだけで十分だよ」

額にチュッとキスされながらもったいないと思ったが、自分だけがディックの歌を聴けるのだと思えば、それはそれでなんだかくすぐったい気分でもあった。

「急ににやにやしてどうした?」

嬉しい気持ちが顔に出てしまったらしい。指摘されてちょっと恥ずかしくなったが、ここは照れないで正直に打ち明けておこう。

「ディックの歌を聴けるのは俺だけって思ったら、なんだか特権みたいで嬉しい。ベッドの中が特等席って最高だよ」

冗談を言ったつもりはないのに、ディックは何が可笑《おか》しいのか喉《のど》を鳴らして笑い、笑いすぎて涙まで浮かべた。

「まったくお前って奴は」

ディックは最後まで言わず、ユウトを頭ごと強く抱き締めた。

「な、何? そんな変なこと言ったか?」

「変なことじゃない。最高に可愛い台詞《せりふ》だと思って感動したんだ」

「感動したのに笑うっておかしくないか? そういうときは——んっ」

抗議の声はディックの唇に奪われた。いっさいの反論は認めないというように、突然の本気のキスが襲ってきたのだ。

「ん、んーっ、んん！」

激しいキスと痛いほどの抱擁にもみくちゃにされながら、さらに「んー！」と声にならない声で抗議したがディックは聞く耳など持たず、ユウトを甘い夜の営みへと強引にいざなった。

こんなキスをされたら、たまったものではない。ほんの三分もあれば身も心もとろけてしまい、ユウトはディックの支配下に収まってしまう。

Tシャツをまくり上げられ、あらわになったユウトの肌にキスの雨が降る。ディックの頭は胸から腹へ、そしてさらに下の方へと移動していく。

下着ごとスウェットパンツを脱がされ、屹立《きつりつ》したユウトの欲望があらわになる。何度身体を重ねても、この瞬間だけは言いようのない羞恥《しゅうち》を感じてしまうのはなぜだろう？

下腹部の上で美しい男の、美しい金髪が揺れている。ひたむきな動きを愛おしく眺めていると、視線を感じたのかディックが顔を上げた。濡《ぬ》れた唇が生々しい。

目が合い、ユウトは恥ずかしさに目を伏せたが、ディックはふっと微笑んだ。身体の奥がキュッと絞られるような、たまらなくセクシーな表情だった。

再びディックが愛撫《あいぶ》を開始する。切ない吐息を漏らしながら、ユウトはふと思った。酒とバラの日々もいいけど、愛と平和の日々こそが最高ではないだろうか。

刺激がなくても、気を紛らわせるうまい酒がなくても、愛すべき人がそばにいて、目が合ったときに微笑み合える。それこそが真の幸せだと思う。

自分の人生にディックがいてくれてよかった。あらためてそんな想いを胸に強く抱いたユウトだったが、恋人の情熱的な愛撫の前に、じきに何も考えられなくなった。

What is love even?

「トレーニングウェアを買いに行きたいんだ」

ディックがキッチンから話しかけてきた。ソファーで録画したドジャース戦を観ていたユウトは、「買ってくれば？」と返事をした。ディックが黙っているので振り返ってみると、明らかな不満顔でこっちを見ていた。

「なんだよ、その目は。三歳児が拗《す》ねてるみたいだぞ」

「ショックを受けてるんだ。お前は俺とのデートよりも、録画したドジャース戦のほうが大事なんだな」

真面目な顔つきで言うものだから吹き出しそうになったが、なんとかこらえた。ここで笑うとディックの機嫌は本格的にこじれてしまう。一緒に暮らし始めた頃なら、きっとこう思っただろう。

――なんでそんなことで怒るんだ？　一緒に出かけたいなら最初からそう言えばいいのに。面倒くさい奴だな。

けれど今はそんなふうに思わない。扱い方も心得たものだ。ユウトはゆっくり立ち上がりディックのそばまで行くと、たくましい肩に両腕を回して微笑みかけた。

「一緒に暮らしてる相手と買い物に行くことを、真顔でデートと言い切るお前のロマンチストなところ、大好きだよ」

「お前と出かけることは、俺にとって全部そうだ。スーパーマーケットで冷凍ピザを買うのも、ユウティの散歩に出かけるのも、すべてが大事なデートなんだ」

口先だけで甘い言葉を囁《ささや》く男は多いが、ディックの場合、いつだって本心からだとわかるだけに、こんな可愛い恋人は他にいないという甘い気分が湧き起こり、なんとも言えない幸福感に包まれる。決して口の上手い多弁な男ではないから、その効果は絶大だ。

大体が「買ってくれば？」と言ったのも、ユウトにすれば冗談めいた軽口でしかない。休みが一緒の日に別々に過ごすという選択肢など、まったくないのだから。

ディックの頭を引き寄せ、その端正な鼻に自分の鼻先をすり寄せる。甘いムードに包まれ、ふたりの唇は自然と重なり合った。じゃれ合うようなキスは長く続いたが、ユウトは頃合いを見計らってディックの厚い胸板をそっと押しやった。

ディックは物足りなそうな目つきだったが、これ以上、この魅惑的な唇を味わっていると、ショッピングモールではなくベッドに行きたくなる。貴重な休日の午後をベッドで過ごすのは、あまりにもったいない。夜になればいくらでもベッドで愛し合えるのだから。

「じゃあモールでデートしよう。さっきまで、ドッグランでもデートしたけど」

午前中はユウティを連れてカフェが併設されたドッグランに行き、ブランチを楽しんだあとで運動をさせた。ユウトも一緒になって走り回りたかったが、クリームチーズとスモークサーモンを挟んだベーグルが絶品で、うっかりふたつも食べてしまって腹が苦しくなり、もっぱらディックがユウティの相手をしてくれた。

食べてすぐによく動けるな、と感心するほどディックは活動的だった。ユウティは舌が出っぱなしになるほどたっぷり走り回らされ、帰宅後はリビングの床に横たわって熟睡していた。ユウティの黒い艶《つや》やかな毛並みが、呼吸に合わせて柔らかく上下している。寝顔は白目を剝いているので少々あれだが、ディックとユウトの大事な天使は今日も最高にキュートだ。

「あの様子だと、ふたりだけで出かけるのを見逃してくれるかもな」

「それを見越してしっかり走らせたんだ」

いつもなら留守番を嫌がって纏《まと》わりついてくるユウティなのに、自分を置いて出かけようとするユウトとディックに気づいても、ちらっと視線を送っただけで立ち上がる気配を見せず、鼻息をフンと吐いただけでまた瞼《まぶた》を閉じてしまった。よほど疲れたのだろう。ディックの作戦勝ちというわけだ。

迷子になりそうな広いモールでディックは新しいスポーツウェアを買い、ユウトはなんとなく靴下を購入した。モールにはいろんな店がある。冷やかして歩くだけでいい散歩になった。

「ディック、ちょっと休憩しないか？　広場で何か飲もう」

屋外の広場にはパラソルつきのテーブルが置かれ、明るい日差しの下、たくさんの買い物客がドリンクやスイーツなどを楽しんでいた。他の人が飲んでるのを見かけたせいか、ユウトは急に甘いものが欲しくなり、バナナシェイクを飲むことにした。ディックはアイスコーヒーを注文した。空いたテーブルに腰かけて、さっそく飲み始める。

「やあやあやあ！　君らの話をしていたら本人たちが登場したぞ！　まったくもってすごいな。会えて嬉しいよ、ユウト、ディック」

シェイクを一口飲んだところで、聞き慣れた声が上から降ってきた。顔を上げるとロブとヨシュアが立っていた。ふたりともジーンズにTシャツというラフな格好だ。

「大袈裟《おおげさ》だな。君とは三日前にも会ったばかりじゃないか。でも確かにすごい偶然だ。……で、俺とディックの何を話していたんだ？」

ユウトが尋ねるとロブは隣に座り、「内緒」と茶目っ気たっぷりにウインクした。ヨシュアは許可も得ずに座るのは失礼だと想っているのか、ディックに勧められるまで座ろうとしなかった。ロブとは大違いの礼儀正しさだ。

「ロブたちもショッピング？」

「いや、映画を観た帰りだ。そういや、映画館の中でキースらしき男を見かけたんだ。といっても、後ろ姿がよく似てるって思っただけで、ちゃんと顔を見たわけじゃないんだけど。彼ってひとりで映画館に来るタイプ？」

ユウトは相棒の無愛想な顔を思い浮かべながら、「多分」と頷いた。

「あいつは協調性がないし人に合わせるのが嫌いな男だから、映画もひとりで観に行きそうだ。

仮に恋人と一緒でも、『俺はその映画に興味がないから別々に観よう』って言えちゃうタイプだと思うな」

「よくわかってるじゃないか、レニックス。そのとおりだよ」

背後から聞こえた声に、ユウトはギクッと身体を強ばらせた。——まさかだよな？

「俺は昔から映画は絶対的にひとりで楽しみたい人間だ。悪いか？」

ユウトの背後に立っていたのはキースその人だった。

「やっぱり君だったのか、キース。俺とヨシュアも同じ映画を観てたんだよ。せっかく会えたんだ。座っていけよ」

断ると思ったのにキースは隣の空いたテーブルから椅子を引き寄せ、ユウトの隣に腰を下ろした。ユウトはひたすらばつが悪くて仕方がない。ロブに言ったのは正直な意見だったが、キース当人にすれば陰口を叩《たた》かれたようで嫌な気分になったはずだ。

「なあ、キース、さっきのはお前の悪口じゃないんだ。そういうつもりじゃなくて——。いや、でもきっとそう聞こえたよな。すまない。悪かった」

キースは眉根を寄せて謝るユウトを見ている。この年下の相棒は裏表のある人間をひどく嫌う。普段は相棒面しているくせに、相手のいないところで陰口を叩くような真似をしたユウトを軽蔑《けいべつ》したかもしれない。

「あんたって男は本当に面倒だよな」

棘のある言葉に胃のあたりが重くなった。今は何を言われても反論できない。

「別に謝る必要なんてないだろう。あんたが言ったことは事実なんだから。それに普段は面と向かってもっと辛辣《しんらつ》なことを言ってくるくせに、いちいち謝る意味がわからない」

相変わらずの無愛想ぶりだが、キースが気にしていないのならよかった。ユウトは安堵して笑みを浮かべようとしたが、その前にキースが「ああ、そうか」と意味ありげに頷いた。

「わかったぞ。恋人の前でいい奴ぶりたいんだろ？　まったくあんたって奴は——」

「違う！　そんなんじゃないっ。勝手なことを言うな。なんで俺がディックの前で、今さら自分を取り繕わなきゃならないんだよ」

あまりに見当違いなことを言われ、つい声を荒らげてしまった。キースは「冗談だよ」と肩をすくめたが、悪口を言われた意趣返しに違いないとユウトは決めつけた。


「ロブたちはともかく、キースにまで会うなんてな」

帰りの車中でハンドルを握ったディックが言う。西日に目を細める横顔が渋くて格好いいと思いつつ、「あいつはいつだって可愛げがないんだよ」と言い捨てた。

「そうか？　俺にはお前を思いやっての言葉に思えたが」

「えっ？　どういう意味？」

「お前に余計な罪悪感を抱かせないように、わざとからかってお前を怒らせた。という見方もできる」

五秒ほど考えてから、ユウトは「ないな」と首を振った。

「穿《うが》ちすぎだろ。あいつは対人関係において、そこまで思慮深い男じゃない。……って言うか、ディックはキースを好意的に解釈しすぎだよ。そんなんだから俺が誤解したくなるんだ」

ディックは「やめてくれ」と情けない具合に顔をしかめた。この顔は格好よくない。

「俺はあいつを好意的に解釈してるんじゃない。あいつの行動の裏を探らずにはいられないだけだ。何しろ、お前への特別な感情が見え隠れしてるからな」

「はいはい、また始まった。嫉妬《しっと》するなと言ったって無理なのはよーくわかってるけど、ありもしない幻を見るのだけはやめてくれよな。お前にかかったら俺は世界中の人から好意を寄せられるスーパーモテ男だ。だけどそんな現実はどこにも存在しない」

「いいや、存在する。お前は天性の人たらしだ。しかも愛想を振りまくタイプじゃないのに、すぐ人から好かれる。好意は一瞬の気の迷いで恋愛感情に変わっちまうんだぞ。くれぐれも注意してくれ」

ディックのことは心から愛しているが、こういう話をしているときだけは、どうにも理解しがたい気分になる。そういえば、と思い出した。こいつは刑務所の中にいた頃、俺のことを傾国の美女扱いしたんだっけ。

確かに自分の存在がぎりぎりの均衡を保っていた刑務所内で、暴動の起爆剤になってしまった側面は否定しないが、言うに事欠いて傾国の美女はない。そもそも男相手にそういう発想を持つのがどうかしている。

「ユウト？　なぜ黙ってる？　何か言えよ。もしかして俺のことをうざいと思ってるのか？　なあ、そうなのか？」

不安そうにこっちを見ているディックに、「前を向けよ。危ないだろ」と注意したが、その必死さがあまりにも可愛くて、ぷっと吹き出してしまった。ユウトが笑うとディックは安心したのか、ようやく運転に集中してくれた。助手席が大好きだ。ディックをこっそり見つめられる特等席だから。

「なあ、ディック。一度でいいからお前の目を通して、俺自身を見てみたいよ」

「そいつはやめておいたほうがいいな」

即答だった。ユウトが「どうして？」と尋ねると、ディックは真顔でこう答えた。

「俺の目でお前が自分を見たら、間違いなく自分で自分に恋してしまう」

さすがにその発想はなかった。恋はここまでディックを面白くさせるのか。ユウトは涙が出るほど大笑いした。

# You are wonderful

　夕食を食べ終えたあと、ユウト・レニックスが恋人とビールを飲みながらテレビを観ていると、玄関のチャイムが鳴った。時計の針は十時五分を指している。

　こんな時間に誰だろうと出てみれば、突然の訪問者は友人のロブ・コナーズとヨシュア・ブラッドだった。

「やあ、ユウト。今ちょっとだけお邪魔してもいい？」

　にっこり微笑《ほほえ》む親友に対し、ユウトは「君っていつも急に来るよな」とわざとらしく溜《た》め息《いき》をついて見せた。ユウトがこういう冗談が言える相手は、ロブくらいだ。

「申し訳ありません。事前に電話をかけて、アポイントを取るべきだと言ったのですが」

　犯罪学者のパートナーとは対照的に生真面目なヨシュアは、まるで重大なミスを犯したビジネスパーソンのように申し訳なさそうな態度で謝った。

「いいんだよ、ヨシュア。君が謝ることはない。どうせロブのことだから、いきなり行って驚かせてやろうとか言って、わざと連絡しなかったんだろう？　どうぞ入って」

「決めつけるなんてひどいな。でもまあ確かに、君の言うとおりなんだけどさ」

　ユウトの恋人であるリチャード・エヴァーソンはリビングでふたりを出迎え、「よう、ガイズ。何を飲む？」と尋ねた。微笑む顔は少しだけよそ行き顔だ。同じ笑顔でもユウトに向けるものとはどこか違っている。

着古したTシャツにスウェットパンツという格好だが、ユウトの恋人はどんな格好をしていてもセクシーで魅惑的だ。ニットバンドで髪を無造作にまとめていて、ユウトの好きな金髪は少々乱れているが、そんなことでディックの魅力はまったく損なわれない。

どういうわけかふたりきりでいるときより、他人を交えた場面でディックの格好よさを強く実感する。理由は自分でもよくわからないが、親馬鹿ならぬ恋人馬鹿ということなのかもしれない。

そんな自分を少し恥ずかしく思うものの、ディックが格好いいのは歴然とした事実で、そこに贔屓《ひいき》目も欲目もないわけだから、事実を事実と認識しているだけならそれほどの馬鹿ではないのかもしれないと、自分で自分を擁護することもある。相棒のキースに言わせれば、「それはただの惚気《のろけ》だ」ということになるのだろうが、惚気とは断じて違うのだ。

「やあ、ディック。ふたりの時間を邪魔して悪いね。お詫《わ》びにシーズキャンディーのピーナッツブリトルを買ってきた」

ロブが手に持った紙袋を得意げに持ち上げた。

「だったらコーヒーがいいな」

「だね」

ロブは椅子に座るなり、自分で買ってきた菓子の箱をいそいそと開け始めた。

「毎回、手土産をもらって悪いな。気をつかわなくていいのに」

「気をつかってるんじゃなくて、単に俺が食べたいだけだよ」

やっぱりと思いつつ、ユウトは「ダイエット中じゃないのか？」と突っ込んだ。

「してるよ。でも今夜はいいんだ。だってみんなで食べるお菓子って最高だろ？　何、ユウト。ピーナッツブリトルは嫌いだった？」

「嫌いじゃないよ」

ピーナッツブリトルは加熱して液状になったグラニュー糖に、バターとピーナッツを入れて板状に固めた菓子だ。甘すぎるからたくさんは食べられないが、たまに欲しくなる。

箱の中には割れたピーナッツブリトルがたくさん入っていた。ユウトはひとかけを摘まんで口に入れた。

「んー甘い。でもこの甘さとしょっぱさが癖になるんだよな」

「そうそう。砂糖と塩って最高のタッグだよね。甘いだけだとすぐ飽きるのに、塩味が加わるといくらでも食べられちゃう」

「こんばんは、ユウティ。元気にしてましたか？」

後ろでヨシュアの声がした。見るとディックとユウトの愛犬はちゃっかりヨシュアに纏《まと》わりつき、頭を撫《な》でてもらっていた。ヨシュアが大好きだから嬉しくて仕方がないらしく、黒い尻尾をすごい勢いでぶんぶん振り回している。

「ヨシュアの演技レッスンは順調なのか？」

四人でテーブルについてコーヒーを飲み始めてから、ディックが尋ねた。本格的に俳優を目指すことになったヨシュアは、目下、演技レッスンに励んでいる。

「相変わらず悩んでばかりです。滑舌は悪くないと褒められますが、感情を乗せる演技はまだまだ難しくて」

「焦ることはないさ。短期間で驚くほど上手くなった。これからもっと上達するよ」

ロブの励ましにヨシュアは「ありがとうございます」と律儀に礼を言った。結婚してもう一年になるというのに、ヨシュアの礼儀正しい態度のせいか、どうかするとつき合い始めたばかりのカップルに見えてしまう。

「映画のプレミア試写会ももうすぐだろ？　ついにヨシュアのレッドカーペットデビューだな。なんだか自分のことのようにドキドキするよ」

「レッドカーペットを歩くヨシュアに、ペンと紙を差し出したい」

ユウトの言葉に便乗して、ディックもそんなことを言い出した。

ヨシュアが出演する『天使の撃鉄』は、劇場公開がもうそこまで迫っている。世界的に大ヒットしているアクション映画『アーヴィン＆ボウ』シリーズの三作目となる今作で、ヨシュアは美しき冷徹な殺し屋役に大抜擢《ばってき》されたのだ。

「それ、いいな。会場まで行って沿道に並んじゃおうか？」

「やめてください。おふたりにファンの真似をされるのは恥ずかしいです」

ヨシュアは少し怒ったような顔で抗議した。

「真似じゃなくて俺とユウトは本当にお前のファンだ。グアマルカでのロケの時から、お前が演じるミコワイは最高だって、ずっとふたりで話し合ってるぞ」

ディックが優しい顔つきで言った。ヨシュアの頬《ほお》はうっすら赤くなった。唇は強く引き締められ、どこか叱《しか》られた子供が不満を感じているような表情にも見えるが、これは照れているだけだ。

照れている自分を持てあまし、怒ったような顔になるのだろうが、普段、滅多に表情を変えない男のそういう様子は、まったくもってどうしようもないほど可愛《かわい》いものだな、とユウトは笑いそうになった。

「コルヴィッチ監督や他の俳優に混じって、レッドカーペットを歩くヨシュアの姿を想像すると、本当にわくわくするよ」

ユウトはそう言ってから、ピーナッツブリトルですっかり甘くなった口の中にブラックコーヒーを流し込んだ。ロブはさっきからぱくぱく食べているが、ユウトはもう限界だ。

「私は気が重いです。レッドカーペットを歩くのはともかく、注目されながらインタビューや写真撮影に応じなくてはいけないんです。失言したらどうしよう」

ヨシュアがロブのこと以外で弱気になっている。珍しいこともあるものだとユウトは内心で驚いた。

「大丈夫だよ。君がちょっとくらい失言したところで、『天使の撃鉄』の面白さが目減りするわけじゃない」

「ですがロブ、私が変なことを言ったせいで、この映画は面白くなさそうだと判断する人がいるかもしれません。そうなったらスタッフたちに申し訳ない」

ヨシュアはコーヒーカップを手に取ったが、口をつけずに難しい表情でしばらくフリーズし、カップをまたテーブルに戻して「失礼」と立ち上がった。トイレに行くようだ。

「らしくないね。ヨシュア、どうしちゃったの？」

ヨシュアが消えてから小声で尋ねると、ロブはくすくす笑いながら「ナーヴァスになってて可愛いだろ？」と目を細めた。

「他人にどう思われようがまったくお構いなしの性格だっていうのに、映画の評判に傷がつくのは耐えられないらしい。映画スタッフへの仲間意識がそうさせているんだろうね」

「あのヨシュアが仲間意識とはな」

感慨深げにディックが呟《つぶや》いた。ヨシュアは規律や規則は守るが、協調性のあるタイプとは言えない。個人主義のヨシュアをよく知るディックには、きっと意外な変化なのだろう。けれどユウトはなんとなくわかる気がしていた。

ロブとつき合う前のヨシュアは、自分なんかがロブの人生に関わっていいのだろうかと悩んでいた。何事にも動じない強さを持っているように見えるヨシュアだが、自分が大事な相手のマイナスになることだけはひどく恐れている。

「質問されて瞬時に最適の言葉を口にしなくちゃいけない取材は、ヨシュアの一番苦手な部類だ。でもこれからはインタビューされる機会も多いだろうし、頑張って慣れていかないとね」

演技だけでも大変だろうに、マスコミやファンへの対応を余儀なくされるヨシュアのこれからを思うと、少し不憫《ふびん》に思えてきた。けれどそんなことはわかったうえで俳優の道に進むと決めたはずだから、安易な同情を抱くべきではない。

「ロブ、大事なことを忘れていませんか？」

トイレから戻ってきたヨシュアが言った。

「え？　ああ、忘れてなんかないさ。あの話だろ？　君が戻ってきたら言うつもりだったんだ」

ロブが上着のポケットに手を入れる。中から赤い封筒が出てきた。

「今日はこれを渡しに来たんだ。中に招待状が二枚入ってる。レッドカーペットじゃなくて申し訳ないけど、来週の日曜日に行われる関係者試写会に、君たちも参加しないか？」

ユウトは声もなくディックと顔を見合わせた。

「俺とディックが関係者試写会に……？　それって一足早く映画が観られるってことっ？」

突然の誘いにユウトは驚き、思わず椅子から腰を浮かしてしまった。ロブはそんな親友の姿を、にんまりと笑って見つめた。

「サプライズ成功だね。試写会だけじゃなく、そのあとに開かれるパーティーにも参加してほしいって、コルヴィッチ監督からの伝言だ」

「いや、でもディックはともかく、俺は関係者じゃないし」

「何を言ってるんだよ。コルヴィッチ監督を始め映画クルーたちは、君とディックのおかげで全員無傷でアメリカに帰ってこられたんだよ？　いわばみんなの命の恩人じゃないか。必ず君とディックを連れてきてくれと、監督に頼まれてる」

　ロブの言葉にグアマルカでのロケを思い出す。カリブ海に浮かぶ小さな島国で、ユウトたちはクーデターに巻き込まれたのだ。あのときはディックと力を合わせて大統領と孫娘のクリスティーナを守り、結果としてそれがクーデター阻止へと繋《つな》がった。けれど映画関係者でその事実を知っているのはコルヴィッチだけだ。

「監督はおふたりも来るものだと思い込んでいたんですが、招待し忘れていたことに気づいたらしく、今日になって慌ててチケットを私に渡されたんです。来てくれますよね？」

　ヨシュアが期待に満ちた目でユウトを見ている。

「本当に俺まで行ってもいいのかな？　ディックはどう思う？」

「監督からの直々の招待なんだ。断るほうが失礼じゃないか？」

「た、確かにそうかも。……じゃあ、えと、あの、ふたりで出席させてもらうよ」

ユウトの返答を聞いたロブとヨシュアは、視線を絡めて微笑みあった。

「でもさ、試写会はともかく、パーティーはどうすればいいんだ？　俺、普通のスーツしか持ってない」

「普通のスーツで十分だよ。あ、まさかタキシードとか着なくちゃって思ってる？　大丈夫、カジュアルなパーティーだってさ。マスコミには極秘開催で、主役のアダム・ネルソンとノーマン・ミラーは仕事で不参加らしい。要するに裏方である撮影スタッフの慰労会みたいな感じじゃないかな？」

ロブの説明を聞いて、「よかった」と安堵《あんど》した。つい華々しいプレミアム試写会のようなものを想像してしまったのだが、内輪だけの集まりのようだ。

ロブとヨシュアが帰ったあと、ユウトは二枚の招待状をまじまじと見つめた。

「日曜日は携帯を切っておこう。呼び出しがかかったら試写会に行けなくなる」

ユウトはロサンゼルス市警察のギャング・麻薬対策課の刑事だ。日曜日は基本的に休みだが、仕事の兼ね合いで出勤になることも多い。完全にオフの日であっても、大きな事件が起きれば緊急招集がかかり、出勤を余儀なくされてしまう。

「賛成だ。ぜひともお前と並んで映画を見ながら、グアマルカでの出来事を思い出したいからな」

ディックがカップをシンクに運びながら言う。ユウトは椅子から立ち上がり、ディックの隣に立った。

「ディックが思い出したいことって何？　スタントで急遽《きゅうきょ》、映画に出演することになったあれ？　それともクーデターのときの大活躍？」

洗い物をするために腕まくりしたディックは、「どっちも外れ」と返した。意味ありげな言い方だった。猛烈に気になってしまい、ユウトはディックの背中に抱きついて「教えろよ。すごく気になるだろ」と迫った。

「俺にとってグアマルカでの一番の思い出といえば、ホテルの部屋に帰ってきたら、お前が俺のベッドで寝てたことだよ。もちろんそのあとの出来事も含めてな」

まさかの返答にユウトはうろたえて抱擁を解こうとしたが、ディックの手が上から腕を押さえつけてきて動けなくなった。

「あのときのお前は可愛かった。やけに元気がないと思ったら、俺の態度を勘違いしてたんだ。『俺が来たことを快く思ってない。現場で俺の目を見ようとしなかった』って言い出して――」

「ストップ！　それ以上は言うなっ」

馬鹿馬鹿しい勘違いをした自分が恥ずかしくて、ユウトは慌てて遮った。それなのにディックはお構いなしに言葉を続けた。

「拗《す》ねたお前の可愛さときたら、もうたまらなかったな」

「あ、あれは拗ねたんじゃない。落ち込んでいたんだ。ディックに疎ましく思われたって思い込んで、本気で悲しくなって」

ディックの身体が不意に震えだした。何かと思えば肩を揺らして笑っている。

「傑作だったな。お前がサプライズで遠路はるばる来てくれたっていうのに、俺が迷惑がるなんてあり得ない。それなのにお前ときたら、明日にでも帰るよって言い出して」

「本当にもうやめてくれよ……」

広い背中に二度、三度と頭をぶつけて抗議した。ディックは身体を返し、ユウトと向き直った。

「からかって悪かった。でもグアマルカでの出来事を思い出すたび、真っ先にあのときのお前の顔が頭に浮かぶんだ」

それって冗談だよな、と聞いてみたかったが、怖くて確かめられなかった。ディックは臨時の軍事アドバイザーとしてグアマルカのロケに参加したが、コルヴィッチ監督に頼まれて、急遽アクションシーンでスタントマンを務めた。大ヒット映画の最新作に、顔こそ晒《さら》してはいないが出演したのだから、一般人にはかなりの大事件のはずだ。

それだけでなく、大統領官邸ではクーデターに遭遇して武器を持って戦った。今振り返っても、生きて帰れたのが奇跡だと思えるほどの危機的状況だった。それらの体験よりも、ユウトのいじけた態度のほうが印象に残っているという。

「お前ってさ……」

「ん？」

――ちょっと、いや、かなりおかしいよな。

そう続けようとしたが、今さらな指摘だと気づいてやめた。ユウトは「なんでもない」と首を振り、ディックの後頭部に手を添えて自分のほうに引き寄せた。

「またいつかグアマルカに行きたいな」

自分のことが好きすぎる恋人の唇に、チュッと音を立ててキスをした。途端に端整な顔がにやける。

どれだけだらしなくゆるんだ顔つきになってもハンサムな男は、「そうだな。いつか必ず行こう」と答えると、洗い物を放棄して本格的な口づけを開始した。

次の日曜日、急な仕事が入ることもなく、ユウトはディックと共に試写会に赴き『天使の撃鉄』を観ることができた。

物語は南米のとある国から始まる。巨大な犯罪シンジケートの暗殺実行部隊に属するミコワイは、仲間たちと共にアメリカの特殊部隊に成りすまし、国政の実権を握る将軍とアメリカ大使を暗殺する。しょっぱなから緊迫感のあるシーンが続き、一気にストーリーへと引き込まれていく。

そのシーンではディックも登場した。建物の壁を伝って素早くロープ降下し、窓を蹴破《けやぶ》って突入する軍人に扮《ふん》したディックの勇姿に、ユウトは内心で大興奮した。ヘルメット、フェイスマスク、ゴーグル着用で顔はまったく見えないし、ほんの一瞬の登場だったが、嬉しくて嬉しくて隣に座るディックの脇腹を、何度も肘《ひじ》で突いてしまった。

ミコワイたちはロサンゼルスで暮らす将軍の娘夫婦をも殺害し、重要な機密事項を託された孫娘クレアを攫《さら》おうとするが、そこに居合わせたのがお騒がせコンビ、アーヴィンとボウだ。

元軍人のアーヴィンと元プロボクサーのボウは子供の頃からの腐れ縁で、何でも屋を営んでいる。行く先々で事件に巻き込まれるのだが、今回は成り行きでクレアを守ることになる。

最初こそアーヴィン＆ボウ対ミコワイ一味の攻防戦が繰り広げられるが、途中から新たな強敵が現れ、仲間とはぐれて負傷したミコワイは、アーヴィンたちと一時休戦して手を組むことになる。

最初は血も涙もない冷徹な悪役にしか見えなかったミコワイの印象が、ここからどんどん変化していくのだ。

ミコワイは喋《しゃべ》れないが、クレアはお構いなく彼に話しかける。両親を失った悲しみを隠し、明るく振る舞う少女の健気《けなげ》さに観客は憐憫《れんびん》を覚えるが、冷淡だったミコワイも徐々にクレアを特別に感じていくのだ。このさりげない変化の描写が秀逸で、ミコワイの氷の心が解《と》けていくのが自然と伝わってきた。

そして何よりクレアを守って戦うミコワイの格好よさが際立っている。敵にすれば恐ろしい男だが、味方になればなんと頼もしい存在かと、観ているうちに自然とミコワイに惹《ひ》かれていくのだ。

最後はクレアを守るため、ミコワイは仲間に殺されて死んでいく。橋の上で撃たれながらも、敵を全員倒したのち海へと転落していくのだが、ミコワイの腕にはクレアからもらったミサンガが巻かれている。

海中に墜落したミコワイはそのミサンガを見つめながら、うっすら微笑む。ミコワイの初めての笑顔だ。海中に差し込む柔らかな光が、ミコワイの幸せそうな表情を照らし出す。涙なくして見ることができない、悲しくも美しいシーンだった。

最後はアーヴィンとボウが大活躍して、物語を最高に盛り上げてくれた。クレアは無事、母国に保護され、持っていた機密事項は第三国に渡ることなく国際危機も解消され、大団円となる。

ひと言で言えば『アーヴィン&ボウ』シリーズ三作目は、前作の『罪人の鐘』『聖者の罠』に負けず劣らず面白かった。スケールアップしたという点でいえば、シリーズ最高なのは間違いない。ユウト個人の感想は三作目にして最高峰だ。

定番であるアーヴィンとボウのコミカルな掛け合いにド派手なアクション、二転三転していくどんでん返しの巧みな構成にも、大いに満足させられた。

「本当に面白かったな。アクションもストーリーも全部よかった。ハラハラドキドキの連続で、最後の最後まで気を抜く暇がなかったよ」

試写会が終わって隣接したパーティー会場に移動してから、ユウトは興奮冷めやらぬ顔でディックに話しかけた。

「ああ、まったくだ。アーヴィンとボウの軽妙な掛け合いも笑えたしな」

「うん。笑えるシーンと緊迫感のあるシーンのメリハリがいいよな」

テンション高く話し合っても、周囲の人たちも似たり寄ったりだから気にならない。パーティー会場は大勢の関係者で賑《にぎ》わっていた。映画を観終わったばかりで誰もが喜びや興奮を隠しきれない様子だ。

テーブルには美味しそうな料理が用意されているが、皆、映画の感想を言い合うのに忙しいのか、手つかずの皿が多かった。

「いたいた。ユウト、ディック、映画はどうだった？　楽しんでもらえたかな？」

スーツ姿のロブとヨシュアが近づいてきた。まるで自分の作品のように尋ねてきたロブを無視して、ユウトはヨシュアに抱きついた。

「すごくよかったよ！　スクリーンで観るヨシュアのミコワイは、最高にいかしてた！」

「あ、ありがとうございます」

突然のハグにヨシュアが珍しく動揺している。

「君がどれだけ頑張ったか、映画を観てよくわかった。君の挑戦を心の底から尊敬するよ、ヨシュア」

ぎゅっと抱き締めて身体を離すと、ヨシュアは「そんな」と目を泳がせた。

「私は監督に言われたとおりに演じただけです。頑張ったのは私ではなく、スタッフの皆さんのほうです」

ヨシュアはパーティー会場を見渡しながら続けた。

「完成した映画を観て、あらためて思いました。映像として残ったものは、氷山の一角でしかないのだと。ここにいるスタッフの頑張りや苦労があって、役者は初めて仕事をまっとうできる。すべての賞賛は彼らにこそ与えたい」

ヨシュアの言い分もよくわかる。けれどスタッフがどれだけ頑張ろうが、役者がいなければ映画は存在できない。どちらが上とか下とかではなく、両方が同じだけ不可欠なものだ。

「君の言いたいこともよくわかるけど、俺の賞賛を拒否しないでくれよ」

「拒否？　いえ、そういうつもりは……。でもそうですね。せっかく褒めてくださったのに、素直に受け取れずすみません。あの、とても嬉しいです。ユウト、ありがとう」

ぎこちない微笑みを浮かべるヨシュアが愛おしくて、ユウトはもう一度抱き締めた。

「完成おめでとう。これからの君の役者人生が、実り多いものであることを祈ってる」

「ねえ、ちょっとハグが長すぎないか？」

ロブが口を挟んできた。ユウトは「ケチケチするなよ」と言い返してヨシュアから離れた。

「いや、ケチとかそういう問題じゃなくて――」

「みんなここにいたのか。何？　まだグラスも持ってないの？」

現れたのはルイス・リデルとダグ・コールマンだった。ロブとヨシュアも絵になるカップルだが、このふたりも目を引く組み合わせだ。細身でどこか陰のある美形のルイスと、長身で人好きのする甘いマスクのダグは、詩的にたとえるなら月と太陽のようでもあり、会うたびお似合いだと感じる。

ルイスは通りがかったウェイターを呼び止め、ユウトたちにシャンパンが入ったグラスを持たせた。

「まずは映画の完成を祝して乾杯しよう」

そうだった。乾杯がまだだった。六人はグラスを掲げて鳴らし合った。

「ルイス、映画の感想を聞かせてくれよ。エドワード・ボスコから見て三作目はどうだった？」

ロブが問いかけると、原作者であるルイスは「よかったよ」とクールに答えた。

「あの爺《じい》さん、監督としてはやっぱりすごいって再認識した。ヨシュアのミコワイも最高に格好よくて痺《しび》れた。台詞《せりふ》がないっていうのに、主役を食う存在感だったな」

世界の巨匠、コルヴィッチ監督を爺さん呼ばわりできるのは、ルイスくらいのものだろう。

ヨシュアは原作者に褒められた嬉しさのせいか、すぐには言葉が出てこないようだった。

「……こちらこそ、ミコワイを演じることができて光栄でした。ルイスの素晴らしい作品があったから生まれた映画です。私がお礼を言うのは変かもしれませんが、それでも言わせてください。ありがとうございます、ミスター・ボスコ」

互いをリスペクトし合う想いが伝わってくる。ふたりは友人同士だが、今ここにいるのはプロのミステリ作家と、彼の作品を原作とした映画に出演した俳優だ。

「おお、ヨシュア、見つけたぞ。ルイスも一緒だったか」

噂《うわさ》をすればなんとやらで、ジャン・コルヴィッチのご登場だ。隣にはアシスタントのルイーズ・ギャリソンもいる。コルヴィッチは赤い服を着せれば、そのままサンタクロースになれそうな風貌《ふうぼう》をしている。七十歳という年齢が嘘《うそ》のようにエネルギッシュで、いつもせかせかと動き回っている印象が強い。

「ディックとユウトも来てくれて嬉しいよ」

手を差し出されて握手を交わした。招待に対する礼を述べると、ルイーズが「招待がぎりぎりになってごめんなさい」と謝ってきた。

「ユウトたちの招待状は、ヨシュアに渡したって監督が言うものだから安心していたのに、すっかり忘れてしまっていたなんて」

「忘れたんじゃない。勘違いだ。渡したつもりでいたんだよ」

ルイーズの説明が不服だったのか、コルヴィッチはすかさず訂正した。

「忘れるより勘違いのほうが、耄碌《もうろく》してる感じがするけどな」

「ル、ルイス！　監督に失礼ですよっ」

歯に衣着せない言葉に慌てたのはダグだった。コルヴィッチはルイスをひとにらみして「爺さん扱いしないでくれ」と文句を言った。この人は何歳になったら自分を老人だと思うのだろうと、ユウトは純粋に疑問を覚えた。

「で、どうだった？　映画は面白かったかな？」

「もちろんです！　最高に面白くて興奮しました。何度も観たいから映画館にも必ず足を運びますよ」

ユウトが絶賛するとコルヴィッチは上機嫌になり、にこにこと笑みを浮かべて満足そうに頷《うなず》いた。

「楽しんでもらえてよかったよ。ああ、それからグアマルカでのクーデター事件の映画化、私はまだ諦めてないからな」

ディックが「それは諦めてください」と苦笑を浮かべる。コルヴィッチはクーデターを阻止したディックとユウトをモデルにして映画を撮りたいと言ったが、ふたりは謹んでその申し出を固辞したのだ。

「監督、エンドロールに感動しました。追悼の言葉、本当に入れてくださったんですね」

ユウトの言葉にコルヴィッチは、「当然だよ」と深く頷いた。

映画が終わって長いエンドロールが流れ、最後の最後に文字が現れた。

『グアマルカ大統領の勇敢なる警護官たちに捧ぐ』

あの一文を見た瞬間、ユウトの目頭は熱くなり胸がいっぱいになった。グアマルカのクーデター未遂事件では、何人かの警護官が命を落としている。その中にはまだ年若い青年もいた。大統領の一人娘、クリスティーナを見守るマーティンの優しい眼差しが、今も忘れられない。ほんのわずかな時間を共にしただけの相手だが、彼の人懐っこい笑顔を思い出すたび、今も胸が苦しくなってしまう。

「彼らは本当に立派な警護官だった」

コルヴィッチの言葉にユウトは頷いた。『天使の撃鉄』はグアマルカでも公開されると聞いている。もしかしたら遺族たちも観るかもしれない。せめてもの慰めになればいいと願った。

「それから前に話していたロス市警を舞台にしたドラマだが、市警察の全面協力を取りつけた。ユウトの兄さんがいる殺人課も取材したいが、ユウトが所属しているギャング・麻薬対策課も取材したいと思ってる」

「取材、というと？」

「話を聞くだけじゃなく仕事に同行させてほしい。実際の刑事の仕事ぶりを、この目で確かめたい」

コルヴィッチは「わくわくするな」とご満悦だったが、ユウトにすれば顔が引き攣《つ》るような申し出だった。

「監督、さすがにそれは危険です。俺たちが捜査する対象は、ギャングやドラッグ・ディーラーなんですよ」

「それはわかってる。だがその危険な仕事を実際に見ることで、きっといいアイデアが浮かぶはずだ」

「ジャンは本当に好奇心旺盛だな。だけど年寄りの冷や水だからやめたほうがいい」

ルイスがはっきり言ってくれたが、コルヴィッチは「なんのなんの」と取り合わなかった。

「おい、ジャン！　最高だったぞ！　今回も大ヒット間違いなしだなっ」

突然、大声で話しかけてきたのは、コルヴィッチと同年代の大柄な男性だった。

「カークじゃないかっ。よく来てくれたな！」

ふたりはハグして互いの背中を強く叩《たた》き合った。

禿頭《とくとう》に黒縁眼鏡、愛嬌《あいきょう》のある赤ら顔。有名人に疎いユウトでも知っている人物だった。映画監督のカーク・ブレナーだ。七〇年代から数々のヒット作を世に送り出してきた名匠で、特に『スペース・ドラゴン』シリーズはSF映画の金字塔と呼ぶべき作品だろう。

「にしても、君は本当に撮り終えてからが早いよな。今回ばかりは公開延期になるんじゃないかって心配していたが、ちゃんと封切りに間に合った」

「当然だ。うちの映像編集者《エディター》は優秀だからな。エディターズカットの段階で、ほぼ映画が完成してた」

「またまた」

「本当さ。今回なんて三時間を切っていて、おいおい、いくらなんでも短すぎるだろ、俺が編集に口出す余地がないじゃないかって、文句を言ったくらいだ」

「楽でいいな！」

ふたりがゲラゲラ笑い合う横で、ルイーズが溜め息をついた。

「ジャンがあまりにも短気だから、映像編集者は寝ずに頑張ってくれたんですよ」

「ところでミコワイ役の彼を紹介してくれないか。実によかった」

ルイーズが「JB、ブレナー監督は知ってる？」とヨシュアに顔を向けた。

「もちろんです。監督の映画はたくさん観ています。お会いできて光栄です」

ヨシュアの目が輝いていた。お世辞ではなく本当にファンなのだろう。ブレナーはヨシュアが出した手を握り、「いいね」と目を細めた。

「実際に見てもすごい美形だ。今後のスケジュールは埋まってるのかな？」

「カーク、悪いが諦めてくれ。ＪＢは当分、私の作品に出るだけで忙しい」

「ジャン、独り占めはずるいぞ。大体、君はいつも――ん？　君はええと、失敬、名前を失念してしまったが、どの映画に出てたかな？」

ブレナーが声をかけたのはディックだった。俳優だと勘違いしているらしい。

今日のディックは落ち着いたダークスーツを着ている。しかし地味なスーツ姿でもスタイルが抜群にいいから、どこにいても自然と目を引く。広い肩幅に厚い胸板。引き締まった腰へと続くなだらかな背広のラインの美しさはどこか官能的で、ユウトに言わせればもはや目の快感だ。

袖口から覗くカフスボタンはユウトが誕生日にプレゼントしたもので、白蝶貝《しろちょうがい》と黒蝶貝が組み合わさった模様がカレイドスコープのようで、とてもエレガントだ。今日の地味なスーツには、いいアクセントになっている。

「彼は役者じゃない。ＪＢの友人でディックだ。今回の映画では軍事アドバイザー兼スタントマンとして協力してもらった」

コルヴィッチの説明を聞いて、ブレナーは「俳優じゃないのか？　もったいない！」と目を丸くした。

「その顔にその身体で一般人だなんて、宝の持ち腐れじゃないか。スタントもできるってことは身体能力も高いんだろう？　俺が次撮る映画に出ないか？」

「お言葉は大変嬉しいのですが、俳優になる気はありません」

ディックが苦笑交じりに答えると、コルヴィッチがそれ見たことかと言いたげな表情で笑った。

「俺も何度も口説いたが駄目だった。このハンサムは本当につれないぞ」

「惜しいな、実に惜しい。肉体派俳優として俺が大々的に売り出したいくらいだ」

コルヴィッチとブレナーがいなくなってから、ロブが「ディックも俳優になればいいのに」と言い出した。

「巨匠ふたりにスカウトされたんだよ？　ヨシュア以上のラッキーボーイじゃないか」

「やめてくれ。俺は今の人生に満足してるんだ。ヨシュアみたいに映画が特別に好きなわけでもないし、俳優に憧《あこが》れたこともない。今から他の生き方を選ぶつもりはない」

本気で嫌そうな口ぶりだった。平穏な生活を望むディックにすれば、夢のようなスカウトもいい迷惑でしかないのだろう。

「ディック、私も最初はそうでした」

ヨシュアが真剣な表情で言った。

「ロブとの生活が幸せで、他に望むものなどないと信じていました。でも今は役者の仕事にトライしてよかったと心から思っています。世界が大きく広がりました。誰しも新しい挑戦は不安なものです。ですが、ディックならきっとやれます」

「お前は何を言ってるんだ？」

ディックは得体の知れないものを見るような目つきで、ヨシュアを見つめた。

「あなたの背中を押したいと思っているだけです。ロブが私にそうしてくれたように」

「……押さなくていい」

ディックは「料理を取ってくる」と言い残し、そそくさとその場を離れた。たじたじの態《てい》でヨシュアから逃げ出すディックが可笑《おか》しくて、後ろ姿を見送りながらユウトは噴き出してしまった。ルイスとダグも一緒になって笑いだす。

ロブもくすくす笑っている。ヨシュアだけが怪訝《けげん》な表情だ。

「私は何か間違ったことを言いましたか？」

「いや、言ってないよ、ダーリン。ディックの背中を押す君は素敵だった。惚《ほ》れ直したよ」

ロブはヨシュアに向かい、茶目っ気たっぷりに親指を立てた。


「まさかヨシュアに励まされるなんてな。怖《お》じ気《け》づいてると勘違いされたってことだろ？」

家に帰ってひと息つくなり、ディックがぼやくように言った。

「俺は本気で俳優の仕事に興味なんてないのに、なぜなんだ？」

ネクタイをゆるめながら溜め息をつく。ユウトは冷蔵庫から缶ビールを二本取り出し、「いかにもヨシュアらしいじゃないか」と返した。

「自分も最初は興味なんてなかったのに、いざ挑戦してみると面白くなって、結果的には役者に転向してよかった。ディックもきっとやってみれば、自分と同じ気持ちになるはずだって思ったんだろうな」

椅子に座ったディックによく冷えた缶ビールを手渡す。ディックはプルタブを引き上げ、やけくそのように半分ほど飲み干した。

「納得がいかない。まるで俺が臆病者のようじゃないか」

「気にするなよ。罪のない可愛い思い込みだ。……でも本当に新しいキャリアを築く気はないのか？　まだ三十三歳なんだし、お前なら今からアクション俳優になっても成功すると思うけどな」

ディックほどの男には、他にもっと相応《ふさわ》しい仕事があるのではないかと、ユウトはかねがね考えていた。しかし彼の能力を活かせる職業といえば、どうしても危険な仕事になりがちで、それはユウトとしても望むところではなく、結局、本人も今の暮らしに満足しているのなら大きなお世話でしかないという結論に達していた。

だが俳優ならどうだろう。アクションシーンを演じるとなれば、多少の危険はあるかもしれないが、撮影には万全の安全対策がなされるはずだし、ディックの身体能力を考えれば大怪我を負うような事態にはそうそうならないはずだ。

「お前までやめてくれよ。俺は今の生活が本当に幸せなんだ。毎日家に帰ってこられて、お前と一緒に夕食が食べられて、同じベッドで眠れる。朝はユウティの散歩に行けて、仕事に出かけるお前に見送りのキスだってできる。幸せな毎日を捨てて俳優になったところで、一体何を得られるっていうんだ？」

「うーん。富、名声、賞賛？」

ディックは「どれも俺には必要ない」と肩をすくめた。

「ディックは欲がないな」

「だったら聞くが、お前はどうなんだ？　もしコルヴィッチに映画に出てくれと熱烈に口説かれたら、承諾するのか？」

「しないよ。するわけないだろ」

ユウトが即答すると、ディックの眉根がぐっと寄った。

「自分はそうなのに、俺にだけ勧めるのはおかしいだろ」

言われてみればそのとおりだ。これは分が悪くなったと思い、ユウトは「だけどさ」と言い訳を探した。

「俺とディックじゃ全然違うだろ？　俺は平凡な男だけど、お前は容姿も身体能力も際立ってる。人並み外れた資質を活かせる仕事に就いたほうが、お前にとっていいんじゃないかって思ったただけだ」

ディックは大きな溜め息をつき、大袈裟《おおげさ》に頭を振ってみせた。

「お前は自分のことを本当にわかってないな。平凡だって？　そりゃ確かにヨシュアみたいにわかりやすく目立つ風貌じゃないが、お前は誰が見てもチャーミングだ。清楚《せいそ》で可憐で、なのに男らしくも見える。佇《たたず》まいは凜《りん》として品があり、どこにいてもお前の周りだけ空気が違うんだ。不思議なほど爽《さわ》やかで清涼感がある。空気清浄機を背負って歩いているんじゃないかと思うほどだ」

――なんだ、そのたとえは？

ジョークかと思ったが、ディックはあくまでも真剣な態度だった。

「俺くらいの顔や身体は探せばいくらでもいる。それこそショービズの世界に行けばごろごろいるだろう。でもお前は違う。他の誰とも違うんだ。唯一無二の存在だ。俺に言わせれば、お前をスカウトしなかったブレナー監督の目は節穴だ」

世界的巨匠を切って捨てたディックは、残ったビールを豪快に飲み干した。お前の目こそどうかしてるとユウトは呆《あき》れてしまったが、ディックはいつだって本気で言っている。

「百回だって言ってやる。お前は世界一、魅力的な男だ」

「も、もういいから。恥ずかしくて聞いてられない」

ひたすら互いを褒め合う自分たちが、どうしようもなく馬鹿なカップルに思えてきた。ディックは「もっと恥ずかしくさせてやろうか？」とにやりと笑った。よくないことを考えているときの意地悪な目つきだ。

「駄目だ。これ以上、変なことを言ったら怒るからな。俺のベッドで寝かせないぞ」

途端にディックの表情が悲しげになった。

「嘘だよ、冗談」

ディックが突然、立ち上がり、「よし、じゃあ寝よう」と言い出した。

「シャワーがまだだ」

「出かける前に浴びたじゃないか」

「だけど、もう一度――わっ」

強引に立たされ、素早く抱き上げられた。間近で見つめてくるディックの青い瞳は、すでに欲情のスイッチが入っているらしく、セクシーさが増している。

「シャワーはあとでもいいだろう？　ベッドで楽しんだあと、俺が洗ってやるから」

「……しょうがないな」

そんな嬉しそうに言われたら了承するしかない。一緒に暮らし始めて二年が過ぎたというのに、ディックの愛情と性欲はまったく衰えない。それどころか、いっそう深まっているように思える。

ベッドに下ろされ、甘いキスが始まった。熱い舌が入り込んできて、ユウトの感じやすい口《こう》腔《こう》を淫《みだ》らに刺激してくる。互いの舌を絡ませる親密で濃密な攻防は長く続いた。

息がどんどん乱れてくる。ディックのキスはいつだってユウトをたまらない気持ちにさせるのだ。もっともっとと貪欲《どんよく》な欲望が湧いてきて、自分でも戸惑うほどだ。

唇を重ねながらディックのワイシャツのボタンを外した。一秒でも早く肌と肌を重ね合わせたくて、ディックの服を奪い取る。

ディックも同じ気持ちのはずなのに、なぜかキスしか仕掛けてこない。焦《じ》らすように大きな手で頬や顎を優しく撫でるばかりだ。

以前なら早く脱がしてくれればいいのに、ともどかしく思っただろうが、今は違う。脱がしてくれないならこうだとばかりに、自分でボタンを外して肌を晒してみせた。下は少し迷ったが、早く抱き合いたいという気持ちが勝り、結局、すべて自分で脱いでしまった。

「ディックも脱げよ」

「お前が脱がせてくれ」

ディックが耳元で囁《ささや》いた。甘く響く低音ボイスに背筋が小さく震えた。セックスの際のディックの声は、たまらなくセクシーでやばい。どうやばいのか説明はできないが、とにかくやばいのだ。理性が吹き飛ぶというより、とろりと甘く溶かされて、どこかに流れ落ちていくような感覚に陥る。

言われるがままにディックのズボンを脱がせ、靴下も脱がせ、最後に下着に手をかけた。普段なら自分で脱げよと思うところだが、ディックの手中に自ら望んで収まっている今は、なんでもできそうだ。足を舐《な》めろと言われても従うかもしれない。

そこは硬い膨らみを示している。ディックの欲望が愛おしくて、脱がす前に何度か手のひらに包み込んで撫でてやった。

「してやろうか？」

言いながら下着を剝《は》ぐとたくましいペニスが現れた。指先を絡めて優しく扱《しご》いたら、先端にぷつりと透明の滴が浮かんだ。

「いや、俺が先にしたい」

こんな状態になっているのに、ユウトへの奉仕が先だと言う。申し訳ないような気持ちになるが、ディックが望んでいるのであれば素直に従おうと思った。もちろんユウトとて嫌ではない。というか、すでに期待で腰が甘く疼《うず》いてしまっている。

ユウトのそれはまだ完全には勃起《ぼっき》しておらず、ディックの手に包まれて徐々に硬度を増していった。張り詰めた状態になるとディックは上体を倒し、そこに顔を寄せた。股間に熱い吐息を感じ、まだ何もされていないのに甘い息が漏《も》れる。

「あ……んっ」

熱く柔らかな場所に深く呑《の》み込まれ、声が出た。どこをどう刺激して、どんな強さで愛撫《あいぶ》すれば、ユウトが一番感じるかをディックは知り尽くしている。一気に追い詰めることもできれば、時間をかけることもできるのだ。どうなるかは、そのときのディックの気分次第で、ユウトは身を任せるしかない。

今夜は散々、焦らされた。ユウトが達しそうになると刺激を弱めたり、口を離して胸を舐めたりする。あまりに長く焦らされるので辛《つら》くなってきた。

「ディック、もう達《い》かせてくれ」

「俺はまだ楽しみたい。お前をもっと味わいたいんだ」

ディックだって早く射精したいはずなのに、驚くべき忍耐力と持続力だ。

ユウトは頭の中で明日も仕事だから、そろそろ終わらせなければと考えた。興奮していても冷静に計算してしまうところが、熟年夫婦のようで嫌だと思ったが、背に腹は代えられない。

「俺は早くお前が欲しい。もう我慢できないんだ。……なあ、早く来てくれよ」

身体を返して背中を向け、尻をつんと高く持ち上げた。ユウトの直接的な誘いに、ディックの喉《のど》が唸《うな》るように鳴った。性悪女になったみたいで顔から火が出そうだが、ディックのねちっこい愛撫を終わらせるためには、これしか方法がない。

「お前は、俺が欲しくないのか……？　ん……、ここに、挿《い》れたくない？」

尻の割れ目に指を這《は》わせながら、腰を揺らしてみせた。ディックの息が激しくなってきたのを見て、「よし」と心の中でガッツポーズを決めた。

「挿れたい。今すぐ挿れたい」

「だったら早くローションとゴムを用意してくれ」

「わかった。すぐ用意する」

ディックは即座にベッドを降りてユウトの言うとおりにした。さっきまで散々、意地悪していたくせに、こういうところは少年みたいでたまらなく可愛い。

背後から覆い被《かぶ》さってきたディックに、なんて言おうかと迷った。

激しくしてくれ？　それとも優しくしてくれ？

考えているうち、ディックが高ぶりを押し当ててきた。

「いいか、ユウト？」

「ああ。来てくれ。……ディック、たっぷり俺を愛してくれ」

「悪いが自信はない。すぐ達ってしまいそうだ」

それはペース配分がおかしいいんじゃないのか、と思ったが、ディックの熱いものがゆっくりと入ってきたので、文句を言うどころではなくなった。

さすがはディックというべきか、口では弱気なことを言っていたが、自分だけ満足してユウトを置いてけぼりにするような真似はしなかった。

たくましいインサートでベッドをうるさく軋《きし》ませ、ユウトを激しく長く揺さぶり、声がかすれるまで喘《あえ》がせてから、自身もフィニッシュを迎えた。

普段、日常生活の中で我を忘れて興奮することなど滅多にないというのに、ディックの手にかかると呆気《あっけ》なくたがが外れてしまうのは、なぜだろう。

キスしてほしい。キスしたい。触れてほしい。触れたい。感じさせてほしい。感じさせてやりたい。愛してほしい。愛したい。

ひとたびそのサイクルに巻き込まれると、何も考えられなくなってしまう。愛と欲望を交歓し合うだけの原始的動物にでもなったかのようだ。

たっぷりと愛されたユウトは精も根も尽き果て、脱力してしまった。疲労感と満足感で、指一本も動かしたくないという気分だった。

「シャワーはどうする？」

「もう朝にする。疲れちゃったよ」

ぐったりしているとディックは熱いタオルを持ってきて、甲斐甲斐《かいがい》しくユウトの身体を拭《ふ》き始めた。そこまでしなくていいのにと思ったが、ディックの表情が嬉しそうだったから、素直に身を任せた。

再びベッドの中に戻ってきたディックに、さっぱりした気分で寄り添った。ディックの温もりを感じながら、こうして一緒に横たわっていると、どこまでも満ち足りた感覚に包まれていく。

「……華々しいデビュー作になったけど、ヨシュアはこれから大変だろうな」

ユウトが呟くとディックは「そうだな」と同意した。

「今まで感じたことのないストレスを抱えたり、大きな壁にぶち当たったりするかもな」

「何もしてやれないけど応援してやりたい。それからどんなときも、ヨシュアの味方でいてやりたいよ。ロブがいるから余計なお節介かもしれないけどさ」

「そんなことはない。恋人と友人は違う。友人だからこそしてやれることもあるはずだ」

「だといいな」

ディックの手が優しく頭を撫でてきた。そうされていると、眠気がひたひたと押し寄せてくる。

心地よい微睡《まどろ》みの浅瀬でユウトは考えた。

今日、自分たちの大事な友人が新しい海に船出した。叶《かな》うことならどこまでも順調な航海が続いてほしいが、時には嵐に見舞われることもあるだろう。華々しい世界ほど残酷なものだ。普通に生きるより困難や苦労は多くなる。

純粋なヨシュアを思うたび、心配な気持ちは尽きない。けれどどんな荒波に呑み込まれたとしても、大丈夫だと言ってやりたい。気休めにしかならないとわかっているが、それでも言ってやりたいのだ。

俺たちがついてるぞ、ヨシュア。
みんなで君を見守っている。ひとりのときも、決してひとりじゃない。
君は素晴らしい。本当に素晴らしい。
だから自信を持って、どこまでも未来に進んでいけ――。

# Beautiful eyes

ロブ・コナーズは自分がいつになく緊張していることに気づき、身体の力みを取るために深呼吸をした。四秒かけて息を吸い、八秒かけて唇から息を吐く。何度か繰り返してみたものの効果はなかった。それどころか重苦しい胃が、ついにはしくしくと痛んできた。

背広の腹をさすりながら、「まいったな」と心の中でぼやく。普段、滅多に緊張などしない性分だし、緊張したとしても解消する術《すべ》を知っている。なのに今は駄目だった。深呼吸を繰り返そうが別のことを考えて気をそらそうが、いっこうにリラックスできない。

「ロブ。ユウトたちはもう来たでしょうか？」

隣に座ったヨシュア・ブラッドが話しかけてきた。スーツ姿だが髪は整えていない。今日はあくまでも関係者だけの集まりだから、フォーマルになりすぎないほうがいいと思い、ロブがアドバイスしたのだ。レッドカーペットイベントでは最高に似合うタキシードを着せて、髪は櫛目《くしめ》が出るほど美しく整えてあげるつもりだ。

ヨシュアのスーツの胸に挿した金色のポケットチーフを見ながら、「もう来てるさ」と答えた。ちなみにこのポケットチーフもロブが選び、出かける際、最高にエレガントに見えるように整えてあげたものだ。

「捜して声をかけたほうがいいでしょうか？」

「映画がもうすぐ始まる。挨拶《あいさつ》は試写会が終わってパーティー会場に行ってからにしよう」

ヨシュアはロブの言葉に「そうですね」と頷《うなず》いた。関係者試写会の会場は、すでに多くの人で埋め尽くされている。ディックとユウトもどこかに座っているはずだが、今は誰とも話したくなかった。というより話せる心境ではない。

ついにこの日が来てしまった。ヨシュアのデビュー作となる『天使の撃鉄』を、やっと観ることができるのだ。嬉しいはずなのに、なぜこれほどまでに緊張してしまうのか――。

理由はわかっている。ヨシュアが心配だからだ。素晴らしい映画に仕上がっていると信じているが、万が一、面白くなかったらどうしよう。ヨシュアの演技が下手で他の役者たちの足を引っ張っていたらどうしよう。そんな不安に駆られてばかりいる。

映画の出来に関して心配などまったくしていなかったのに、試写会が近づくにつれ急に怖くなった。有名な監督がメガホンを取り、莫大な予算をつぎ込んだハリウッド超大作でも、どうしようもない駄作はいくらでもある。

特に映画のシリーズ三作目というのは、ただでさえ一番難しい立ち位置に置かれる。『天使の撃鉄』がもしも駄作に終わってしまったら、人気作だけに強いバッシングが起きるだろう。ヨシュアのキャリアにとって大きなダメージになる。

楽観主義者の自分が一体どうしてしまったのかと思えるほど、やたらとネガティブなことばかり考えてしまう。そんな自分に直面して、ロブはいかに自分が恋人に対して過保護な人間なのかを思い知らされた。

「ねえ、ヨシュア。君はケビン・コスナー主演の『ボディガード』が好きじゃないよね？」

唐突なロブの言葉に、ヨシュアは怪訝《けげん》な表情を浮かべた。

「はい。愛し合っているのに別れるラストに納得がいかないので、私はあの映画が好きではありません」

「だけど世の中には、あの映画が大好きな人間も大勢いる。事実、世界中で大ヒットした。映画の良し悪しっていうのは、もちろんいろんな見方ができるけど、一番はっきりしているのは結局のところ、好みだと思うんだ」

ヨシュアは難しい顔つきでロブを見つめている。

「ロブの意見に異論はありませんが、なぜ今それを？」

「特に意味はないんだけど、なんとなく」

ロブは激しく後悔した。言わなくていいことを言ってしまった。まるで『天使の撃鉄』が面白くない映画に仕上がっていたとしても、それは君の責任ではないし、なんなら君の主観でしかないし、面白いと感じる人だって大勢いるはずだから、がっかりしなくていいんだよ、と先手を打って慰めているようなものではないか。

「実を言うと、すごく緊張しているみたいだ。コルヴィッチ監督を信頼しているけど、もしつまらない作品に仕上がっていたらどうしよう。君の記念すべきデビュー作が、世間で酷評されでもしたらって……」

誰にも聞こえないようヨシュアの耳元で囁いた。こんなネガティブな本音を漏らしている自分が信じられない。以前なら絶対にヨシュアに打ち明けなかった。余裕のあるふりをして、「大丈夫。絶対に傑作に違いないよ」と笑顔を向けていただろう。

「ごめん。今言うべきことじゃないよね。聞かなかったことにして」

ヨシュアの手がそっと伸びてきて指先を握られた。首を曲げて見ると、優しい微笑《ほほえ》みがそこにあった。

「大丈夫ですよ、ロブ。絶対に大丈夫ですから」

断言するヨシュアは不思議なほど神々しく見えた。どういう意味での大丈夫なのか聞きたかったが、映画開始のアナウンスが流れてきたので、何も言えないまま黙り込むしかなかった。


結果的に言うと、映画は大丈夫だった。最高に問題なく、まったくもって素晴らしく、感動的なまでに大丈夫だった。

エンドロールが終わり、館内に明かりがついた瞬間、盛大な拍手が鳴り響いた。コルヴィッチ監督に対するスタンディングオベーションだ。コルヴィッチ監督は手を振り、そして自分も周囲に向かって拍手した。スタッフへのねぎらいの拍手だろう。

パーティー会場に移動していると、たくさんのスタッフがヨシュアに声をかけてきた。誰もが目を輝かせて、ヨシュアの演じたミコワイがいかに魅力的だったかを伝えてきた。

パーティー会場に入ってすぐに、ユウトとディックを見つけた。ユウトは珍しく興奮した様子でヨシュアを抱き締め、口早に賛辞を贈った。スキンシップが苦手な彼にしては、これはとても珍しい行動だった。それだけ映画が素晴らしかったということだろう。

ルイスとダグにも会えたし、コルヴィッチとも話せたし、有名な映画監督のカーク・ブレナーにも挨拶できたし、最高に楽しいパーティーだった。緊張から解放されたロブはいささか飲みすぎてしまい、酔ったままヨシュアの運転する車で帰宅した。

「ロブ、家に着きましたよ」

運転席のヨシュアに肩を叩《たた》かれ目が覚めた。いつの間にか寝てしまっていたらしい。

「ごめんよ、ハニー。主役の君に運転させちゃったね」

「主役？　私は助演ですが」

ジョークが通じない可愛い恋人の手を取り、ロブは「主役だよ」と微笑んだ。

「俺にとって今日の主役は間違いなく君だ。スクリーンに映る君は最高だった。台詞《せりふ》がなくてもミコワイの眼差しは雄弁だった。正直言って、君にあれほど繊細な演技ができると思ってなかった。素晴らしかった。心から感動したよ」

握った手を口元に引き寄せ、指にそっとキスをした。お世辞ではなく心からの賛辞だった。

ヨシュアの、いや、ミコワイの美しいエメラルドグリーンの瞳にロブはすっかり魅せられてしまった。上映中は魂を吸い取られたように、ひとときも目が離せなかった。

「褒めていただけるのは嬉しいですが、演技に関して私は素人です。素晴らしく見えたのなら、それは監督やスタッフのおかげです。演技指導、カメラワーク、ライティング、メイク、編集、そういった様々なものが凝縮して、いい映像になったんです」

「謙虚なのは素敵だけど、今日だけは心の奥にしまっておかないか？　ユウトにも言われただろう？」

「あ……。そうですね。すみません」

ユウトに絶賛されたヨシュアは、スタッフの頑張りのおかげだと答えた。ユウトはあくまでも優しい表情で「俺の賞賛を拒否しないでくれよ」と言い返した。隣で聞いていて、そのとおりだとロブも思った。お世辞ではない心からの賛辞を受け流すのは間違っている。

ヨシュアの謙虚さは、自分を無価値に思う気持ちと紙一重だ。賞賛に値する価値など自分にはないという気持ちが、心の奥底に根強く横たわっている。冷静に自分の値打ちを低く見ている分、感情的になって自身を卑下するタイプより、ある意味、頑《かたく》なで厄介だ。

「本当の意味で君の実力が試されるのはこれからだけど、君のミコワイが素敵だったのは紛れもなく事実だ。俺もユウトも本気で感動したんだよ」

「ありがとうございます。嬉しいです」

今度は素直に受け入れてくれた。ただし表情はどこかぎこちない。褒められることに不慣れな恋人が愛おしくて、手の甲にまたキスをした。

「映画が始まる直前まで出来が悪かったらどうしようって心配だったけど、馬鹿げた杞憂《きゆう》だった。上映前、君は大丈夫だって断言したよね。やっぱり出演してると完成したものを観なくても傑作だってわかるんだね。さすがだよ」

「それは違います」

ヨシュアは首を振って否定した。ロブは「何が違うの？」と尋ねた。

「映画の出来を保証したのではありません。大丈夫だと言ったのは、仮に映画がつまらなかったり、私の演技が世間に酷評されたりしても、私はこの映画に出られたことを誇りに思っているので、心配しなくてもいいという意味でした。……あんなに落ち着かない様子でそわそわするロブを見たのは初めてです。楽観主義のあなたが心配するなんてよほどのことですよね」

「いや、それは――。うん、まあそうだね。君に傷ついてほしくなくて、たまらなく不安だった。君は大人なのに過保護すぎるよね。反省するよ」

苦笑を浮かべたロブの頰に、ヨシュアはそっと手を伸ばした。温かい手のひらが慈しむように優しく頰を撫でてくる。

「反省なんてしないでください。私は嬉しかった。あなたの心配は私を大事に思うからこそでしょう？　そう思っていいんですよね？」

暗がりでも美しく輝くヨシュアの澄んだ瞳に熱く見つめられ、軽い目眩《めまい》を覚えた。

「そうだよ。君が大事だから、何よりも大切だから、俺は君をいつだって守りたい。君はどんどん俺の手が届かない世界へと羽ばたいていくけど、本音を言えばこの腕の中に閉じ込めていたい。どこにも行かせたくない。……ごめん、これは俺のエゴだね」

何事にも挑戦するべきだといういつもの建前が吹き飛び、みっともない本音がこぼれた。そんな自分を情けなく思ったが、ヨシュアはなぜか幸せそうな笑みを浮かべ、ゆっくりと顔を近づけてきた。

一度目は優しいキス。二度目は甘いキス。そして三度目は情熱的なキスだった。ヨシュアの口づけにうっとりしながら、ロブはなぜか泣きそうになった。三度のキスにヨシュアの深い愛と限りない受容を感じたのだ。

「ロブ。私はあなただけのものです。それは何があっても、これからどういうことが起きても、絶対に変わらない。あなたのいない人生なら欲しくない」

ヨシュアの揺るぎない愛に包まれているのを感じ、言葉にできないほど幸せだった。

これから先も不安は何度も生まれてくるだろう。きっとそのたびヨシュアのひたむきな瞳が自分を導いてくれる。ロブはそう確信しながらヨシュアを強く抱き締めた。

# Happy day off

んー
休日《きゅうじつ》に公園《こうえん》で
食《た》べるハンバーガー
最高《さいこう》……！
クス
ク～ン
キュウ～ン

ユウティには
ジャーキーな
ソースが
ついてるぞ
え？
どこ？
すっ
ぺろ

最高《さいこう》に美味《うま》いソースだ
……なんか言《い》い方《かた》がやらしい
休日《きゅうじつ》の午後《ごご》
こうやってユウトとのんびり過《す》ごせる時間《じかん》は本当《ほんとう》に最高《さいこう》だ

——なんだ?
視線《しせん》……?
あれはまさか…
ん?
こっちに来《く》るのキースじゃないか?
やっぱり
偶然《ぐうぜん》通《とお》りかかったから挨拶《あいさつ》しようと思《おも》って
そんなのいいのに
あんたにじゃないこっちのカワイコちゃんにだ
ようユウティ元気《げんき》か?

お前ってほんとに動物好きだよな…
そんなに好《す》きなら自分《じぶん》で飼《か》えばいいのに
あんたみたいに家族《かぞく》がいるならともかくこの仕事《しごと》で動物《どうぶつ》なんて飼《か》えるかよ
帰り何時になるかも分かんねーのに
それもそうだな……
確《たし》かにひとり暮《ぐ》らしじゃペットが可哀想《かわいそう》だ結婚《けっこん》してから飼《か》えばいい
キースは今《いま》彼女《かのじょ》いないんだって？どういう女性《じょせい》が好《この》みなんだ？
(意訳)
——早《はや》く恋人《こいびと》作《つく》りやがれ
めんどくさ
そうだな…

思《おも》いやりがあって——
芯《しん》が強《つよ》くて真面目《まじめ》で努力家《どりょくか》で
でもどこか放《ほう》っておけないような危《あや》うさがあるような
そんな感《かん》じかな
……………
まんまユウトじゃないか!!
やけに具体的《ぐたいてき》だな

さては好《す》きな人《ひと》でもできたか？
そういうわけでもないけど
しれっ
……もう行《い》くよ邪魔《じゃま》したな
最高《さいこう》の休日《きゅうじつ》を過《す》ごしてくれ
ニッコリ♡

……
お前《まえ》が現《あらわ》れるまでは最高《さいこう》だったよ！
END

I love you the way you are

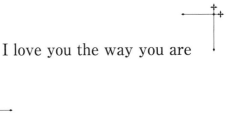

「まさか公園でキースと会うなんてびっくりだよ。あいつ、ユウティがいなかったら本当に素通りしてたんだろうな」

キッチンに立ったユウトが、淹《い》れ立てのコーヒーをカップに注ぎながら言う。

キース・ブルームはロス市警に勤務するユウトの相棒だが、すこぶる愛想が悪い。ユウトは年下の相棒の扱いに、日々苦労しているようだ。ディックに言わせれば、ユウトのような素晴らしい男の相棒になれた幸運を理解できない奴は、完全に頭がどうかしている。

頭のおかしなキースは、公園でユウトとハンバーガーを食べていたら突然現れた。そしてユウティを撫《な》で回し、ディックの心をかき乱して去っていった。

「あいつって本当に動物好きだよな。ユウティには満面の笑みを見せちゃってさ。仕事中もあれくらい可愛《かわい》げがあったらやりやすいのに。……そういえば、前にもショッピングモールでばったり会ったよな」

ユウトが思い出したように言う。ディックはその言葉を聞いた途端、稲妻に打たれたような衝撃を受けた。

そうだった。すっかり忘れていたが、あの男と偶然出くわすのは二度目じゃないか。

本当に偶然なのか？　ユウトがいるのを知りながら来たのでは？　ということは、あいつはユウトをつけ回している？　キース・ブルームはユウトのストーカーなのか？

「……ディック、聞いてる？　急に難しい顔をしてどうかした？」

その呼びかけで我に返ったディックは即座に笑みをつくり、「聞いてるよ」と答えてからユウトが淹れてくれたコーヒーに口をつけた。動きはできるだけゆっくりを心がける。

「豆を変えたか？　すごくうまい」

「いや、いつものやつだけど」

「そ、そうか。お前の淹れ方が上手なんだろうな」

ユウトはダイニングテーブルの向こうで、無言のままディックをじっと見つめている。何やら重苦しい空気がじわじわと満ちてくる。

「……どうしたんだ。なぜ俺の顔をそんなにじっと見ている？」

「なあ、ディック。お前の考えていることを当ててやろうか？」

ユウトが無表情で聞いてくる。ぎくりとしながらも平然を装い、「別に何も考えてない」ととぼけて見せたが、ユウトは無情にも口を動かした。ディックは強く思った。今すぐキスでその唇を塞《ふさ》いでしまいたい。

「キースへの嫉妬《しっと》で頭の中がぐちゃぐちゃになってる。……だろ？」

聞きたくなかった言葉が、ユウトの口から飛び出した。

「俺がキースに嫉妬？　嫉妬なんて——してた。すごくしてた。すまない」

しらを切ることも考えたが、往生際悪く嘘《うそ》をつく無様な姿をユウトに見せたくないというプライドが勝り、素直に認めてしまった。

くだらない嫉妬はもうしないとこれまで何度も思ってきたが、その決意はいともたやすく崩れ去り、ディックは幾度となく自己嫌悪に陥ってきた。今日もまた然りである。

「なんだって俺はこんなにも嫉妬深いんだろう。自分で自分が嫌になる」

きっとユウトは呆《あき》れているに違いないと思いながら、ディックは視線を上げた。しかしそこにあったのは、笑いをこらえるような顔つきをしたユウトの優しい眼差《まなざ》しだった。

「なんだか嬉《うれ》しそうに見えるけど、俺の勘違いだろうか？」

「間違ってない。嫉妬しては反省して落ち込むお前の姿が、最近は面白く思えてきた」

「面白く……」

「以前はお前が見当違いな嫉妬をするたび、信用されてないみたいですごく腹が立ったのに、今はしょうがない奴だなって」

「それは諦《あきら》めか？」

「諦め？　うーん？　近いかも」

自分の嫉妬がすぎてしまい、ついにユウトを諦めの境地に至らせてしまった。これは大いに反省しなくてはならない。

謝罪の言葉を探していると、ユウトはコーヒーカップを両手で包み込みながら、「やっぱり諦めじゃないな」と呟《つぶや》いた。

「多分、俺が感じているのは、お前が愛《いと》おしいっていう気持ちだと思う。俺が好きすぎて馬鹿げた嫉妬をしてしまうディックが好きなんだ。以前のお前ならそういう気持ちを俺にさらけ出したりしなかった。自分だけの感情だからって抱え込んでいたはずだ。だけど今は違う。自己嫌悪しているだろう自分の駄目な姿を、ありのままの自分を俺に見せてくれる。それが嬉しい。そんなディックがたまらなく愛おしい」

ユウトは言い終わってから、急に表情を引き締めた。

「なんだかすごく恥ずかしいこと言った気がする。今のは聞かなかったことにしてくれ」

「嫌だ。しっかり聞いた。俺はその言葉を一生忘れない。ありがとう、ユウト」

ディックは腕を伸ばし、テーブルの上に開いた手のひらを上向きにして置いた。ユウトは少し気恥ずかしそうに自分の手を重ねてきた。ユウトの手を強く握りしめる。ふたつの温《ぬく》もりが溶け合い、境目は消え去り、ひとつになっていくような気がした。

ユウトの熱をもっと感じたいという欲求が高まっていく。ディックは我慢できず椅子から立ち上がった。

ディックが近づいてくる。ああ、きっとキスされるんだろうな、と思った瞬間、ユウトはなぜか無性に恥ずかしくなった。別に照れるような場面でもないのに、ディックの顔を見ていられなくなり俯《うつむ》いてしまう。

隣にきたディックがユウトの頬《ほお》を優しく撫でた。熱い手はするりと滑り顎《あご》に添えられ、優しい力で顔を上向きにされる。

自分を見下ろしているディックの顔を見上げながら、なんだって俺の恋人はこんなにも男前なんだろうと、今さらながらの感慨を抱いている自分に気づき、またもや恥ずかしくなった。つき合い始めたばかりのカップルでもあるまいし、どうして俺はいつもディックに見とれてしまうんだ？

「なぜ目をそらす？」

恥ずかしいからだよ、と思いつつも口は勝手に動き、「お前が見つめるから」と答えていた。いや、なんだそれ。俺は何を言ってるんだ？　自分で言っておいて意味がわからない。

嫉妬ばかりしているディックを馬鹿だと笑えない。二年も一緒に暮らしている恋人に見つめられて恥ずかしくなり、胸をドキドキさせている自分のほうが、よっぽどどうかしている。

多分、嫉妬するディックが愛おしいと言ったせいだ。あの言葉で妙なスイッチが入ってしまった。恋人を好きすぎるディックの問題点について話していたのに、最後はディックを好きすぎる自分の心を再認識してしまった。

自分を好きすぎるディックを好きすぎる自分。なんだか好きが絡まって、まるでメビウスの輪のようだと思う。

「そんな目で見るなよ」

「お前にキスしたくてしょうがないっていう目だよ」

ディックはにやっと笑い、「当たりだ」とユウトの耳朶《じだ》を指先で軽く引っ張った。

「お前にキスしたい。すごくしたくてたまらない。でも悩んでる」

「キスくらい、したらいいじゃないか」

「問題がある。キスだけで我慢できる自信がないんだ」

眉根を寄せて深刻ぶって言うものだから笑ってしまった。

「キスだけで我慢できなくなったらベッドに行けばいいだろ」

「いいのか?」

青い瞳に歓喜の色が浮かぶ。このあたりの反応は、おやつを目の前にして尻尾《しっぽ》を振りまくるユウティと大差ないなと思う。

本当はこれから録画しておいたレイカーズの試合を観るつもりでいたのだが、こんな嬉しそうなディックの顔を目の当たりにすると、とてもではないが試合を見終わるまで待てとは言えない。

「いいよ。だけどキスで俺がその気になったらな」

冗談で言ったのにディックは真に受けたらしく、くいっと片眉だけを上げて「俺が手抜きのキスをするとでも？」と額を押し当ててきた。

「いや、別にそういう意味で――」

「キスだけでお前を骨抜きにしてやる。覚悟しろよ」

不敵な笑みを浮かべるセクシーな表情に見とれながら、ユウトは思った。

それは無理だよ、ディック。だって俺はキスされる前から、お前のすべてに魅了されているんだから。


最高のキスと最高のセックスを堪能しているうちに、すっかり日が暮れてしまった。

ベッドの中で怠惰な時間を贅沢《ぜいたく》に味わいつつ、ディックの素肌に手を滑らせる。

なめらかな肌と硬い筋肉の感触の中に、アクセントのように現れる無数の傷痕《きずあと》。軍人時代の古傷に触れるのが好きだった。ディックが幾多の戦場を生き抜いてきた証《あかし》だと思うと、すべての傷が愛おしくてたまらない。

「……なあ、ユウト」

「ん？」

脇腹の引《ひ》き攣《つ》れた皮膚は、明らかに銃創だ。痛かっただろうな、と過去の今より若いディックを想像して、抱き締めてやりたくなる。

「俺の嫉妬心は妄想から生じることも多いが、これだけは言っておく。キースはやっぱりお前に気があると思う」

「はあ？　なんで急にそうなるんだよ」

「今日のあいつの言葉を聞いてなかったのか？　あいつの好みのタイプは、まんまお前だったじゃないか」

考えすぎだと文句を言ったが、ディックは譲らなかった。ディックの思い込みが激しくて頑固なところは本当に厄介だと感じるが、最近ではそういうところも可愛く思えてきた。そんな自分に対し、俺はディックの恋人であって母親じゃないぞ、と少しばかり危機感を覚えているが、でもまあ、嫌いになるよりは断然いいだろう。

格好いいディックも、嫉妬深いディックも、セクシーなディックも、自分を好きすぎて時に暴走してしまうディックも、ジーンズを洗ったら怒るディックも、みんなまとめて愛おしい。

「もしあいつが変な真似をしたら、絶対に俺に報告するんだぞ」

「はいはい。わかりました。俺の恋人は本当に心配性だな」

まだぶつぶつ言い続けるディックに呆れながらも、ユウトは心の中で囁《ささや》いた。

ありのままのお前を愛してる。だからずっと、そのままのお前でいてくれ。

# Love is here

「明日はついにレッドカーペットだね。ああ、ドキドキする」

ベッドの中で呟《つぶや》いたロブ・コナーズに、ヨシュア・ブラッドは「五回目です」と返した。

「え？　何が？」

首を曲げたロブが、隣に横たわるヨシュアを見つめる。

「あなたが『明日はついにレッドカーペットだ』と言った回数です。夕食の時から数えて五回目になります」

「本当に？　そんなに言ったかな？　君の思い違いで、実際は三回くらいじゃない？」

ロブ・コナーズともあろう人が何を言っているのだろうと、半ば呆《あき》れながらヨシュアは「いいえ」と首を振った。

「夕食の際、食後にワインを飲んでるとき、シャワーのあと、テレビを観ていたとき、あなたは言いましたよ。数えていたので間違いありません」

「そうか。君がそう言うならそのとおりなんだろうね。まったく覚えてないけど」

ロブは苦笑を浮かべ、ヨシュアの頬《ほお》を優しくひと撫《な》でした。ロブの温かな手のひらの感触が心地よくて、ヨシュアはもっと撫でてほしいと思ったが、その欲求はいったん横に置くことにした。何しろ明日はレッドカーペットイベントに参加するのだから。

民間の警備会社でボディーガードをしていた自分が、ひょんなことから巨匠と呼ばれるジャン・コルヴィッチ監督にスカウトされ、人気シリーズの三作目に出演することになったのは、ロブのおかげだと言っても過言ではない。

俳優という仕事にまったく興味などなかったヨシュアは、当初コルヴィッチの執拗《しつよう》な誘いを断り続けていたのだが、一緒に暮らすパートナーのロブが新しいことに挑戦すべきだと背中を押してくれ、次第に気持ちが変化していった。

それでも気が乗らず渋々引き受けた仕事だったが、今となってはロブの助言に心から感謝している。変化を望まない性格のヨシュアにとって、変化だらけの役者の仕事は単純に楽しいとは言えないものの、初めて味わう刺激、高揚感、達成感、仲間たちとの一体感などは、時としてストレスを凌駕《りょうが》する喜びをもたらしてくれた。

「どうにも気がそぞろでいけないよ。自分がレッドカーペットを歩くわけでもないのに、もうずっと緊張しっぱなしなんだ。君はすごく落ち着いているね？　ちょっと前まではマイクを向けられて上手く答えられなかったらどうしようって、すごく不安そうだったのに」

「映画を観たら不安が吹き飛びました。あの作品が素晴らしいのは歴然とした事実で、私がインタビューで少しくらい失言したところで面白さに影響することなど、これっぽっちもないと確信しましたから」

ロブは目を細めて「それはよかった」と大きく頷《うなず》いた。

実際、先日の関係者試写会で完成した『天使の撃鉄』を観るまでは、俳優として初の公の場となるワールドプレミアに参加することが、ひどく憂鬱《ゆううつ》だった。

ヨシュアは率直な意見を口にすることは得意でも、物事を大袈裟《おおげさ》に語ることやリップサービスの類いは大の苦手だ。前もって打ち合わせをしている取材ならともかく、レッドカーペット上で突然マイクを向けられ、矢継ぎ早に質問を受けて上手く受け答えできる自信など皆無で、言葉足らずのせいで映画の宣伝になるどころか、聞いた人が『天使の撃鉄』に対してマイナスイメージを抱くようなことがあったらどうしようと、ずっと不安を覚えていた。

しかし映画を観たあとは、こんな素晴らしい作品に出演できたことを心から誇りに思うと同時に、無理にアピールするような言葉を発しなくても、飛んでくる質問に対して心のままに素直に答えればいいのだと達観したような心境に至り、嘘《うそ》のように不安が吹き飛んでしまった。

「明日は君をホテルまで送ったあと、俺は先に映画館に行って、できるだけいい場所を確保するつもりだ」

「いい場所とは？」

「レッドカーペットを歩くＪＢがよく見える、人混みの最前列だよ」

ＪＢというのは、ヨシュアの芸名だ。

「念のために確認しますが、それって冗談ですよね？」

ロブは「冗談なんかじゃないよ」と真顔で答えた。

「ＪＢの記念すべき初レッドカーペットなんだから、絶対に沿道で待つよ。君が車から颯爽《さっそう》と現れて、こっちに向かって歩いてくる姿を想像すると――ワオ、どうしよう、とんでもなく胸がドキドキしてきた！」

突然、ロブの腕が巻きついてきて強く抱き締められた。わざとおどけて見せるのは、もしかして自分の緊張をゆるめるためだろうか？　緊張などまったくしていないのだが、ロブの気づかいにここは感謝を示すべきだとヨシュアは冷静に考えた。

「……ロブ。ありがとうございます。大丈夫ですよ。私なら緊張なんてしてませんから」

「え？　ああ、うん、そうなの？　それはよかったね」

ロブは何か言いたげな顔つきでヨシュアを解放した。その様子が引っかかり、もしかしてロブは本当に胸がドキドキしてはしゃいでしまったのかもしれないと事実に思い至った。なんて可愛《かわい》いのだろうと胸がじんわり熱くなる。ふたりの関係において、可愛いという言葉を口にするのはもっぱらロブのほうだが、今夜は断然ロブのほうが可愛い。ヨシュアは可愛いと囁《ささや》く代わりに、ロブの手をそっと握った。

「できることなら、あなたと一緒にレッドカーペットを歩きたかった」

「それは無理だよ。俺は関係者じゃないし。……あ、でもディックは君と一緒に歩くんだったな。なんだか悔しいぞ」

それは突然、決まったことだった。俳優たちがレッドカーペットを歩く際、沿道のファンの声援に応《こた》え、彼らは求められるままサインをしたり、時には一緒に写真を撮ったりするが、万が一のことがあってはならないので、スターには数人のボディーガードがつくことも珍しくない。今回はヨシュアが在籍するビーエムズ・セキュリティが、警護で全面協力することになった。

ヨシュアの同僚のディックは特殊部隊に在籍した元軍人という経歴を買われ、軍事アドバイザーとして映画の撮影に協力した。さらにグアマルカのロケでは急遽《きゅうきょ》スタントマンとして起用された縁もあり、明日はビーエムズ・セキュリティのボディーガードとして、ヨシュアの警護を担当することになったのだ。

ディックが自分の担当になったのは、もしかしたらコルヴィッチの配慮なのかもしれないと、ヨシュアは考えていた。だとしたら素直に感謝したい。緊張はしていないが、何しろ俳優としての初めての経験だ。ディックが隣にいてくれるのは心強い。

「だけど、まあ今回はやっぱり沿道から君を見たいな。ファン目線でレッドカーペットを歩く君を、この目に焼きつけたいんだ。記念すべきJBのデビュー作だからね」

ロブはヨシュアの手を強く握り返して微笑《ほほえ》んだ。

犯罪学者のロブは大学で教鞭《きょうべん》を執り、家に帰れば論文や本の執筆に勤《いそ》しみ、講演会やサイン会も精力的に行っている。それでいて料理、掃除などの家事も完璧《かんぺき》にこなし、ヨシュアのよき恋人として夜の営みはもちろん、疲れた身体をベッドで優しくマッサージまでしてくれるのだからパーフェクトラバーそのものだ。

「ありがとうございます」

ヨシュアも微笑みを返し、自分の恋人はつくづく愛《いと》おしい人だと実感した。楽しむべき場面では大いに楽しみ、笑うべき場面では屈託なく歯を見せて笑う。ロブ・コナーズは生きることを誰よりも楽しんでいる。何より素晴らしいのは、愛を出し惜しみしたりしないところだ。いつだってロブは最大限の愛を自分に注いでくれる。

「明日が本当に楽しみだ」

「はい。私も楽しみです」

明日からヨシュアは、世間に対してＪＢという別の顔を持つことになる。これからの生活の変化は人生をも大きく変化させていくだろうが、不思議なほど不安はなかった。こんなにも落ち着いた気分でいられるのは、きっとロブのおかげだ。

この人と結婚してよかった。心の底からそう思う。

ふたりは明日のイベントを子供のように楽しみにしながら、手を繋《つな》いだまま眠りについた。

熱狂的な映画ファン、あるいは俳優のファンたちは辛抱強い。イベントが行われる何時間も前から、ひと目スターたちを見ようと集まってくる。

『アーヴィン&ボウ』シリーズは売れっ子作家ルイス・リデルの原作を、巨匠ジャン・コルヴィッチ監督が映画化して世界的に大ヒットした人気作で、一作目の『罪人の鐘』と二作目の『聖者の罠』の興行収入は、併せて三十億ドル近くになるという。

三作目に寄せられる期待は当然大きく、ファンは公開を心待ちにしていた。そしてついに世界で一番早く行われる一般試写会、『天使の撃鉄』のワールドプレミアが今日、ロサンゼルスのウェストウッドビレッジで開催されるのだ。

俳優たちの待機場所となるホテルまでヨシュアを送り届けたロブは、その足で歴史的なランドマークの映画館、リージェンシー・ヴィレッジ・シアターへと向かい、混み合うパーキングになんとか空きを見つけて車を駐めた。

映画館の入り口前にはレッドカーペットが敷かれ、すでに正面付近の両側には望遠レンズつきのカメラを抱えたメディア関係者たちが集まっており、沿道にも大勢のファンが駆けつけていた。

その多くは主役を演じているアダム・ネルソンとノーマン・ミラーのファンだろう。その証拠にみんなふたりのポートレイトとサインをねだるためのペンを手に持っている。

ロブは、さて、どうしたものかな、としばし考えた。強引に割り込んでいくのはマナーに反する。しかしマナー優先では前方に行くことはできない。

――よし、最前列ゲット作戦開始だ。

そう自分に言い聞かせ、まずは前方にいた若い女性に話しかけた。

「その写真、見せてもらってもいい？　アダムの写真だよね？　すごく格好いい」

ロブに話しかけられた女性は、「いいわよ」と気さくに大判のポートレイトを差し出してきた。

「これって『チェーン・リアクション』の頃かな？　アダムがこんなに髪を短くしていたのって、あの映画の主演だったときしか知らない」

「そうよ。私、あの映画が大好きなの。あなたはアダムの出ている映画で何が一番好き？」

「それはすごく難しい質問だな。どれも大好きだから悩んでしまうよ。でもそうだな、あえてひとつ選ぶなら、『遠すぎた明日』かな。アダムは助演だったけど、あの映画はすごくよかった」

女性はその映画を知らなかったようで、「今度チェックしてみるわ」と答えた。その隣でロブと女性の話を聞いていた五十がらみの髭《ひげ》を生やした男性が、「俺もあの映画は好きだよ」と話しかけてきた。

「映画はあまりヒットしなかったが、アダムの演技は助演男優賞を受賞してもおかしくないほどだった」

「だよね？　でもあなたはノーマンのファン？」

ノーマンのポートレイトを手にしていた男性は、「俺は映画ファンだ」と笑った。

「でもノーマンのファンでもある」

「ノーマンは実にいい俳優だよね。彼の演技に対する心構えは、どこか哲学的な部分もあってすごく興味深いよ」

「そうなんだ。ノーマンの徹底した役づくりは驚嘆に値する」

男性は声が大きく、俳優たちが登場するまで暇を持てあましていた周囲の人たちは、ロブと男性の映画談義に自然と耳を傾ける格好になった。ロブは周囲の人にも「君はあの映画、どう思う？」とか「そっちの彼も意見を聞かせてよ」などと話しかけ、近くにいた人たちは次第にロブのペースに巻き込まれていった。

いい感じで場が温まってきた。ここにいる人たちはみんな映画や俳優が大好きで、たくさん会話を交わして一体感が生まれているし、俳優たちの登場が刻一刻と迫り、興奮や期待もいい具合に高まりつつある。

そろそろ、いい頃合いだろうとロブは判断した。

「実はね、『天使の撃鉄』に俺の大事な友達が出演しているんだ。この作品は彼のデビュー作で、何がなんでもレッドカーペットを歩く彼の晴れ姿が見たくて、今日ここに来たんだ」

「本当に⁉　すごいじゃないっ。どんな役柄？」

「おめでとう！　その友達はなんていう名前？」

周囲の人たちが驚きながら問いかけてくる。

「彼の名前はＪＢ。我らがアーヴィン&ボウの敵役なんだよ」

「ＪＢ！　知ってるわ。トレーラームービーで観たけど、すっごくハンサムだった！」

「私もトレーラーの短い映像だけで、すっかりファンになっちゃった」

「本当に？　彼が知ったらきっと喜ぶよ」

　ヨシュアがすでにファンを獲得していることが嬉《うれ》しくて、ロブは満面の笑みで答えた。

「本当に今でも信じられないよ。ＪＢはコルヴィッチ監督にスカウトされたんだけど、自分に俳優なんて無理だってずっと断っていたんだ。でも監督があまりに熱心に口説くものだから、そこまで言ってくれるならって引き受けた。……ここまでの彼の苦労を間近で見てきたから、今日のこの日が本当に嬉しくてならない。今日は最高の日だ」

　少し芝居がかった調子で喋《しゃべ》っていたが、次第に気持ちが高ぶってきて、ロブの瞳には演技ではない涙がうっすらと浮かんだ。その姿は友人の成功を心から喜ぶ実直な男に見えたのだろう。ひとりの女性が「だったら一番前に行かないと駄目よ！」と言い出した。

「ああ、俺もそう思うぜ。友達におめでとうって言ってやれよ」

「そのとおりよ！　この人を最前列に行かせてあげなきゃ」

　その場にいた人たちが瞬く間に結束して、ロブを前へ前へと押し出し始めた。

「ねえ、この人を一番前に行かせてあげて！　親友がこの映画でデビューするんですって！」

「へえ、そいつはすごいな。こっちに来いよ」

ロブは「いや、でも悪いよ」とか「本当にいいのかな？」とか「みんななんて親切なんだ！」とか言いながら、あれよあれよという間に沿道の最前列まで運ばれた。ベストポジションを獲得すると、なぜか最後には盛大な拍手までいただいてしまった。

上手くいけば、なんとか頼み込んで円満に前方に割り込めるかもしれないと期待していたが、ロブが予想した以上に人々は優しかった。彼らの温かな気持ちが嬉しくて、また涙ぐんでしまう。

「みんな、本当にありがとう！　このことは一生忘れないよ。本当に最高の日だ！」

かくしてロブの最前列ゲット作戦は大成功を収めた。あとはヨシュアがやってくるのを待つばかりだ。

レッドカーペットが敷かれた両側は、腰まであるフェンスで仕切られている。ロブはフェンスを両手で摑《つか》み、子供のようなわくわくした気持ちで赤い絨毯《じゅうたん》を見つめた。

ついにイベントが始まった。

『アーヴィン&ボウ』シリーズのお馴染《なじ》みになったノリのいいテーマ曲が流れる中、映画館の前まで車で移動してきたキャスト陣や制作陣が、次々とレッドカーペットに降り立っていく。あちこちで歓声が上がり、フラッシュが焚《た》かれ、ロブの気分も高揚してきた。

コルヴィッチ監督が目の前を歩いて行く。声をかけたかったが、今日はあくまでも一ファンとしてここにいるのだから、携帯電話を向けて写真を撮るだけにした。

パンツスーツ姿でコルヴィッチの隣を歩いていた監督助手のルイーズ・ギャリソンが、ロブに気づいて目を丸くした。その表情は、「なんだってそんなところにいるの⁉」というものだった。ロブはにっこり微笑んでサムズアップしてみせた。

主要キャストが現れるにつれ、場の空気は興奮を増していく。そしてついに、その時がやってきた。会場前に到着した車から降りてきたのは、ロブが待ちかねた最愛の恋人その人だった。遠目でも見間違えたりしない。

タキシードはロブが用意するつもりでいたが、ルイーズにスタイリストがついているので、当日は普段着でホテルまで来ればいいと言われ、最高に似合うタキシードと最高に美しく見えるヘアスタイルを提案するつもりだったロブは、内心でかなりがっかりした。

けれど仕方がない。主要キャストともなれば、こういったイベントは単に顔見せという単純な話ではなく、世界中に向けた大事な宣伝なわけで、配給会社としてのイメージ戦略もあるだろう。残念なことだが、そこにロブの個人的趣味が介在する余地などないのだ。ヨシュアは自分だけの恋人から、『天使の撃鉄』の大事な一翼を担う新進俳優JBになったのだから。

しかしヨシュアの装いを目の当たりにして、ロブの些細《ささい》な落胆は吹き飛んでしまった。黒いタキシードを着ている人たちがほとんどだったが、ヨシュアはなんと赤いタキシードを身につけていたのだ。

下手すればただ派手で悪目立ちしそうだが、深みのあるワインレッドの光沢ある生地は、スタイルも姿勢もいいヨシュアが身にまとうと、この上なくエレガントに見える。やはりプロのスタイリストはすごいとロブは感嘆した。

プラチナブロンドは櫛目《くしめ》が出るほど端整にセットされているが、一筋だけ額に落ちていて、そのゆるやかなウェーブがまた最高に優美でセクシーだった。ロブは近づいてくるヨシュアの姿に目が釘付《くぎづ》けになり、我を忘れるほど本気でドキドキしてしまった。

ああ、ハニー。君はなんて美しいんだ。

この世にこれほどまでに美しい生き物がいるだろうか？

いいや、いない。君はあまりに完璧すぎる。神さまの最高傑作に違いない。

ロブが心の中で惜しみない賛辞を送り続けている間にも、ヨシュアは徐々に近づいてきた。背後にはディックもいたが、ロブの目にはほとんど映っていない。

しかしユウトにあとでどんな様子だったか報告すると約束していたことを思い出し、ディックにも目を向けることにした。

黒いスーツ姿でサングラスをかけたディックは、いつも以上にストイックに見えてとてもクールだった。いっさいの表情を消し、目立たないようヨシュアの影のように動きながらも、周囲に素早く視線を走らせ、不穏な動きを見せる者がいないかを窺《うかが》っている。

容姿が整いすぎているせいで、一流のボディーガードを演じるハンサムな役者のようにも見えてしまうが、それはロブの勝手な印象であってディックの落ち度ではない。

「JB！　サインして……！」

「こっちに来て！」

若い女性たちがフェンスから身を乗り出すようにして、声を張り上げている。

JBが映画公開前からファンを獲得しているのは、もう間違いなかった。何がなんでも彼の注意を引きたいといった彼女たちの様子からすると、スターの青田買いというより、予告映像のトレーラーや宣伝用のインタビュー映像などを見て、彼の美貌《びぼう》の虜《とりこ》になった類いではないかと推察できた。彼女たちの目は興奮でキラキラと輝き、頬は紅潮している。

ディックがヨシュアの耳元で何か囁いた。ヨシュアは小さく頷き、熱烈なラブコールを受けて彼女たちのほうに近づいていく。おそらくディックがファンサービスをしたほうがいいとアドバイスしたのだろう。

ヨシュアは歓声を上げる女性たちに薄く微笑み、差し出された映画のパンフレットにサインを書いた。ロブの目から見ればつくり笑顔なのが丸わかりだが、いつもの張りついたぎこちない笑みではなく、いつになく自然な表情だった。頭の中でレッドカーペットを歩く人気スターの振る舞いを思い描き、真似ているのかもしれない。

いくらかのファンは獲得しているといっても、これがデビュー作のヨシュアは世間的には無名の俳優だ。ほとんどの人はヨシュアが前を通っても、さほど大喜びもせず興味津々といった表情で彼を見ている。ペンと紙を押しつけてくる相手がいなくなったヨシュアは、少し所在なげな様子だった。

ロブはたまらなくなって叫んだ。

「JB！　君の大ファンなんだっ。サインが欲しい！」

少し離れていたし、音楽や人々のざわめきが辺りに満ちていたが、その声はちゃんとヨシュアに届いたらしい。ヨシュアは声のしたほうを探すように視線を巡らせ、素早くロブを見つけ出した。

「こっちだ！」

ロブは用意しておいたヨシュアのポートレイトとペンを振り回すと、さらに声を張り上げた。ヨシュアはわずかに目を見開いたあと、ゆっくりとロブのところまで歩いてきた。ディックの唇が妙に引き締まっているのは、もしかしたら笑いをこらえているせいかもしれない。

いいさ、ディック。笑いたければ笑え。だけど恋人を愛しすぎて、行動に少々問題が生じてしまうのは、何も俺ばかりじゃないだろう？

「本当に最前列で待っているとは思いませんでした」

「俺は有言実行な男なんだ。よく知ってるだろう？」

ヨシュアはロブが出した大判の写真を見つめながら、「そうでしたね」と頷いた。それからペンを受け取り、ＪＢと書き込んだ。

「写真も撮ってほしい。ほら、こっちに来て」

ロブが手招きするとヨシュアは仕方のない人ですね、と言いたげな目つきで顔を近づけてきた。携帯電話のカメラを自分たちに向けて、ロブはにっこり微笑んだ。ヨシュアは照れくさいのか、少し表情が硬い。

「ありがとう。最高の記念になったよ」

「……ハグしてもいいですか？」

突然の申し出に驚いたのはロブのほうだった。自分はまったく構わないが、ＪＢ的には大丈夫なのだろうか？　救いを求めるようにディックを見たが、お好きにどうぞとばかりに無表情を貫いている。

友人の晴れの姿を見に来た男という設定なのだから、ハグぐらい問題はないだろうと腹をくくり、ロブはフェンス越しに両腕を伸ばしてヨシュアを抱き締めた。

「俳優デビューおめでとう。俺は君を心から誇りに思うよ、ＪＢ」

「ありがとうございます。あなたの助けがあったから頑張れました」

短いが強い抱擁を交わしたふたりに対し、周囲から拍手が湧き起こった。ヨシュアは名残惜しそうに身体を離し、ロブの胸にそっと手のひらを押し当てた。見ようによってはまるで重要なサインか何かのようで、ロブの胸は甘く疼《うず》いた。

ヨシュアは隠し事はしたくないと考えていて、取材でもし私生活を聞かれれば、男性と結婚して一緒に暮らしていることを明かすつもりでいた。しかしコルヴィッチのもとでヨシュアのマネージメントを一時的に担当しているルイーズは、ヨシュアの意向を汲《く》みつつも、今はまだカムアウトは控えてほしいという考えだった。

映画が公開されて、ＪＢがきちんと世間に認知されてからでも遅くはないし、そのほうが偏見の風当たりが弱まるはずだと言われ、ロブも一理あると考えた。だからヨシュアにしばらく自分たちの関係はオープンにしないでいようと伝えた。ヨシュアは不満そうだったが、ロブがそう言うのなら、と最後は承諾してくれた。

だから自分たちはこういった場で、友人以上の関係だとまだ悟られてはいけない。なのにヨシュアが意味ありげに胸に触れてくるものだから、まるで世間を欺く秘密の恋のただ中にいるようで、妙な背徳的気分が生まれてしまった。

会場の入り口に向かって歩きだしたヨシュアの背中を見送りながら、君ってほんと罪つくりな子だね、と胸の中で囁いた。

入り口付近の両側には多くのメディアが集まり、ヨシュアはたちまちフラッシュまみれとなった。カメラマンたちが「視線をこっちに！」だの「こちらを向いて！」だの、口々に要望を突きつける。ディックは一般客との接触を終えたヨシュアから速やかに離れ、ヨシュアはレッドカーペットの上にひとりきりで、言われるがままポーズを取り続けた。

元々、年齢の割に落ち着き払った態度が常の男ではあったが、ヨシュアの姿は実に堂々としたものだった。場慣れしているようにさえ見える。これほど大勢の人間に見られ、数え切れないほどのカメラを向けられることは初めての体験だろうに、とロブは思いかけたが、ボディーガード時代に彼が護衛役として何度かレッドカーペットを歩いていたことを思い出した。うっかり失念していた。ヨシュアはセレブやスターのボディーガードをしていたのだから、こういう雰囲気には慣れているのだ。

ようやく安心した気持ちでヨシュアを見ることができた。ひとしきり撮影されたあとで取材が始まった。いろんな記者が入れ替わり立ち替わり、ヨシュアにマイクを向けていく。離れているので会話の内容はまったくわからないが、ヨシュアは淀《よど》みなく喋っているようだ。

取材がようやく終わると、ヨシュアは先に到着していたキャストや監督と合流し、巨大な映画の宣伝ボードの前で談笑を始めた。

撮影が終わってから、一度も会っていない共演者やスタッフもいる。美しいドレスに身を包んだ女優と再会のハグを交わすヨシュアは、もう立派なスターの一員に見えた。あんな華やかな場所に立って、見劣りしないどころかヨシュアが一番目を引く存在だ。もちろんそれはロブの贔屓目《ひいきめ》かもしれないが、彼にスターの資質があるのは間違いない。

誇らしくもあり、ヨシュアが遠い存在になってしまったようでもあり、少しばかり寂しい気持ちになった。だがロブは、もうそういったネガティブな気持ちに捕らわれたりしないと決めていた。どんなに寂しくなったとしても、家に帰れば自分だけのヨシュアに会えるのだ。今はスターへの階段を上り始めたJBを、心から自慢に思うことに専念したい。

新しい車が到着し、離れた場所でひときわ大きな歓声が上がった。アダム・ネルソンとノーマン・ミラーが、なんと同じ車に乗ってやってきたのだ。主役のお出ましに場は大いに盛り上がり、人々の興奮は最高潮に達した。

アダムとノーマンのツーショットは、言葉にしがたいほど魅惑的だった。真のスターは理屈ではなく、まとう空気が違っている。オーラとでもいうのだろうか。まるで存在そのものが強い輝きを放っているようだ。

沿道のファンたちに手を振りながら歩くアダムとノーマンを見つめながら、ロブはせっかくだからふたりのサインももらっておこうと思い、高く手を上げて叫んだ。

「アダム、ノーマン！　君らは最高だっ。サインしてくれ！」

残念ながらアダムとノーマンのサインはもらえなかった。

あと少しというところまでふたりは近づいて来たのだが、彼らはファンサービスに熱心だったせいか時間が押してきたらしく、配給会社の広報担当者らしき人物が「そろそろ向こうへ」と彼らを誘導してしまったのだ。

勢揃《せいぞろ》いしたキャスト陣はしばらくメディアの撮影に応じていたが、試写会が行われる時間が迫り、会場内へと入っていった。

レッドカーペットから人が消え、沿道に集まっていたファンたちも散っていく。お祭りの後のような寂しさを味わいつつ、ロブも駐車場へと戻った。

ヨシュアの招待枠で試写会のチケットをもらうことは可能だったが、ロブはこれを辞退していた。関係者試写会で一足先に映画を観ることができたのだから、まだ観ていない人たちに席を譲りたいという気持ちがあったのだ。

ヨシュアは残念がったが、どのみち彼の隣には座れないのだし、封切りされれば映画館に何度も足を運ぶことになる。今日の目標はレッドカーペットを歩くヨシュアを見ることで、その目標は無事に達成できたのだから、ロブとしては大満足だ。

この興奮冷めやらぬ気持ちを誰かと分かち合いたいと思ったが、ロス市警に勤務する親友のユウトは仕事だし、トーニャが店長を務めるメキシカンバーはまだ開店していない。

仕方なくパサデナの自宅に戻ったロブは、ひとまず熱いコーヒーを飲むことにした。普段はミルつきの全自動コーヒーメーカーを使っているのだが、今日はなぜだか手挽《てび》きのハンドミルを使いたくなった。

粒度調節ネジを中挽きに調整して、計量したコーヒー豆をコーヒーミルに入れる。ゆっくりとハンドを回すと、ゴリゴリと豆が挽かれていく音がする。久しぶりに聞く音だった。忙しいときは手で挽いてなどいられないので、ある意味、これは贅沢《ぜいたく》な音でもある。

最後にこのハンドミルを使ったのはいつだろうと考えたが、思い出せなかった。ヨシュアが俳優の仕事を始めて生活が一変し、ロブも出版した本が売れて多忙になり、時間がないというより、のんびりした時間を楽しもうという精神的ゆとりを失っていた気がする。

挽き立てのコーヒー粉をドリッパーにセットし、少量の湯を注いで粉を蒸らす。サーバーに数滴落ちてきたら蒸らしは完了だ。あとはゆっくりお湯を回し入れていく。いい香りが湯気と一緒に立ち上り、ロブの鼻孔を甘くくすぐる。

出来上がったコーヒーを愛用のカップに注ぎ、ロブは窓辺に立って飲み始めた。

午後の明るい日差しを浴びながら芝生の庭を眺めていると、一匹の黒猫がポーチの手すりの上に現れた。ロブの目の前をゆっくり歩いて横切っていく。

時々、見かけるその猫は首輪をしているので飼い猫のようだが、ロブが声をかけても寄ってきたためしがない。以前、ヨシュアから膝に乗ってきたという話を聞き、ひどく羨《うらや》ましかった。

ロブは窓を開けて小さく口笛を吹いた。黒猫が振り返ってロブを見る。目が合った。金色のきれいな瞳だ。

「やあ、猫くん。調子はどう？　君が大好きなヨシュアは今日いないんだ。俺でよかったら遊び相手になるけど、どうかな？」

黒猫は少しの間、ロブの顔をじーっと見ていたが、不意に興味を失ったように前を向き、ひょいと庭に降りてどこかに行ってしまった。やっぱり振られてしまった。ロブは好みのタイプではないようだ。

ルイスの愛猫、スモーキーに毛嫌いされているディックの気持ちが、ほんの少しだけわかった気がした。よその子でも猫に嫌われるのは妙に切ない。

時間をかけてゆっくりコーヒーを味わったあとは、浴室の掃除に励んだ。洗剤でバスタブから壁からシャワーヘッドからすべてを擦《こす》り洗いしていく。掃除は好きだ。無心になれるし終わったあとで心地いい達成感が味わえる。

浴室をぴかぴかにしたあとは、洗面台を磨き上げ、最後に鏡を拭《ふ》き上げた。ロブは曇りひとつないぴかぴかの鏡に映る自分を見て、なんだか冴《さ》えない顔をしているな、と思った。掃除で疲れたのか、妙に老け込んでしまったように見える。

「どうしたんだ、ロブ。笑えよ。今日はいい日だったろ？」

そうだ。とてもいい日だった。レッドカーペットイベントは大いに盛り上がったし、ヨシュアは最高に美しくて格好よくて、パーフェクトにエレガントだった。沿道から直接、彼に声をかけて祝うこともできた。

言葉にできないほどの感動や感激を味わえた最高の一日だったのは間違いない。なのに、なんだって自分はこんなにも冴えない顔をしているのだろう？

「おい、俺の中にいるネガティブ野郎。ヨシュアが自分のもとから羽ばたいていくようで寂しいとか、また思ってるのか？　お前は子離れできない過保護な母親か？　いい加減にしてくれよ」

自分に釘を刺す気持ちで独り言を口にした。するとネガティブ野郎が言い返してきた。

「今、現にヨシュアがここにいないんだから、寂しく感じたっていいだろう？」

「開き直ったな。……でもまあ、確かに寂しいと感じる気持ちまで否定することはないか。あの子がそばにいなくて寂しいのは事実なんだし」

くだらない独り芝居を切り上げ、ロブはリビングルームに戻った。キッチンで冷蔵庫の中を確認する。早めに使い切ったほうがいい食材をチェックしながら、頭の中でこれはマリネにして、これは煮物にして、と素早くレシピを組み立てる。

料理は好きだ。掃除と同じで無心になれるし出来上がった料理を見て達成感を味わえるし、さらにお腹まで満たされる。

ジャガイモの皮をピーラーで剝《む》きながら、ふと思った。結局のところ、じっとしてるとネガティブ野郎が騒ぎだすから、自分はこうやって家事に励んでいるのかもしれない。

「俺としたことが、まだまだ修行が足りないね」

独りごちたあとで、景気づけにラジオの音楽チャンネルを流した。聞こえてきた曲はアース・ウインド＆ファイアーの『セプテンバー』。七〇年代の古いヒット曲だが、ロブの大好きな歌だ。

「いいね。最高だ」

軽快なリズムに合わせて身体を揺らす。気分が乗ってきてターンまでしてしまう。

この曲を聴いているとなぜかヨシュアと出会った頃や、ふたりがつき合う前の焦《じ》れったい気持ちを思い出す。歌詞があまりに自分の気持ちとシンクロしすぎているせいかもしれない。甘ったるいラブソングや切ないラブバラードも好きだが、身体が自然と揺れてしまうようなノリのいい恋の歌はもっと好きだ。

「バ～ドゥダバ～ドゥダ♪　バドゥダバ～ドゥ♪」

音程がずれていたって気にしない。ユウトには音痴だと笑われるが、ヨシュアはいい声だと褒めてくれる。

楽しくなってきた。音楽は偉大だ。たった一曲で気持ちを明るくさせてくれる。

そうさ、人生はこうあるべきなんだ、とロブは強く思った。気分が落ちたら上げればいい。ただそれだけのこと。複雑に物事を考えすぎる自分には、頭を空っぽにする時間が必要だ。

ヨシュアがいなくて寂しく感じながらも、キッチンでジャガイモの皮を剝きながら、懐かしのディスコミュージックでノリノリに踊っている自分は、なかなかイケてる。多分、きっと。

調子に乗ってつくりすぎてしまった。当分は作り置きの料理だけで過ごせそうだ。

すっかり日も暮れて、ロブは夕食に何を食べようかと迷った挙げ句、カッペリーニの冷製パスタを選んだ。冷蔵庫からタッパーを出し、ひとり分のパスタを皿に取り分ける。トマト、アンチョビ、ブラックオリーブ、ケッパー、唐辛子、ニンニクを入れたプッタネスカは温かいのも好きだが、塩味と辛みでしっかりした味だから冷たくしても美味しい。

今日は特別な日だし、とっておきのワインを開けることにしよう。ロブがワインセラーから取り出したのは、イタリアのトスカーナにあるまだ新しいワイナリーのトップキュヴェで、三年の長期熟成を経たエレガントな赤ワインだ。ヨシュアの赤いタキシードを見てから、今夜はあのワインを開けようと決めていた。

パスタとワインをテーブルにセットして、一度は椅子に腰を下ろしたロブだったが、大事なものが欠けていることに気づき、慌ててキッチンに戻った。

ロブが手に取ったのは、ヨシュアの写真が入ったフォトフレームだ。ヨシュアが不在のときに、いつも話しかけているお気に入りの写真で、癖になってたまにヨシュアが家にいても話しかけてしまう。

ヨシュアには「私がそばにいるのに写真に話しかけないでください」とすこぶる不評だが、そこは大目に見てほしいものである。

いつもヨシュアが座っている向かい側にフォトフレームを置いて、ロブは自分の椅子に腰かけた。こうするとヨシュアと一緒に食べているような気分を味わえる。冷静に見ればちょっと、いや、かなりやばい男のような気もするが、いいではないか。人生は短いのだ。好きに生きよう。

「今頃は監督と食事でもしているのかな？　俺は君のことを考えながらひとりで乾杯するよ。俳優デビューおめでとう、ヨシュア」

グラスを軽く掲げてからワインを飲んだ。ワインもパスタも美味しいが、ひとりきりの食事はやはり味気ない。誰かとお喋りしたいな、と思ったそのときだった。携帯が鳴った。出てみるとユウトからだった。

「やあ、ロブ。今って家にいる？」

「ああ、いるよ。ひとりでパスタを食べてる」

「仕事が早く終わってディックとドライブ中なんだけど、お邪魔しても構わないかな？」

ロブはにんまり笑って「大歓迎だよ！」と答えた。さすが我が友、タイミングが最高だ。

「よかった。実はもうパサデナにいるからすぐ行くよ」

ユウトとディックは本当にすぐやってきた。ディックは手にドミノピザの箱を抱えていた。来る途中で買ってきたらしい。

「一緒に食べようと思って買ってきた。まだ入りそうか？」

ディックがほとんど空になった皿を見ながら言う。ロブは「もちろんだよ」と頷いた。

「ついでに俺の料理も食べていってくれ。いろいろつくりすぎて冷蔵庫がいっぱいなんだ」

ロブが出した料理とユウトたちが買ってきたピザで、テーブルの上はにぎやかになった。まるでにわかにパーティーが始まったかのようだ。

「今日のレッドカーペットイベントはどうだった？　ディックに聞いたけど、君、沿道の最前列でヨシュアを待っていたんだって？」

そう尋ねるユウトは、どこか笑いをこらえるような表情だった。ディックからいろいろ聞いたに違いない。

当のディックは昼間のフォーマルな様相とは打って変わって、革ジャンにダメージジーンズというチョイ悪な雰囲気だ。どんな服装でもいつだって格好いいのが、少々癪《しゃく》に障る。

「ああ。ヨシュアがよく見えて最高だったよ。携帯で撮った写真を見る？」

「見たい！」

携帯の画面をふたりに見せながら、撮った写真を紹介していく。

「これは車を降りて歩いてくるヨシュア。で、これは沿道のファンにサインしてるヨシュア」

「遠すぎてわからないよ」

ユウトが文句を言う。確かに遠いのは認める。やはり携帯のカメラなんかではなく、望遠レンズつきのカメラを用意すべきだった。

「これならよく見えるだろう？　俺が叫んだら近くまで来てくれたヨシュアだ」

「うわ、赤いタキシードを着てる！　ロブのコーディネート？」

「いや、残念ながら違う。プロのスタイリストが選んだ服だ。似合ってるだろう?」

「ああ。嫌みにならず、上品に着こなせてるのがすごい。やっぱりヨシュアは華があるよな」

ユウトは他人への気づかいができる性格だが、心にもないお世辞を言うタイプではない。本心からヨシュアを褒めているのがわかって嬉しくなった。

「で、こっちはヨシュアをガードしてたイケメンのボディーガード。憎らしいほどいい男だよね。この写真、あとで君の携帯に送ろうか?」

ディックの写真を見せながら尋ねると、ユウトは「え、いや、別にいらないよ」となぜかうろたえた。けれど視線は写真に強く注がれている。きっと本当は欲しいのだろう。照れ屋もここまでくるとちょっと面倒くさいが、ユウトのシャイすぎる性分はよく理解している。あとでちゃんと送ってあげよう。

「そしてこれが俺とJBのツーショット。いい写真だろ?」

ロブとヨシュアが顔を寄せている写真を見て、ユウトは「本当だ。すごくいい写真だ」と何度も頷いた。ディックも覗き込んで「ベストショットだな」と同意する。

「ディックに聞いたけど、ヨシュアはすごく落ち着いてファンサービスやメディアの取材に応じていたんだって?」

「ああ、そうなんだ。びっくりするほど冷静にこなしてたよ。少し前までは不安そうだったのにね。なあ、ディック。彼、何か言ってなかった?」

ピザにかぶりついていたディックは無言で咀嚼《そしゃく》しながら、ちょっと待ってくれというように、ロブに向かって手のひらを向けた。いつもよく食べる男だが、大口を開けてピザに食らいついていても、不思議と品よく見えてしまうのはなぜだろう。顔がいいからだろうか？

「車から降りてきたヨシュアは、真っ先に俺にこう言った。沿道にいるロブを見つけたら、すぐ教えてほしいってな。俺はロブがファンに混じって沿道で待ってるなんて思いもしなくて、聞き間違えかと思ったよ。そしたら本当に一番いい場所にロブがいたものだから、驚くより笑いそうになった」

「笑いそうじゃないだろ？　君はあのとき、絶対に笑っていたよね？　唇が変な具合に引き締まってたぞ」

ディックは涼しい顔をして、「断じてそれはない」と言い張った。

「プロのガードは警護中に笑ったりしない」

嘘つけと思ったが反論はせず、ディックの主張を受け入れることにした。なぜなら、くだらないことで喧嘩《けんか》をしてディックに嫌われたくはないからだ。ただでさえユウトを口説いた過去があるロブは、ディックに恨まれている。もちろん今では仲のいい友人だから、表立って昔のあれこれで文句を言われたりしないが、ロブは気づいていた。

時々、何かの拍子に――大抵それはユウトと親しげにしている場合だったりするが――ディックの目が凍てつくような冷たさを帯びて、その鋭い視線でもってロブを射抜くことがある。

おそらく本人の鋼の理性をもってしても、制御できない凶暴な野獣のごとき嫉妬心《しっとしん》が暴走してしまうのだろう。

何しろディックはユウトを病的に愛している。ロブの目には依存傾向のある、いくらか危険を帯びた過剰な愛情に見えなくもないが、さほど心配はしていなかった。

なぜなら、何があってもディックがユウトを傷つけることはないと確信しているからだ。ただユウトに近づく男たちは下心のあるなしにかかわらず、自分の行動に十分注意しなければならず、それはユウトの親友という立場を手に入れたロブであっても同じだ。

「でもディックが見つける前に、君のほうから叫んでアピールしたんだろう？」

何がそんなに可笑《おか》しいのか、ユウトはくすくす笑って肩まで揺らしている。

「そうだよ。絶対にサインをもらって、写真も一緒に撮りたかったからね」

「ヨシュアは嬉しかったかな？　それとも彼の性格的に考えると、ロブの行動って理解不能だったりして」

「いいところを突いてる。昨夜、沿道で君を待ってると言ったら、冗談ですよねって真顔で聞かれた。でも実際にフェンスで区切られたレッドカーペットの向こうとこっちで対面したときは、嬉しそうだったよ。ね、ディック？　ヨシュアは喜んでたよね？」

「そうだな。一般人に混じって『君の大ファンだ、サインが欲しい！』と叫んでるロブを見たときは、ちょっとギョッとした様子だったが、最後は嬉しそうだった。あとでヨシュアが言ってたぞ。私の恋人はとんでもなく可愛い人だと思いませんかって」

すぐには言葉が出なかった。ヨシュアがディックにそんなことを言ったなんて驚きだ。

「へえ。ヨシュアが他人に惚気《のろけ》るなんてすごい。まあ、相手がディックだったから言ったんだろうけどさ。でも本当に彼はどんどん変化していくな。来年の今頃はどうなってるのか想像もつかないよ」

ユウトの言葉にロブも想像せずにはいられなかった。

一年後のヨシュアはどこで何をしているのだろう？　華々しくキャリアを積んで、新しい作品に意欲的に出演しているのだろうか？　今とは認知度も一変して、どこに行ってもファンが近づいてきたり、場合によってはパパラッチに追いかけ回されたりしているのだろうか？

やっと『天使の撃鉄』が完成して、何かが終わったような気持ちに見舞われていたが、実際は反対だ。今日という日を皮切りにして、ヨシュアの新しい人生は始まっていく。

「ユウトの言うとおりだ。一年後のヨシュアがどうなっているのか、俺も想像できない。願わくば、よりよく変化して幸せでいてほしいよ」

「それなら大丈夫だろ。どんな俳優になって、どれだけ人気者になっているのかはわからないけど、一年後もヨシュアが幸せでいることだけは確実だよ。だって君がいるんだから」

ユウトがさらりと言った。なんの気負いも感じられない言い方だった。ユウトにすれば、当然のことを口にしただけという感覚なのかもしれない。

　確かにそのとおりだと思った。ヨシュアのために何ができるのかとか、変化していく人生をどう支えていけばいいのかとか、いろいろ考えてしまうがそんなものは些末な部分でしかない。ただそばにいて全力でヨシュアを愛する。それだけでいいのだ。ふたりの間に愛がある限り、きっと見つめ合うだけで幸せな気分でいられる。

「ロブ、車が来たぞ。来客の予定でもあったか？」

　ディックに問われ、ロブは「ないよ」と答えて立ち上がった。窓から外を覗くと、家の前に黒いキャデラックが駐まっていた。あんな馬鹿高い高級車に乗ってる友人はいない。

「あ、ヨシュアが降りてきた。誰かに送ってもらったのかな。コルヴィッチ監督？」

　隣にやってきたユウトが言う。

「いや、監督はキャデラックに乗ってない」

「さらにふたり降りてきたぞ。……え？　あれってまさか……いや、そんなわけはないか。……いや、やっぱりそうだ！　ディック、来いよっ、すごい人が来たぞ！」

　ユウトが珍しく興奮しだした。気持ちはわかる。ロブだってまさかだろ、と信じがたい気持ちだった。

「何をそんなに騒いでいるんだ？　……あれはアダム・ネルソンとノーマン・ミラーか」

　ひとり冷静なディックが窓の外を見ながら言った。この男はユウトに関係することではすぐ動揺するくせに、それ以外は何があっても動じない。

「だよな⁉　やっぱりアダムとノーマンだ。すごい、大スターふたりが目の前にいる！」

「お前は別にあのふたりのファンってわけでもないだろう？」

ディックの声は明らかに不機嫌そうだった。ユウトは気づきもせず、「ファンじゃなくても驚くし感激するだろ！」とディックの背中を叩《たた》いた。

「お前はセレブやスターを見慣れているかもしれないけど、俺は滅多にないことなんだからさ。うわー、やっぱり格好いいな。ふたりとも映画で見るよりずっとハンサムじゃないか？」

はしゃぐユウトとは対照的に、ディックはますます不機嫌になっていくのがわかる。スターを目の前にしたら誰だって興奮する。そんなことくらいでジェラシーを燃やすなよ、と思うが仕方ない。ディックのユウトに対する愛は深すぎて、本人でさえ制御できないのだから。

アダムとノーマンはヨシュアとしばらく話したあと、車に乗り込んで去っていった。部屋に入ってきたヨシュアに、ユウトは「見てたぞ！」と話しかけた。ヨシュアは冷静に「何をですか？」と聞き返した。

「アダムとノーマンが来てた！」

「はい。アダムに家まで送っていくと言われたんです。遠慮しましたがしつこく言ってくるので、私が折れました」

ヨシュアがあまりに落ち着いているので、ユウトは自分の興奮ぶりがにわかに恥ずかしくなったらしく、「そ、そうなんだ」とぎこちなく笑った。

「お帰りハニー。食事は済ませたのかい？」

「はい。コルヴィッチ監督やアダムたちと一緒に食べてきました。……でもロブの料理が食べたいので、私もいただいていいですか？」

ロブは「もちろんだよ」と頷いた。


ディックとユウトが帰ったあと、ヨシュアは急に口を閉ざして黙り込んでしまった。さっきまでは普段より饒舌《じょうぜつ》なくらいだったのに、どうしてしまったのだろう。

「ハニー、急に元気がなくなったみたいだけど、大丈夫？　疲れたのかな？」

ロブの問いかけにも反応せず、テーブルの一点をぼんやりと見つめている。いよいよこれは変だぞ、と心配になったロブは、ヨシュアのそばに行き背中を撫でた。

「ヨシュア、立って。ベッドに行こう。休んだほうがいい」

「……え？　なんですか？」

緩慢な動きでロブを見上げるヨシュアの様子は、あれにそっくりだった。寝起きのひどい低血圧で、目が覚めてもしばらくはボーッとしている朝のヨシュア。

「血圧が下がってるのかな？　どっちにしても横になるべきだ。ほら、おいで」

「私なら大丈夫です。どこにも不調はありません」

「不調がなくても心配だから俺の言うとおりにしてくれ。ね、お願いだから」

ロブが懇願すると、ヨシュアは「わかりました」と椅子から立ち上がった。危なげない足取りで寝室に向かう姿を見て、少しだけ安心した。

服を脱いでベッドで横になったヨシュアは、「ロブは心配性ですね」と呟いた。

「俺は心配性じゃないよ。君だけが例外なんだ。君に関してはすぐ心配してしまう。……今日はいろいろあったから疲れただろう？」

「そうですね。頭の中でたくさんの情報が目まぐるしく飛び跳ねているようで、思考が定まらない感じがします。……ロブ、隣に来て」

おねだりされるまでもなく隣に横たわるつもりだったが、少し眠そうな表情で自分を見上げているヨシュアが可愛すぎて、ちょっとだけ意地悪をしたくなった。

「片付けがまだ残ってる。先に終わらせてくるよ。ちょっとだけ待ってて」

「……嫌です。待てません」

不服そうに少しだけ唇を尖《とが》らせるヨシュアは、滅多に甘えてこない猫が足にすりすりしてくる姿を彷彿《ほうふつ》とさせ、悶絶《もんぜつ》しそうにキュートだった。

口では「しょうがない子だね」などと言ってみせながら、嬉々《きき》として隣に行って肘枕《ひじまくら》でヨシュアを見つめた。ヨシュアはまだどこか不満顔だ。

「どうしたの？　何か言いたそうな顔つきだけど」

「ロブが意地悪するからです。私の望みが何か知っているくせに、焦らして楽しんでますね？」

おっと、いけない。ヨシュアを怒らせるのはまずい。ロブは内心で焦りながら「ごめん」と謝り、ヨシュアを抱き締めた。

「君のおねだりがあまりに可愛すぎるから、もっとおねだりする姿が見たくなったんだ。悪意のない意地悪だから許してくれ」

ヨシュアはロブを抱き締め返し、小さな吐息を漏らした。耳朶《じだ》をくすぐるヨシュアの甘い息に、背筋がぞくぞくする。

「許してほしかったら、もっと強く抱き締めてください」

笑いそうになった。まったくなんて可愛いリクエストだろう。ロブはヨシュアを抱き締める腕に、いっそう力を込めた。ふたりの身体は一分の隙間《すきま》もなく密着し、合わさった部分から甘やかな熱が溢《あふ》れてくる。ただ抱き締め合うだけでこんなにも至福を感じられるなんて、愛は不思議な魔法みたいだ。

「強く抱き締めたよ。次のご注文は？」

「……キス、してください」

キスなんて毎日しているのに、初めてキスをねだるようなぎこちなさで言うものだから、ロブはたまらなくなった。誘い上手も度が過ぎる。どうしてくれようか、この可愛い子を。

優しくソフトに始めるつもりが、興奮のせいで性急なキスになってしまった。年甲斐《としがい》もなく恥ずかしいと頭の隅でちらっと思ったが、ヨシュアが積極的に応えてくれるので見栄や理性は蹴《け》り飛ばすことにした。

熱い口腔の中で、愛する人のリアルな感触を求める。舌先が触れ合う。絡みつく。逃げる。追いかける。反撃をくらい退却する。と見せかけて受け止める。

胸を高鳴らせながらヨシュアの積極的なキスを味わう。甘い唇に望んで溺《おぼ》れていく。

ヨシュアはキスが上手くなった。テクニックという意味ではなく、以前はどこか不安そうでぎこちない雰囲気があったのだが、今は自分を解放して自由にキスを楽しんでいる。最近では若い情熱にロブのほうが押され気味で、激しい舌使いに翻弄《ほんろう》されてしまうことも珍しくない。

ロブの上に覆い被《かぶ》さり、息を乱しながら熱っぽい目で見つめてくるヨシュアは、最高にセクシーだった。いつもは冷ややかに見えるエメラルドの瞳も、欲情と愛情が混ざり合って情熱のきらめきを宿している。

せめぎ合いながら、ふたつの舌はやがて滑らかに寄り添い、溶けてひとつになっていく。前戯というより最初のセックスを終えたかのような満足感を味わいつつ、さらなる高みを目指してヨシュアの肌を愛撫《あいぶ》し始めた。

重なった腰の真ん中では、熱を帯びたふたつの欲望がぶつかり合っている。ヨシュアがしなやかな肉体を揺らし、押しつけてきた。その淫《みだ》らな腰使いにロブの劣情はひどく煽《あお》られ、釣られて自分もヨシュアに自身を強く押し当ててしまう。

息を乱して見つめ合いながら、両手の存在を忘れてしまったかのように、性器と性器を擦り合わせて快感を高めていく。このまま射精してしまいたい欲求はあったが、さすがにそれはどうかと思い、ヨシュアのヒップを両手で包み込んだ。マッサージするように硬い筋肉を撫で、柔らかな部分に指を食い込ませる。その刺激にヨシュアの身体は感度よくびくびくと反応するものだから、やめられなくなった。

散々、尻を刺激されたヨシュアは、涙目になりながらロブに文句を言った。

「もう、いい加減にしてください……。私の身体で遊ばないで」

「遊んでなんかないよ。でもちょっと時間をかけすぎたね。ごめんよ」

恨めしそうな目をしているヨシュアの額にチュッとキスをして、ロブはベッドを降りた。ゴムとローションを用意して振り返ると、ヨシュアは着ていたものをすべて脱ぎ去ってベッドに横たわっていた。素晴らしい肉体美に勃起《ぼっき》したペニス。目がくらんだ。芸術と猥褻《わいせつ》が完璧な配分で成立している。

疲れているヨシュアに無理はさせたくないので、すぐにインサートを開始するつもりでいたが、あまりにもヨシュアの姿が魅惑的すぎた。

頭から足先まですべて愛撫したい。自分の唇が触れていない場所は一箇所もないほど、隅々までくまなく愛したい。そんな欲求がふつふつと湧いてきて、自分の欲深さに呆れそうになった。

選択肢はふたつだ。プランAはさっさと挿入して、ヨシュアを早く寝かせてあげる。プランBは欲望の赴くままにセックスして、ヨシュアを堪能する。さて、どうしたものか。

「ロブ？　どうしたんですか？」

ゴムとローションを持ったまま立ち尽くしている恋人を、ヨシュアは怪訝《けげん》そうに見ていた。

ロブは「どうもしないよ」と答えてベッドに腰を下ろした。

「ただ魅力的すぎる恋人を持つと、余計な悩みが増えてしまうものだなって実感してただけ」

「なんの話ですか？」

「気にしないで。俺の贅沢すぎる悩みの話だから」


ヨシュアを早く寝かせてあげたいという気持ちとは裏腹に、結局セックスは長くなった。要するに欲望に屈したわけだが、ヨシュアも満足そうだったので反省するのはやめにした。

ベッドの中で今日あったことを聞きだしていると、眠くなってきたのかヨシュアが欠伸《あくび》をした。欠伸なんて滅多にしないのに、よほど疲れたのだろう。

「話はまた明日にしよう。もうお休み」

裸の肩を毛布で包んであげながら、お休みのキスをした。ヨシュアはまだ話し足りないのか、寝返りを打ってロブを見つめた。

「……今日、家に帰ってきたとき、言葉にしがたい安堵《あんど》と幸福を感じました。ポーチに立った瞬間、やっと自分の家に帰れたという喜びに、なんだか泣いてしまいそうになったんです。変ですよね？　たかが半日出かけていただけなのに」

ロブは「変じゃないよ」と答え、ヨシュアの髪を優しく撫でた。

「君にとって今日はすごく長い一日だったはずだ。自分では平気だと思っていても、初めての経験や体験に頭と心がパンク寸前だったのかもしれない。家に帰ってきて、一気に気が抜けちゃうのは当然じゃないかな」

ヨシュアはロブをじっと見つめ、「嬉しかった」と言った。意味がわからず、「嬉しい？」とロブが聞き返すと、ヨシュアは「はい」と頷いた。

「ここが自分の家だと強く実感できたことが、すごく嬉しかった。今までもそう思っていましたが、今日ほど強い気持ちでそう感じたことはありません。ここは自分の帰るべき場所なんだ、ロブのいるこの家こそが、私にとっての我が家なんだと思ったら、涙が出そうになったんです」

そう話すヨシュアの表情は、今まで見たことがないほど穏やかで幸せそうだった。何か言おうとロブは口を開きかけたが、胸が詰まってしまい無言で微笑みを返すのがやっとだった。

ヨシュアの言葉にロブのほうが泣きそうだった。パーフェクトにはほど遠いが、自分なりの精一杯でヨシュアを愛してきた。彼の孤独な心を満たしてあげたくて、たくさん笑わせてあげたくて、よきパートナーになるべく頑張ってきた。それらを苦労だなんて思わないし、ヨシュアを幸せにするための努力はロブにとっても喜びだった。

しかし振り返って冷静に分析してみると、多少の無理をしてきた部分がなかったとは言い切れない。他にも自分にとってのベストとヨシュアにとってのベストは、必ずしも一致するものではないので、ふたりの関係性において何を選択すべきなのか悩むことも何度かあった。

そういった過去の思いや出来事が、今のヨシュアの言葉ですべてが報われたような気がしたのだ。さらに言うならふたりの物語はまだまだ途上だが、決して間違った方向には進んでいないことが確信できたような気持ちにもなれた。

「俺も同じだよ。この家は大好きだし自分の居場所だと思っているけど、今では君がいるからこその我が家だと感じている。我が家っていうのは家じゃなくて、愛する人がいる場所のことを言うのかもしれないね」

「ロブのいる場所こそが私にとっての我が家で、私のいる場所こそがロブにとっての我が家。いいですね。本当にそのとおりだと思います。……ロブ、お願いです。これからもずっと私のそばにいてください」

「もちろんだよ、ハニー。君が嫌だって言ってもそばにいる。俺は諦めが悪い男だから、君はいつか厄介な男と結婚したって後悔するかもよ？」

笑ってほしかったのに、ヨシュアは真面目な顔で首を振った。

「後悔なんてするはずがない。……私はあなたを愛して臆病になりました。あなたを失うことだけが怖い。怖くてたまらない」

それはロブの気持ちそのものだった。いつかヨシュアから必要とされなくなるのが怖い。

――君のいなくなった世界で、ひとり生きていく自分を想像するとたまらなく怖いよ。

「俺も同じだよ。いつだって君を失うことを恐れている臆病な男なんだ。でもそれでいいと思ってる。怖さは愛の量と比例していると考えればいい。怖くてたまらない。それは愛おしくてたまらないってこと」

「あなたは怖さまでポジティブに解釈できるんですね」

ヨシュアの微笑みを見つめながら、そうだよ、とロブは心の中で話しかけた。

君がそばにいてくれるなら、どんなネガティブな気持ちも俺は前向きに変えていける。

「ねえ、ヨシュア。これから先、君は俳優としていろんなことを体験するだろう。すごく辛《つら》いことだって経験するかもしれない。でも絶対に忘れないでくれ。俺の愛はいつだって君と共にあるってことを」

ヨシュアの手を摑んで指先にキスをした。ヨシュアは無言で頷き、ロブの手を引き寄せて同じようにキスをした。

やがて穏やかな寝息を立て始めたヨシュアを見つめながら、ロブは心の中で囁いた。

俺はこれからも全力で君を愛していくよ。それが俺の幸せだから。
だから絶対に忘れないでくれ。
愛はいつだって、ここにあるってことを。

I wish

「なあ、ディック。普通の人間が一生のうちでプライベートジェット機に乗れる確率って、どれくらいだと思う?」

　プライベートジェット機のゴージャスなシートに腰かけたユウト・レニックスは、窓の外を見ながら問いかけてきた。

「そうだな……」

　ディックは取りあえず呟《つぶや》いてみせたが、子供みたいにわくわくした顔つきをしている恋人の横顔があまりに可愛《かわい》すぎて、そんなどうでもいい確率について真剣に考える気にならなかった。とはいえ、ユウトに聞かれた以上は答えなければならない。

「俺が思うに、その確率は二パーセントくらいじゃないか?」

　赤い小型ジェット機が待機している格納庫を熱心に見ていたユウトは、ディックを振り返り「それはないだろ」と反論した。

「百人中、ふたりもプライベートジェット機に乗れると本気で思っているのか?　俺みたいな普通の人間がこんな飛行機に乗れる確率は、限りなくゼロに近いに決まってる」

　プライベートジェット機に乗れる確率について一家言など持たないディックだが、ユウトが自分のことを普通の人間と称することに対しては、強く異議を唱えたかった。ユウトは大金持ちでもセレブリティでもないが、今まで彼の身に起きたあれこれを考えれば、到底普通の人間とは言いがたい。

DEA（麻薬取締局）の捜査官だった人間が、冤罪《えんざい》で殺人犯として投獄された体験だけでも特殊なのに、収容先の刑務所でユウトの存在は全米最大規模の暴動の発端となった。出所後はFBIに転身してテロリストを追いかけ、そのテロリストに誘拐されてコロンビアまで運ばれた。なんとか無事に生き延びた彼は故郷のロサンゼルスに戻ると、今度はロス市警の刑事になった。

その後もまだ波乱は続く。今年、中米の島国を訪れた際には、政権転覆をもくろむ軍部の反乱に巻き込まれ、ディックと共にクーデター阻止に大きく貢献した。細かく挙げれば他にもいろいろあるが、そんな異例の経験を持つ人間を『普通』とは言えないだろう。

ディックにすれば、お前ほど特別な人間はいないと断言したいところだが、ユウト自身は自分がごく平凡で一般的な人間であることに、まったく疑いを抱いていない。ある意味、そのぶれのなさこそが、ユウトのすごいところでもある。

「このプライベートジェット機、ウォルナーさん所有？　それともチャーター機？」

「チャーターらしい。だがプライベートジェット機も所有している。今回は家族が旅行で使っているそうだ。以前、同乗したが、この機体よりハイエンドだったな」

とはいえ、この機体も十分すぎるほどに豪華だ。さすがに広々とまではいかないが、ディックが立ってもかがめなくてもいい高さがあり、落ち着いた雰囲気の内装は空飛ぶ一流ホテルといった雰囲気がある。見るからに高級そうなシートは座り心地も最高にいい。

乗り込んだ際、念のため機内をチェックして回ったが、後方にはバスルームつきの寝室も備えられていた。今回の依頼主であるダスティン・B・ウォルナーは、あまり体調がよくないと話していたので、今頃ベッドで横になっているだろう。

「ウォルナーさん、見た感じは気難しそうな老紳士って雰囲気だったけど、いい人だよな。関係のない俺まで一緒に乗せてくれるなんてびっくりだよ」

ユウトは隣に座ったディックに顔を近づけると、小声で言って微笑んだ。

ウォルナーがいい人かと聞かれたら、ディックには答える術がない。これまで三度、彼の警護を担当したが、何を考えているのか読めない年寄りという印象しかなかった。だが嫌いではない。昔の上司だった男にどこか似たところがある。

富豪として名を知られるウォルナー家の当主は八十を超える高齢で、現在では多くの事業を子供たちに任せているが、依然として政財界に大きな影響力を持つ存在と目されている。

足が少し弱っているのか、いつも杖をついて歩いている。痩身ながらも背筋はぴんと伸び、その眼光は鋭くて弱々しい雰囲気はいっさいない。威厳と呼ぶには少し複雑すぎる、不思議な迫力をまとった男だ。

専属のボディーガードもいるのに、ウォルナーはどういうわけかディックを気に入り、直々に指名しては出張などに同行させており、今回も突然「来週、リック・エヴァーソンをよこしてくれ」と依頼してきたそうだ。

社長のブライアン・ヒルの説明によると、十二月二十四日のクリスマス・イブにニューヨークに行くという。ディックは休みの予定だったし、何よりユウトもその日だけ休暇が取れていたので、断ってくれと即答した。ユウトは大晦日も仕事なのだ。イブしか一緒に過ごせないのだから、ディックにすれば断るという選択肢以外、存在しない。

だがウォルナーは引き下がらず、驚いたことにディックに直接電話をかけてきた。プライベートジェット機でニューヨークに向かう。お前の仕事は私がニューヨークで過ごす数時間だけだ。悪い話じゃないだろう――。そう言われたがディックは首を縦に振らなかった。報酬を十倍支払うと言われても断った。

「エヴァーソン、お前はなんだってそんなに頑固なんだ。老い先短い年寄りの頼みを聞き入れる優しさはないのか！」

ウォルナーがついには怒り始めた。

「ボディーガードなら他にいくらでもいるでしょう。あなたこそ、なぜそうまでして俺に頼みたがるんですか？」

「今回はお前でなければ駄目なんだ。頼むから一緒に行ってくれ。条件を出してくれれば、なんだって呑もうじゃないか」

ウォルナーは人に頭を下げるような男ではない。ディックも困り果て、もうどうにでもなれといった心境で胸の内を明かした。

「イブは恋人と過ごすと決めているんです。俺の恋人は多忙な警察官でその日しか休めない」

「何？　そんな理由だったのか？」

「ええ、そんな理由です。俺には大事なことなんです」

電話口でウォルナーが呆《あき》れているのがわかった。

「だったら提案がある。お前の恋人も一緒に連れていけばいい。プライベートジェット機でのんびり過ごし、空いた時間にはニューヨークでのデートも楽しめる。あとは寝ているうちにLAに戻って来られる。どうだ？」

思いがけない提案だったが、驚きよりもウォルナーがそこまでする理由がわからず警戒心が湧いた。

「本気で仰《おっしゃ》っているんですか？」

「本気に決まってる。どうだ、引き受けてくれるか？」

プライベートジェット機でニューヨークに飛んで、イブのマンハッタンをユウトとデートできる。これはなかなかの誘惑だ。執拗な依頼への警戒心と、ユウトの喜ぶ顔を天秤にかけてみる。後者が勝った。

「最初に断っておきますが俺の恋人は男です。それでもよければ、お引き受けします」

　ウォルナーはしばらく黙っていた。仕方がない。彼は保守的な高齢の白人男性だ。少しでも差別的な言葉を口にしたら、ただちに電話を切ろうと思いながら返事を待った。

「構わん。なんの問題もない」

「わかりました。では同行させていただきます」

　かくしてイブの朝、ディックはユウトを伴いロサンゼルス空港に出向き、ウォルナーの手配したプライベートジェット機に乗り込むこととなったのだ。

　ウォルナーとは先程、プライベートチャーター専用ターミナルのひときわ豪華なラウンジで対面した。お供はひとり。彼に付き従い、身の回りの世話をするのはチャコンだ。長年ウォルナーに仕えているという中年の物静かな男で、確かプエルトリコ人だったと記憶している。

　ユウトはウォルナーに緊張した面持ちで挨拶をした。ウォルナーはにこりともしなかったが、かといって無愛想というほどでもない態度でユウトに話しかけた。

「年寄りの我が儘《わまま》につき合わせてすまない。今回の同行はどうしてもエヴァーソンでなければならなくてね」

「いえ、とんでもないです。プライベートジェット機に乗れるだけで、俺にとっては最高のクリスマス・イブです」

　本心から楽しみにしているのがわかる屈託のない笑顔だった。最初は「ディックの仕事になんで俺が同行するんだよ。おかしいだろ？」と嫌がっていたが、大富豪が乗るプライベートジェット機で行くニューヨークの旅と知ると、途端に興味を示してきた。

ユウトが行かないなら断るしかない。そうなるとウォルナーは落胆する。人助けだと思って一緒に行ってくれないか。そんなふうにディックが大袈裟に頼むと、ユウトは「人助けって言われたら行くしかないよな」と承諾してくれた。好奇心が勝ったらしい。ユウティはロブが預かってくれることになった。

客室乗務員がシートベルトの着用を知らせてきた。

「後ほど、お食事をご用意いたしますね」

にっこり微笑むブルネット美人に、ユウトが「ありがとう」と礼を言う。彼女がいなくなってから、ユウトはディックに耳打ちした。

「プライベートジェット専属のＣＡって、普通のＣＡとは違うのかな?」

「そりゃ違うだろう。金持ちや政治家やセレブの秘密をたくさん知ってるに違いない」

さらに言えば彼女の年収は、おそらく自分たちより多いはずだ。

「ルイスがいなくてよかった。彼がここにいたら作家の好奇心で質問責めにしそうだ」

そうこうしているうちに、プライベートジェット機は滑走路に向かって動き始めた。

約五時間のフライトはすこぶる快適だった。ウォルナーは寝室から一度も出てこず、チャコンも最後尾に座っているので、雰囲気的にキャビンはふたりの貸し切り状態だった。リラックスできるムードの中、ディックとユウトは美味しい料理を味わい、香りのいいコーヒーを飲み、他愛もない会話を楽しんだ。

「なあ、ディック。知ってるか?」

飛行機が着陸体勢に入った直後、ユウトが言い出した。

「今から下りるテターボロ空港は、離着陸時にバードストライクが発生する率が、なんと全米三位なんだ」

「……それを今言うのか?」

「ディックならリスキーな離着陸なんて慣れっこだろう?」

ユウトはくすくす笑いながらディックの膝を叩《たた》いた。確かに軍人時代、小型機やヘリコプターで危険な離着陸を何度も経験しているが、プライベートジェット機でそういう目に遭いたくない。ユウトが一緒ならなおさらだ。

しかしユウトが一緒だからこそ、何かしらのトラブルに巻き込まれる可能性がゼロとは言えない可能性を、ディックは身をもって知っている。

降下していく機内でディックは不測の事態に備え、ほんの少しだけ身体を緊張させた。だがしかし、可哀想な鳥が飛行機のエアインテークに吸い込まれることはなく、当たり前だが無事にテターボロ空港へと着陸することができた。

ロサンゼルスを出発したのが午前八時頃。五時間後はロサンゼルス時刻だと午後一時になるが、時差があるためニューヨークでの到着時刻は午前十時。三時間を得したことになる。もっとも帰りは三時間損するわけだからプラマイはゼロだ。人生の時間というのは、いつだって収支が合うようにできている。

プライベートジェット機が着陸したテターボロ空港は、一般の旅客機は発着しておらず、チャーター機の利用が多い空港だ。飛行機を降りたあとはウォルナーが手配した車に乗り換え、マンハッタンのミッドタウンにあるホテルへ向かうことになっていた。宿泊はしないが休憩に使ってくれとのことだった。

チェックインして一服したのち、ディックはウォルナーの外出に同行する。行き先はニューヨーク郊外に住む知人の家だとしか聞いていない。

通常の警護業務とはまるで違っていた。ボディーガードとして同行する際は、訪問先の住所はもちろんのこと、通るルートや会う相手の情報など細かいことも事前に把握したうえで動くのが常だ。今回の仕事はどう考えても、ただの付き添いだ。

とはいえ相手は大富豪だ。誘拐の危険性もあれば、恨みを持つ何者かに狙われる危険性もある。ディックとしては自分の職務をまっとうすることに変わりはなかった。

「うわ、寒いなっ」

飛行機を降りるとユウトは首をすくませた。確かに空気はかなり冷え込んでいる。

「久しぶりにこっちに来たから、冬の寒さをすっかり忘れてたよ」

ユウトはDEA時代、ニューヨーク支局の捜査員だった。何年もこっちに住んでいたから、マンハッタンのことならディックより詳しいかもしれない。

「そんな薄いダウンジャケットで大丈夫か？　もっと着込んでくればよかったのに。俺のコートを着るといい」

ディックが腕に持っていた黒いトレンチコートを貸そうとしたが、ユウトは「いいよ。これくらい平気だから」と遠慮した。ユウトの服装は白いセーターに薄いダウンジャケット、下はジーンズで足元はノースフェイスのショートブーツだ。寒々しい格好というほどではないが心配になる。

昨日、念のためにマフラーと手袋を持っていけとアドバイスしたが、マフラーはどこに消えたのか行方不明だし、手袋に至っては持ってすらいないと言う。LAでは確かになくても平気なアイテムだが、冬のニューヨークではいただけない。

「俺の革手袋だけでも持ってろ」

「大丈夫だって。すぐ車でホテルに向かうんだろ？」

ウォルナーが用意した車は、黒塗りのキャデラック・エスカレードだった。キャデラックの中では最も大きくて重いこのSUVは、アメリカ大統領の護衛車としても採用されている。下手にリムジンなどを手配されるより安心感があった。

礼儀正しいお抱えの運転手がドアを開け、四人を車内へと案内する。ユウトは一番後ろに乗り、中央のシートにはウォルナーとディックが座り、チャコンは助手席に腰を下ろした。

目指すホテルはセントラルパーク沿いにあるザ・リッツカールトン。ルートはいくつかあるが、渋滞に巻き込まれなければ一時間もかからないはずだ。


「すごいっ。セントラルパークが見渡せる！」

案内された部屋は高層階のコーナールームで、抜群に見晴らしがよかった。広大なセントラル・パークはもちろん、公園を取り囲む摩天楼も一望できる。曇り空なのが残念ではあるが、冬のニューヨークには憂鬱げな鉛《なまり》色の空も合っていた。

「出かけるまでにまだ時間がある。ラウンジで何か飲まないか」

ディックの提案にユウトは「そうだな」と頷《うなず》いたが、目は窓からの景色に釘づけだ。

「このあと、お前をひとりにして大丈夫か？」

ユウトは「なんだよそれ」と笑いながら振り返った。

「俺をいくつだと思ってるんだ？　十歳児じゃないぞ。お前が出かけたら、懐かしい店とか覗《のぞ》きに行ってみるよ」

「十歳児じゃないから心配なんだ。悪い虫が寄ってきそうな気がして」

　ユウトに近づき、窓辺で後ろから抱き締める。高層階で誰にも見られない安心感からか、ユウトは顔を覗き込んでくるディックに自分からキスをした。このままもつれ合いながらベッドに移動できれば最高だが、悲しいかな時間がない。

「馬鹿げた心配なんてしてないで、しっかり仕事して来いよ」

「ウォルナーの目的がわからないのは、少し気がかりだけどな」

「ただ付き添ってほしかったんじゃないのかな。お前って頑固なお年寄りに好かれそうなタイプだよ」

　ユウトが身体を返したので真正面から抱き合う。腕の中のユウトは楽しげだ。

「そういった自覚はないがな。まあいい。日が暮れるまでには戻れそうだ。帰ったらイブのマンハッタンをデートしよう」

「わかった。楽しみに待ってるよ」

　もう部屋には戻らないでいいように、ディックはトレンチコートを羽織ってベルトを締めた。携帯している小型の拳銃は、コートのポケットに入れる。

　ユウトが何か言いたげな表情で見ていた。

「どうした？　どこか変か？」

「変じゃないけど、ダークスーツに黒いトレンチコート、黒い革手袋だと、ボディーガードより殺し屋みたいだ。サングラスをかけたらもっと完璧」

「映画の観すぎだ。本物の殺し屋はそんな格好をしない」

どうでもいいことを話しながらドアへと向かう。部屋を出る前、もう一度ユウトにキスすることを忘れなかった。


「恋人にぞっこんのようだな」

車が走り出して五分ほどが過ぎたとき、ウォルナーが隣で呟いた。ディックはクリスマスで賑《にぎ》わうマンハッタンの街並みに目をやりながら、「否定はしません」と答えた。

「お前のような男は相手を取っ替え引っ替えして、後腐れのない関係を好むんじゃないかと思っていたがな」

「昔はそうでしたが、今は一途なものですよ」

「自分で言うか。……まあ、あの子はいい子だな。大事にしろ」

ウォルナーがディックのプライバシーに触れてくるのは、これが初めてだった。詮索好きなタイプではないと思っていたので意外に思う。

「そろそろ教えていただけませんか。これから会いに行く相手はどういう方ですか」

「話しただろう。私の古い友人だ。会うのは二十年ぶりだ。しばらく前から体調を崩していたが、細君の話によるともう長くないらしい」

要するに目的は旧友の見舞いというわけか。さらに探りを入れたが、ディックを同行したがった理由まではわからなかった。

ニューヨーク州を北上しながら一時間ほど走って辿《たど》り着いたのは、深い木立に包まれた閑静な場所に佇《たたず》む家だった。道路から私道に入っていくと玄関の前には車寄せがあり、運転手はそこで車を止めた。チャコンがウォルナーの降車を手伝い、先に下りたディックは周囲の様子を窺《うかが》った。辺りは静かでひとけはない。

ウォルナーが玄関のチャイムを押すと、中から高齢の黒人女性が出てきた。

「まあ、ダスティン！　本当に来てくれたのね。嬉《うれ》しいわ！」

彼女は満面の笑みを浮かべて、ウォルナーとハグをした。ウォルナーも笑顔で応じる。

「久しぶりだな、ドロシー。元気そうで何よりだ。ジェイミーの具合はどうかね？」

「たまに意識は戻るけど、ほとんど昏睡状態なの。ぜひ声をかけてあげてちょうだい」

ドロシーはディックに目を向けると、そうとわかるほど驚いた顔つきになった。

「ダスティン、この方はどなた？　もしかしてあなたの……」

「彼は私のボディーガードだ。エヴァーソンという」

ディックはドロシーに軽く頭を下げた。ドロシーはまだ目を丸くしていたが、すぐに気を取り直して三人を室内に招き入れた。

「子供や孫たちは買い物に出かけていて今はいないのよ。帰ってきたら挨拶させるわ。そうそう、末の孫のマイケルも結婚してパパになったのよ」

「ほう。あの子が父親とはな。最後に会ったときは、まだよちよち歩きだったのに」

「本当にあっという間よね」

広い玄関ホールを抜けて案内されたのは、日が差し込む半円形のサンルームだった。ディックは外で待っているつもりだったが、ウォルナーが「一緒に入れ」と顎を動かした。

部屋の端にはグランドピアノが置かれ、中央付近にベッドがあり、そばには色とりどりの花が飾られていた。手入れの行き届いた気持ちのいい部屋だ。

「ジェイミーはこの部屋が好きだったから、今は寝室にしているの」

「ここは変わらないな。あのピアノも昔のままだ」

ウォルナーが指さしたピアノは、ディックの目にはかなり古い代物に見えた。

「ええ。あなたからのプレゼントですもの。彼、ずっと大事に弾いてきたのよ」

ウォルナーが杖を突きながら、ゆっくりとした足取りでベッドに近づいていく。少しよろけたのでチャコンが慌てて支えようとしたが、手で制されてると素直に引き下がり、ドア近くに立つディックの隣にやって来た。

ベッドに横たわっているのは、頭髪が白くなった黒人男性だった。ウォルナーと同年代くらいだろうか。ディックとチャコンは少し離れた場所からウォルナーの背中を見守った。

「……ジェイミー。来たぞ。お前に会いに来た。目を開けてくれ」

ベッド脇の椅子に腰かけたウォルナーが、眠っている男に話しかける。反応はない。ウォルナーはジェイミーの手を握り、「おい、せっかく来たんだぞ」と続けた。

「二十年ぶりの再会じゃないか。私に何も言うことはないのか？」

絞り出すような声には深い感情がこもっていた。ドロシーは涙ぐみながら「お茶を用意してくるわね」と言い残して姿を消した。

「随分と年を取ったな。すっかりじいさんだ。まあそれは私も同じだがな。長い時間が経ちすぎた。あまりにも長い時間が……」

ウォルナーはそれきり黙り込んだ。長い沈黙のあとでかすかな溜《た》め息《いき》が聞こえ、薄い背中が急に頼りなく見えてくる。

「……誰だ？」

しわがれた声が聞こえた。ジェイミーの瞼《まぶた》がかすかに開いている。

「ジェイミー、私だ。ダスティンだ。会いに来たぞ」

「ダスティン……？　ダスティンが来てるのか。どこだ？　彼はどこに……？」

目が見えていないのだろうかと思ったが、ジェイミーの視線はちゃんと誰かを探すように動いていた。二十年ぶりの再会で目の前にいるのがウォルナーだと認識できないのか。

「そうか。わからんか。まあいい。……エヴァーソン、ここに来い」

ウォルナーはディックを振り返り手招きをした。ディックがそばに行くと自分は椅子から立ち上がり、「ここに座れ」と指示をする。ディックは言われるがままに腰を下ろし、ジェイミーを見た。

「ジェイミー。ダスティンが来たぞ。ここにいる」

ウォルナーの声にジェイミーは再び瞼を開け、そしてディックを見た。表情が徐々にゆるみ、その口から「ああ……」と震える声が漏れた。

「本当にダスティンなのか？　俺に会いに来てくれたのか？」

弱々しい手が伸びてくる。ウォルナーに「手を握ってやってくれ」と囁《ささや》かれ、ジェイミーの手を摑《つか》んだ。

「会えて嬉しいよ。もう二度と会えないと思ってた……。君は変わらないな。あの頃のままだ。最近は君と過ごした日々のことばかり思い出している。あの遠い日々だけが、眩《まばゆ》く輝いて心に残っているんだ。……君は今、幸せなのか？」

ジェイミーの目に涙が浮かんでいた。ディックは内心では困惑していたが、話を合わせるように「ああ」と頷いた。

「幸せに生きてる」

「そうか。そうか、よかった……。本当によかった……。俺もドロシーのおかげで幸せな人生を送れたよ。ただ君のことだけが気がかりだった。君が幸せなら俺も安心だ」

ジェイミーは穏やかな表情のまま、また眠りに落ちていった。ディックは握られた手をそっと外し、椅子から立ち上がった。

そのとき、トレイを持ったドロシーが戻ってきた。

「ドロシー、ジェイミーと話ができたよ。私が来たことをわかってくれた」

「まあ、本当に？　よかった。本当によかったわ。何度もあなたの名前を呼んでいたのよ」

ドロシーは眠る夫の顔を覗き込み、嬉しそうに頷いた。

「どうぞ、召し上がって。チャコンもエヴァーソンさんもご一緒に」

「いえ、私は結構です。外に出ています」

そう答えたが、ウォルナーが「つき合え」とディックの腕を軽く叩いた。

「ドロシーの紅茶はうまい。飲まないのは失礼だ」

「そうよ。このクッキーも私が焼いたの。ぜひとも召し上がってちょうだい」

仕事中に警護対象者とお茶を飲むなど通常ではあり得ないが、今日の自分の役目がボディーガードではないことを実感したディックは、勧められるままテーブルについた。


「お前の仕事はもう終わった。あとはプライベートな時間だ。好きに過ごせ」

一時間ほどの滞在を終えてマンハッタンへと戻る車中で、ウォルナーが口を開いた。

「よくわからん役目を押しつけられたと思っているだろう？」

「ボディーガードの職責ではありませんが構いません。美味しい紅茶とクッキーもいただけましたし。それにまさかジェイミー・ハリスに会えるとは、夢にも思いませんでした」

「ほう。知っているのか？」

意外そうに聞かれ、「ジャズシンガーとしては有名な方ですから」と答えた。

「だがもう二十年近く表舞台に立ってない。身体を壊してから裏方に回ってしまってな」

「大学の頃、ジャズにはまってレコードをよく聴いていました。彼のハスキーで魅力的な声が好きでした。ピアニストとしても素晴らしかった」

ウォルナーは「ああ。本当に素晴らしかった」と小さく頷いた。

「……ジェイミーはうちの屋敷にいた庭師の息子だった。母親も家政婦で家族で住み込んでいた。同年代の私にとって彼はよき遊び友達だった。あの頃は南部に住んでいて、私がジェイミーと親しくすることを父親はひどく嫌がった。黒人と白人が同じバスに乗れない時代だったからな。あくまでも主人と使用人として接しろと、何度も叱られたものだ」

南部の黒人差別は根強かったはずだから想像はつく。

「私たちの若い頃の南部はひどかった。かつて奴隷だった黒人の命は軽く、リンチも横行していた。殺されて木に吊るされた死体も多く見た。黒人たちはみんな怖々生きていた。それでも私とジェイミーの友情は強かった。ジェイミーには音楽の才能があった。歌が抜群に上手かったんだ。そのうち屋敷の倉庫で埃《ほこり》が被った古いピアノを見つけ、独学で弾くようにもなった。

彼には天賦の才があった。私は大人になると金銭的に彼を援助して、ミュージシャンとしての成功に導いた。ジェイミーが世間から認められることは、私の大きな喜びだった」

ウォルナーはそこで言葉を切り、しばらく黙り込んだ。追憶に浸る気配があった。

「私たちは互いを必要としていた。だがそれは、決して認められない類いの繫《つな》がりだった」

もしかしたらと感じていたので驚きはしなかったが、ウォルナーがそこまで話すとは思っていなかった。そもそも他人に言う必要がない。

「厳格な父親に関係がばれて、ジェイミーは私と二度と会わないと約束させられた。約束を破れば両親にも迷惑がかかる、おそらくひどい脅しも受けたはずだ。殺されなかっただけでもよかったと言わざるを得ない。彼はニューヨークに行き、ミュージシャンとしていっそうの成功を収めた。私は名家の娘と政略結婚を強いられ、ジェイミーもドロシーと結婚した。そのうち父親が死んで、私はやっと自由になれた。南部からカリフォルニアへと移り住み、事業を拡大させるためにひたすら仕事に没頭した。ジェイミーとは友人として、たまに会うようになった。互いの家族を紹介し、彼のコンサートにも顔を出した。表向きは穏やかな関係だったが私は苦しかった。自分の心に嘘をついているとわかっていたからだ。ジェイミーも同じ気持ちだったと思う。だが彼は昔のふたりには戻らないと決めているようだった。仕方あるまい。互いに妻子のいる身だ。自然と疎遠になり、気がつけば二十年の月日が流れていた」

ディックに言えるべきことは何もなかった。音楽家とパトロンとして、表向きは友情で結ばれたふたり。けれど実際は世間に知られてはならない秘密の関係にあった。

時代が許さなかった恋。思うように人生を生きられなかった男たちの悲しみや後悔がどれほどのものか、想像することしかできない。

「もう会うこともないと思っていたが、ドロシーが手紙を送ってきたんだ。ジェイミーがもう長くはない。たまに話すのは若い頃のことばかりで、私に会いたがっている。ただ記憶が曖昧になっていて、家族の顔でさえわからないときがある。そう書いてあった」

「それで俺を同行させたんですね。俺はあなたの若い頃に似ているんでしょう？」

ウォルナーは小さく頷き、背広の内ポケットから一枚の写真を取り出した。

「そうだ。お前は驚くほど若い頃の私に似ている」

写真を受け取って眺めた。古びた白黒の写真だった。端整な顔立ちをした白人の若者が、木陰に腰かけて微笑んでいる。その隣には黒人の青年が座り、同じように笑っていた。ふたりとも二十歳くらいだろうか。

「なるほど。確かに似てますね」

「若い頃のことはよく覚えているようだったから、お前を見たら私が来たとわかるんじゃないかと思ってな」

「ですが、あなた自身は認識されなかった。せっかく西海岸から飛んできたのに」

「いいんだ。私が会いに来たという事実だけは、彼の心に刻まれたはずだ。それでいい」

ディックから写真を受け取ったウォルナーは、それを大事そうに再び内ポケットにしまった。そして胸に手を押し当て、「いいんだ」とまた呟いた。

「最後にあの頃の私に会わせてやりたかった。ささやかな願い、いや、つまらん意地かもな」

若く美しかった頃の自分の姿を、死にゆくかつての恋人の目に焼きつけたかったのだろうか。それは果たして愛する者への贈り物だったのか、あるいは愛を貫けなかった自分への慰めだったのか。

叶《かな》わなかった恋は長い年月をかけてウォルナーの心の中で熟成され、違う何かへと変容しているのかもしれない。愛も恋も終わってしまえば、すべてがただの感傷だ。

どこか満足そうな表情を浮かべているウォルナーを見て、ディックは思った。自分がいつか年老いたとき、己の感傷を極上の酒のように味わうことなどできるだろうか。

ホテルでウォルナーと別れたディックは、五番街の高級百貨店に立ち寄り買い物を済ませた。ユウトに電話をかけて居場所を尋ねると、セントラルパークを散歩中とのことだった。

「ウルマン・リンクは知ってる？　そこにいるんだけど」

「ああ、アイススケートリンクだな。場所はわかる。ここからなら十分ほどで行けそうだ」

ウルマン・リンクはセントラルパーク内にある冬季限定の屋外アイススケート場だ。ディックは買い物袋を提げて足早に公園内を歩き、リンク前でユウトと合流した。ユウトはダウンジャケットのポケットに両手を入れて、寒そうに肩をすくめて立っていた。

「仕事はどうだった？」

「問題なく終わった。それよりプレゼントを買ってきたんだ。受け取ってくれ」

ディックが買い物袋の中からダッフルコートを出すと、ユウトは「どうして？」と驚いた。

「せっかくのデートで風邪を引かせたくないからな。あとマフラーと手袋も買った」

言いながらユウトにコートを羽織らせ、マフラーを巻いてやり、手袋もはめてやる。ユウトは戸惑いながらもされるがままだ。少しオーバーサイズのグレージュのコートはユウトによく似合っていたが、どこか学生っぽくも見える。

「これで暖かくなっただろう？」

「うん。すごく暖かいよ。……でもこれってハイブランドだよな？　そこまで奮発してくれなくてもよかったのに」

確かに普段ユウトが身につけているものより一桁は高い。

「ウォルナーがギャランティを奮発してくれるから気にするな。クリスマスプレゼントだと思って受け取ってくれ」

プレゼントはすでに用意して自宅に置いてあるが、それは明日渡せばいい。

「ありがとう、ディック」

無駄づかいするなと怒られることも想定していたが、ユウトは素直に喜んでくれた。

「ところで、どうしてここに？　スケートがしたかったのか？」

「そういうわけじゃない。ただ見てるのが楽しくてさ。マンハッタンのスカイスクレイパーを眺めながらスケートが楽しめるなんて、すごく贅沢《ぜいたく》だよな」

白いリンクの上では、家族連れやカップルたちがスケートを楽しんでいる。眺めるユウトの表情も楽しげだ。

「なんなら滑ってみるか？」

「いいよ。俺、スケートは下手なんだ。絶対にこける」

「俺は得意だから支えて滑ってやる」

「やだよ。格好悪いだろ。……なあ、ディック。お前の生まれ育った街ってここからだと、どれくらいで行ける？」

唐突な問いかけだった。ディックは「隣の州だから、車なら一時間ほどで行ける」と答えた。ユウトは「近いんだな」と呟いた。

「時間があれば行ってみたかったな」

「またいつか行けるさ。俺が必ずお前を連れていく。約束する」

ユウトはディックを見つめ、「うん」と頷いた。

「さて、これからどうする？」

「昔よく通ったホットドッグ屋があるんだ。久々に食べてみたいからつき合ってほしい」

ユウトがディックの腕に自分の腕を絡めて歩きだす。LAでは絶対にしない行動だ。旅先で開放的な気分になっているユウトが愛おしくて、ディックの口元に自然と笑みが浮かぶ。

「ああ、どこにでもつき合うよ。ニューヨークにいられるのは、あと五時間ほどだ。目一杯に楽しもう」


ユウトが昔よく行ったというホットドッグ屋はチェルシーにあり、タクシーで移動した。裏通りにある小さな店で、出てきたのはなんの変哲もない普通のホットドッグだったが、ユウトの思い出の味だと思ったら格別うまく感じられた。何より「これこれ！」と嬉しそうに食べているユウトのご機嫌な顔が見られただけで、ディックはおおいに満足した。

あとはホテルに戻る方向で、のんびり歩いて街を散策した。マジソン・スクエア・ガーデンのそばを通り、タイムズ・スクエアを歩き、日が暮れてからロックフェラーセンターのクリスマス・ツリーを見に行った。

ニューヨーク名物でもある巨大なツリーは無数の電飾で飾りつけられ、眩く輝いていた。多くの見物客に混じって、ディックとユウトも携帯で写真を撮った。

「すごくきれいだな」

白い息を吐きながら、ユウトがディックの肩に頭を寄せてくる。ディックはユウトの肩を抱き、「そうだな」と頷いた。実際はツリーより、それを見ているユウトの横顔に目が釘づけだった。イルミネーションの光を浴びたユウトの黒い瞳は、キラキラと輝いて息を呑むほどに美しかった。

存分に楽しんでからホテルへと戻る道すがら、空から白いものが降ってきた。

「ディック、雪が降ってきた！」

「ああ。ホワイトクリスマスだな」

手を伸ばして雪を見ているユウトの鼻は、寒さですっかり赤くなっている。俺の可愛いトナカイがここにいると思ったら、トナカイに扮したユウトの姿を想像してしまい、うっかり笑ってしまいそうになった。

ホテルに着くまで、ふたりはずっと手を繋いで歩いた。

「昔の同僚に見られたらどうする？」

「構わないよ。だってもう過去の存在だから。今の俺の人生には関係がない。……昼間、ディックと別れたあと、ポールの墓参りに行ってきたんだ。彼が生きていたらディックに紹介したかったって思ったけど、それって変だよな。ポールが今も生きていたら、俺とディックは出会えてなかったわけだし」

DEA時代の相棒は、当時のユウトには唯一の理解者だった。彼の死はユウトにとって、心に深く刺さったまま抜けない棘《とげ》のようなものだろう。

「お前の心の中で生きているポールには、もうとっくに紹介してもらったと思っていたけどな。違うのか？」

「……違わない。そのとおりだよ」

ユウトは足を止め、ディックに向かって微笑んだ。その晴れやかな表情があまりに魅惑的で、思わず抱き寄せてキスしてしまった。さすがにキスはやりすぎだったらしく、ユウトは「馬鹿」と呟き、慌ててディックの胸を押しやった。


「短い滞在だったが、イブのニューヨークを楽しめたかな？」

機内に乗り込んできたウォルナーが、先に座っていたディックとユウトに声をかけた。

「はい。楽しい時間を過ごせました。ウォルナーさん、本当にありがとうございます」

ユウトが礼を言うと、ウォルナーは「礼には及ばん」と首を振った。

「エヴァーソンのおかげで私も助かった。君は明日も仕事だそうだな。遠慮せず、前のソファーで横になって帰りなさい」

ウォルナーが奥の寝室に姿を消すと、ユウトは「そういえば」とディックを見た。

「ディックの今回の仕事って、結局なんだったんだ？」

ユウトになら話しても問題はないとわかっていたが、ウォルナーとジェイミーの過去をここで語る気にならなかった。優しいユウトのことだから知れば心を痛める。できることなら幸せな気分のまま、この夜を終わらせてやりたかった。

「お前が言ったとおり、彼は俺を気に入ってるようだ。要するに金持ちの我が儘だな」

「ふうん。でもそのおかげで素敵なイブを過ごせたんだ。感謝しなくちゃ」

プライベートジェット機は定刻通り、テターボロ空港を離陸した。高度を上げていく飛行機の窓から、マンハッタンの街の明かりに別れを告げる。

ＬＡに着くのは明け方だ。ユウトは一度自宅に帰ってから出勤することになっていた。しっかり休ませてやりたいので、シートベルト着用サインが消えると前方のソファーへと移動した。しばらくはお喋《しゃべ》りに興じていたが、ユウトの顔が眠そうだったので、横になって眠るように勧めた。ユウトは素直に横たわり、すぐに寝息を立て始めた。今日は一日中、子供のようにはしゃいでいたから疲れたのだろう。

客室乗務員がブランケットを持ってきてくれたので身体にかけてやった。

「よろしければ、お酒でもお持ちしましょうか？」

そう問われ、少し考えてからバーボンを頼んだ。

ディックはユウトの寝顔を眺めながら、ひとりグラスを傾けた。慌ただしい滞在だったが、特別なクリスマスになった。ふたりにとって楽しい思い出ができたのは間違いない。

けれど、時代に愛を阻まれた男たちの人生を垣間見たせいか、胸の奥に言葉にしがたい何かが横たわっていた。

愛しながらも相手を手放すしかなかったかつての青年は、もう夢の中だろうか。

今、自分がこうしてユウトと一緒にいられる奇跡に、ディックはあらためて深く感謝したくなった。

神さまなど信じていないのに、今夜だけは祈りたかった。

願わくばこの命が続く限り、愛おしい人と共に人生を歩んでいけますように――。

# あとがき

こんにちは、英田《あいだ》です。二年ぶりの新刊となります。

前作が『AGAIN DEADLOCK番外編3』だったので、またまた番外編集となってしまいましたが、書き溜めた番外編を一冊の本として皆さまにお届けすることができ、とても嬉しいです。

シリーズとしては十二作目。番外編集としては四作目になります。収録作は二〇一九年から二〇二二年にかけて書いた番外編が十五作、高階佑《たかしなゆう》先生の漫画が三作、そして書き下ろし短編が一作。みっちり詰まった短編集となりました。

今回も甘い話ばかりで胸焼け注意ですが、ディックとユウトはもちろん、ロブとヨシュア、ダグとルイス、パコとトーニャ、それにおひとり様のネトも、みんなそれぞれ幸せに暮らしています。キースの存在もディックにとって、ある意味ではいい刺激と言いますか……(笑)。

個人的にはウェイトレスに励まされるディックが好きです。あとは三カップルでキャンプに行く話も笑えて気に入っています。ルイスのおかげで大盛り上がりでしたね。ユウトって確かにホラー映画のヒロインが似合う……(笑)。

それから、ついにやってしまった感のある『ユウティの最高の一日』。まさか犬視点のお話を『DEADLOCK』シリーズで書くとは思っていませんでしたが、たまにはこういうお遊び的話もいいかな、と。ユウティの可愛さに免じて許してください。

触れてこなかったディックの過去もやっと書けました。ディックの過去や両親のことは、機会があればまたいつか書いてみたいと思っています。

大きな変化でいうと、ヨシュアがついに俳優デビューを果たしました。ここから彼を取り巻く世界がどう変わっていくのか気になるところですが、ロブが一緒ならきっと大丈夫なはず。俳優としてのこれからの活躍が楽しみです。

書き下ろしは何を書こうか随分と悩みましたが、発売時期がクリスマスシーズンだったので、「ディックとユウトに寒いところでクリスマスデートをしてもらおう！」と決め、ああいう内容になりました。

実はこのお話、かなり昔に考えたネタでして、そのときはディックだけが富豪の老人とNYへ行くというストーリーでした。書く機会がなく、お蔵入りとなっていましたが、ユウトも一緒に行ってくれれば寒いところでのデートが実現すると考え、今回、少しアレンジして書いてみました。

LAでは見られないディックとユウトのあったか真冬スタイル、書けて楽しかったです。コート姿のふたりっていいですよね。少し着ぶくれたユウトの可愛さに、ディックもきっと大満足だったはず。

高階佑先生、今回も素敵な表紙と口絵をありがとうございました。全員集合の豪華な表紙も、ディックとユウトのプライベートを覗き見している気分になる甘い口絵も、どちらも素敵で大興奮です！　漫画も収録させていただきまして、ありがとうございました。とても贅沢な一冊となり、クリスマスプレゼントをいただいた気分です。

担当さま、今回も大変お世話になりました。またもや作業が押してしまい申し訳ありません。久しぶりにお仕事をご一緒させていただけて嬉しかったです。心より感謝しています。

そして読者の皆さま、いつも『ＤＥＡＤＬＯＣＫ』シリーズを応援してくださり、ありがとうございます。いつも皆さまに励ましていただき、感謝しきりです。このシリーズを新しく読み始めたという読者さまもいらっしゃると思いますので、ざっくり既刊のご案内など。

キャラ文庫さんからは本著を含め、文庫として小説が十二冊、出版されています。そして関連作としては、高階佑先生の作画でＣｈａｒａコミックスが四冊、出ています。こちらは文庫の一作目である『ＤＥＡＤＬＯＣＫ』をコミカライズしたものになります。刑務所時代のディックとユウトをとても格好よく描いていただいていますので、まだの方はぜひご覧になってくださいね。

今年のキャラさんの特製小冊子（全員サービス）では、ディックとユウトが一軒家に引っ越すかも……というお話を書かせていただきました。発端はディックがバイクを欲しくなり、ユウトがだったらガレージを探そうと言い出し、それがどういうわけか引っ越し話に繋がっていくという内容でした。

本当なら長編新作でストーリーを進めていきたいところなのですが、数年前から健康問題を抱えておりまして、治療を続けながら痛みや不調と向き合う毎日です。そういう事情もあり、なかなか思うように仕事ができず、短いお話を書くのが精一杯という状況が続いています。

超スローペースではありますが体力気力が続く限り、やれる範囲で執筆活動は続けていくつもりです。のんびり気長におつき合いいただけましたら幸いです。

今後も『ＤＥＡＤＬＯＣＫ』シリーズの番外編を書く機会があれば、またみんなの暮らしぶりなどお届けしてまいりますね。

二〇二三年十二月　　英田サキ

## <初出一覧>

Restful slumber ~ Alone again……全員サービス小冊子（2020）

You can't hide……プレミアム♥ペーパーセレクション（2021）

I treasure you……バースデーフェア小冊子（2019）

I can't compete with you……プレミアム♥ペーパーセレクション（2019）

Take me to the camp again ……全員サービス小冊子（2019）

ハンサムが多すぎる……プレミアム♥ペーパーセレクション（2021）

秘密が増えていく病 ……キャラ文庫「BUDDY」限定ペーパー（2020）

You're just a boy……書籍「キャラ文庫アンソロジーⅢ 瑠璃」（2020）

ユウティの最高の一日 ……バースデーフェア小冊子（2020）

Don't ride his motorcycle ……Chara レーベル 25 周年記念小冊子（2020）

昼下がりの内緒話……プレミアム♥ペーパーセレクション（2020）

The Days of Love and Peace……全員サービス小冊子（2020）

What is love even ?……バースデーフェア小冊子（2021）

You are wonderful……小説 Chara vol.46（2022）

Beautiful eyes……バースデーフェア小冊子（2022）

Happy day off……キャラ文庫 25 周年記念小冊子（2022）

I love you the way you are……キャラ文庫 25 周年記念小冊子（2022）

Love is here……書籍「キャラ文庫アンソロジーⅣ 瑪瑙」（2022）

I wish……書き下ろし

この本を読んでのご意見、ご感想を編集部までお寄せください。

《あて先》〒141-8202 東京都品川区上大崎3-1-1
徳間書店 キャラ編集部気付
「WISH DEADLOCK番外編4」係

Chara

# WISH DEADLOCK番外編4

……………………【キャラ文庫】

2023年12月31日 初刷

著者 英田サキ
発行者 松下俊也
発行所 株式会社徳間書店
〒141-8202 東京都品川区上大崎3-1-1
電話 049-293-5521（販売部）
03-5403-4348（編集部）
振替 00140-0-44392

印刷・製本 図書印刷株式会社
カバー・口絵 近代美術株式会社
デザイン モンマ蚕（ムシカゴグラフィクス）



ISBN978-4-19-901120-7